根据同名电影改编

LOST ON
JOURNEY

人在囧途

百里途 宣焕阳 著

浙江工商大学出版社
ZHEJIANG GONGSHANG UNIVERSITY PRESS

U0749996

图书在版编目(CIP)数据

人在囧途 / 百里途,宣焕阳著. —杭州：浙江工
商大学出版社,2017.10(2018.8重印)
ISBN 978-7-5178-2321-6

Ⅰ.①人… Ⅱ.①百… ②宣… Ⅲ.①长篇小说—中
国—当代 Ⅳ.①I247.5

中国版本图书馆 CIP 数据核字(2017)第 191664 号

人在囧途

百里途 宣焕阳 著

出 品 人	汪海英 鲍观明
策 划 人	方晓阳
责任编辑	沈 娴
特约编辑	胡珊珊
封面设计	土妤驰
责任印制	包建辉
出版发行	浙江工商大学出版社
	(杭州市教工路 198 号 邮政编码 310012)
	(E-mail:zjgsupress@163.com)
	(网址:http://www.zjgsupress.com)
	电话:0571-88904980,88831806(传真)
排 版	杭州朝曦图文设计有限公司
印 刷	杭州恒力通印务有限公司
开 本	710mm×1000mm 1/16
印 张	16.5
字 数	254 千
版 印 次	2017 年 10 月第 1 版 2018 年 8 月第 2 次印刷
书 号	ISBN 978-7-5178-2321-6
定 价	39.80 元

LOST ON
JOURNEY

目　录

LOST ON JOURNEY

第一章
断片儿

命运是个玄乎的东西，有人嚷着人定胜天，对它嗤之以鼻；也有人说着成事在天，将它奉若神明。我属于后者，虽不至于唯唯诺诺地崇拜命运，但我还是相信我们在世上遇到的人，碰上的事儿，皆来自命运的安排。

所以我一定是造了什么孽，就爱没事找事的命运之神才会给我安排一个意想不到的旅途，并且在旅途的起点，抽空我的记忆。

好了，无聊的废话不多说，一句话，我失忆了。

不知道你有没有喝断片儿的经历？实话告诉你，我失忆的第一个小时跟喝断片儿没什么区别。

就像有人把至关重要的信息从你的大脑硬盘里删除了一样，那时你最想做的，除了吼一句你常用来骂人的口头禅之外，就是赶紧把记忆找回来。

黑暗降临的一瞬间，我其实是挺蒙的。

应该有半分钟，不，二十秒，反正黑暗持续的时间不是很长也不是很短，我眼前什么都看不到，耳朵倒是很灵敏，能听到身周乱糟糟的脚步声，说话声，小孩子的哭喊声。正当我运足丹田之气想要大喊一声"哪个混蛋吃饱了撑着把灯给关了"时，黑暗消散了。

刚开始是淡淡的一点光透进眼眸，直到用力眨了眨眼睛视线才清晰起来。

一个穿着白衣的中年男人带着不怀好意的笑容,在我面前乱晃。我抬手取下眼镜,揉了揉眼睛,又把眼镜戴上,才看清那是对面墙壁上的巨幅广告。

同一时刻,三个问题从我还有点迟钝的脑子里蹦出来:我是谁? 我在哪里? 要往哪里去?

在第一时间想到这三个问题不是想要向苏格拉底或者别的哪位哲学家致敬,而是因为,我真的不知道我是谁,身在何处,即将往何处去。

我自欺欺人地认定自己只是眯了一觉,大脑还没回过神,给它点提示就能想起来了。强自镇定地往四周看了一圈,看到我是在一个顶棚很高、面积很大、内部环境很现代化的大厅里,一群行色匆匆的人拖着缤纷的行李箱四处奔走,另一群人则悠闲地坐在明晃晃的钢质连椅上或读书看报,或谈天说地。过了一会儿,头顶上响起一个柔美的女声。

"乘坐幸福航空公司 MA 54250 次航班前往长沙的旅客朋友,很抱歉地通知您,因为天气原因我们的航班将延迟至 16 点 20 分,请大家在原地耐心等候,还没有办理乘机手续的朋友请尽快前往柜台办理。"

离我不远的问询台里坐着个漂亮的地勤妹妹,旁边还摆着块小牌子,上面写着"石家庄正定国际机场欢迎您"。

明白了,原来我在石家庄机场。

石家庄,河北省省会,盛产雪花梨、肉糕、煤和雾霾……一连串信息从脑海里冒出来,有点像电脑刚开机时轮流加载的自启动程序。我松了口气,就说长在我脖子上这颗圆滚滚的东西没问题吧。

我从座位上站起身,听到膝盖和脊背的骨头发出一声脆响,想必是坐了很久的缘故。活动几下筋骨,我迈开大步向问询台走去。

"哎,先生,你的包没拿。"背后传来一个女人的声音,我停下步子,回头看了看。

是我座位旁边那个留着大波浪头的中年女人,她直视过来的眼神让我确信了是在叫我。

"你的包没拿。"她指了指空座位上的黑色手提包。

我并不确定那只看着很高档的皮包就是我的,不过它既然躺在被我的屁股坐热的地方,又有个好心人提醒我别忘了带走它,那我还真想不出什么否认它属于我的理由。

"哦,谢谢。"这是我醒来后第一次发声说话,感觉嗓子哑得像是被人用热风机往喉咙里猛鼓了一阵风。

咽下几口唾沫,我走过去把手提包拿起,又重复了一遍"谢谢"。

哪知道,头发卷得像是泰迪犬的女人一把拎起她旁边的行李箱,放在两分钟前还属于我的座位上,用外交官宣布领土主权的口吻大喊道:"老公,这儿有座,快过来。"

我钝重的反应能力还没反应过来这是演哪出,一个小个儿秃头男人便拖着能把他自个儿装进去的大箱子小跑过来,舒坦地坐到他老婆抢占的椅子上,脸上挂着胜利者的笑。

我愣住了,夫妻俩抢座位的阴谋诡计是一剂提神猛药,迅速注射进我恍惚不清的大脑和冻结在 40 以下的智商。

后来每每想到这一幕,我都会联想起一个教育节目,说孩子在幼年时期接触到的外界环境很重要,会潜移默化地影响他的心理、性格及世界观的形成。

没了记忆的我就是一个刚刚睁开眼看向这个未知世界的大孩子,抢座位的夫妻俩往我模糊的意识里放进一条明明白白的经验:这是个防不胜防的危险世界,谁都有可能在你身上算计一把。

我朝座位上的夫妻俩干笑一声,转身走向问询台,后背挺得笔直。

我拎着手提包,在问询台前停下脚步,身穿空姐制服的地勤妹妹抬头一脸冷漠地看着我。

我不知道要问什么,只是隐约觉得她能给我些帮助。

"有什么事儿吗,先生?"地勤妹妹对我报以久经训练的僵硬微笑。

几乎是条件反射般的,我提出一个问题:"我想,嗯,我是不是可以查一下航班信息?"

"好的,请告诉我您乘坐的航班。"地勤妹妹回道。

"航班?"我又蒙了,"我还不知道我要坐哪班飞机。"

地勤妹妹微施粉黛的脸上露出不可思议的神色,似乎站在她面前的这个男人是刚从深山里放出来的,"先生,您不知道乘坐的航班?"

"是啊,我真不知道。"我非常认真地说。

地勤妹妹看我不像开玩笑,只好维持着机械的笑容道:"那好,请您给我您的身份证。"

身份证?我立刻想起一张白中带点淡蓝色的小卡片,上面有关于我的一系列信息。我猛地一拍脑门,怎么早没想到?

我急忙摸遍全身上下,差点把衣服裤子扒下来抖两下,都没找到身份证。

"怪了。"我自语道,目光移向黑色手提包。

难不成在包里?

地勤妹妹等得不耐烦了,她一定认为我是个找她搭讪的无聊单身汉。

管不了这么多,我急着把脑袋唤醒,别人爱怎么想怎么想。可是,我刚把手提包放在柜台上,地勤妹妹的目光忽然变得热切起来,我只听见她发出一声低呼:"呵,爱马屎世界限量版男包。"

"爱马屎?"我皱起鼻子,"谁爱马屎?"

是的,我成功地把自己留给地勤妹妹的印象从单身汉变成了精神病。她斜着眼睛看我,手放在一旁的电话机上,不知是不是想呼叫机场保安。

所幸,我在她所谓的"爱马屎"包里找到了身份证,它塞在一个鼓鼓囊囊的大钱包里。

递给地勤妹妹之前我瞟了眼身份证上印有姓名的那一栏。

李成功。

我还是不确定李成功先生就是我,谁敢说这只有着奇怪名字的手提包就是我的呢?

地勤妹妹接过身份证,往感应器上一扫。

"您乘坐的是幸福航空公司从石家庄飞往长沙的 MA 54250 次航班,这班飞机因为天气原因延误了,请您耐心等候。我看到您还没有办理乘机手续,可以先去幸福航空公司的柜台办理。"地勤妹妹说话一字一句都很小心,估计是怕引起我过大的情绪波动。

"好的。"我点着头,拿回身份证,心里根本没想什么乘机手续,我现在急需找个有镜子的地方。

十分钟后,石家庄机场的某间男厕所里,不少男性朋友见证了令他们费解的一幕。

一个衣着光鲜，头发整齐，戴着高端玳瑁框眼镜的男人右手举着一张身份证，站在明亮的大镜子前，细细地察验着镜子里的自己，看他的架势，似乎要把脸上有多少根汗毛都——数个明白才肯罢休。

站在镜子前的我一定是有着某种气场，类似于武林高手的杀气，不然进进出出的男人们怎么会不敢近我的身，一个个经过我身旁时都绕道走。不过当时我沉浸在汹涌的喜悦里，才管不了别人是不是把我当成厕所怪客。

因为我知道自己是谁了。

这个过程并不容易，我硬生生把眼睛变成了扫描仪，扫过脸上的每一寸皮肤，从额头看到下巴，从左耳垂看到右耳尖，终于确信镜子里这张宽阔的脸和身份证照片里的脸相似度达到 94%，换言之，身份证是我的。

我应该正式宣布重新找到了人生的第一人称。

李成功；性别男；民族汉族；出生于 1974 年 9 月 15 日，今年 35 岁；住在湖南省长沙市岳麓区追汉北路三段 2 号。

然后呢？

然后什么都没有，该回到脑子里的记忆一个都没回来，我忘了我 35 岁的前半生经历了些什么，忘了我是做什么的，忘了我有没有朋友，有没有爱人，有没有家。"李成功"这三个字对我来说，意义还不如我贴身穿的红裤衩来得大，红裤衩至少能告诉我过完春节就是我本命年了，可是"李成功"呢？他不过是个和我长得很像的陌生人罢了。

我沮丧地垂下头，对镜子里的自己说："承认吧兄弟，你脑子出毛病了。"

LOST ON JOURNEY

第二章
坎坷的归途

我走回候机大厅,好不容易找到个角落的位置坐下,埋着头不愿动弹。究竟是怎么回事呢? 该记住的东西怎么说没就没了呢?

"李成功,你是造了什么孽啊?"我低声自言自语。

我掰着手指头,像清点战后物资一样细数脑袋里还装着什么。

我能把乘法口诀全背完,记得四大名著分别是谁写的,也知道别人说"Hi,how are you?"的时候该回"Fine,thank you,and you?"……给了自己一巴掌,要这么数下去得把从小学到大学的全部知识都回忆一遍,啥时候能数清楚? 总而言之,我记得一个正常大学毕业生该记得的基本学科常识。

然后,我知道在机场有问题要去找问询台,知道身份证是什么样子,也知道吃喝拉撒都该去些什么地方才能解决,就是说我在现代社会里的生存技能没有受到影响。

接下来,我能想起今天是 2010 年 2 月 11 日,后天就是除夕,今天机场这么多人一定是都赶着回家过年的缘故,也就是新闻里常说的"春运"。这么看来我的基本逻辑推理能力也没落下。

再接下来,该看看我失去了什么。

首先,什么人会把他生产的皮具叫作"爱马屎"?

我又给了自己一巴掌,爱不爱马屎或者爱别的什么屎这重要吗?

重新来。首先,我对我自己了解多少?

捧着脑袋想了半天,我惊恐地发现,我居然一点都不了解我自己,不了解这个名叫"李成功"的男人。

他性格怎么样?他爱吃什么?他喜欢什么类型的美女?他最拿手的是什么?他的梦想是什么?

零,我对自己的了解全都是零。

其次,我对我拥有的社会身份了解多少?

人是社会性的动物,每个人在这个群居社会里都有个独属于他的身份,"职业"就是身份最显著的标签,人们在谈到某人的身份时,问得最多的无非就是"那家伙是干什么的"。

可是现在我除了知道自己身在石家庄,老家在湖南长沙之外,对于自己的身份一无所知,唯一能确定的就是我绝非泛泛之辈,否则身上这套像模像样的装束,还有那个能让女地勤惊叹的限量版"爱马屎"皮包从何而来?

该有的疑惑在镜子前我就都想过了,这颗出了毛病的脑袋一时间给不了我任何答案。我苦笑两声,视线又一次落在身边那只名叫"爱马屎"的手提包上,它安静地躺在一边,回望着我。

既然我的身份证是从这包里找到的,那么毫无疑问我就是包的主人,包里肯定有承载我记忆的物件。念头一起,我像是抓到救命稻草一样拿过皮包,拉开拉链。

里面的东西不多,占据最大空间的是两个毛绒玩具,一个是通体白色笑得很阳光的小羊,另一个是浑身灰色戴着顶破毡帽的傻狼。我一定是个很有童心的人,不然解释不了我为什么要随身带两个傻乎乎的玩具。

夹层里有一个黑色的手机和手机的配套充电器,我拿出手机来前后左右地摆弄了一阵。机身后盖上印了一个被咬掉一口的果子,下面还有一个单词,我试着翻译一下,应该是"我手机"。真是无法理解这些搞山寨电子产品的无良厂商,连"I's phone"(意为"我的手机",有语法错误)都能少印一撇和一个"s"。

既然有一个咬了一口的果子,那就叫它"咬果"牌手机吧,名字虽然不怎么样,重要的是手机里肯定存有能帮助我找回记忆的线索,或许一张照片一条短信就能让我回想起一切。

想到这儿,我兴奋地摁亮咬果手机的屏幕,上面出现一个滑键,我按着提示滑动滑键，又出现了要我输入密码的提示。

这不逗我吗？我怎么可能记得住密码？

我意兴阑珊地把我的生日拆成几个数字组合输进去，结果都是"密码错误"。

看来眼下要立马解开手机屏锁不太现实，我失望地把咬果手机扔回包里，又在里面翻了翻，从中拿出一封红色的治疗建议书。

建议书的封面上有几个醒目的大字——"华北巅峰脑科医院欢迎您"，下面是一个戴着厚眼镜、身穿白大褂的中年男人拿着大脑构造简图露出一脸疯癫的笑。

我打开治疗建议书，略过那些复杂的医疗数据表，直接翻到最后一页，在页脚处有一排乱得能逼死人的草书：建议尽快就诊，以免耽误了最佳治疗时期。落款：朱仕雄。

朱仕雄！这名字我有印象！

我急忙站起身快步跑到刚才被夫妻俩抢占的座位旁，那一对智取座位的夫妻见我气势汹汹地跑回来，紧张地靠在一起。我没理他们，站在旁边往对面墙壁看去。

二十分钟前，那阵突如其来的黑暗消散后，我第一眼看到的就是这张占据半面墙壁的巨幅广告，那个穿白衣的中年男人和我手里建议书封面上的是同一人，他头顶上是一行宣传"华北巅峰脑科医院"的广告语，旁边是他的头衔：国内第一脑科专家，朱仕雄。

一些连续的画面组成一小段电影，在我的脑子里闪回，我想起自己坐在光洁明亮的就诊室里，桌子对面是朱仕雄，一只手里拿了张 X 光片，另一只手在自己的脑袋上比画，语重心长地对我说："李成功先生，深表遗憾地通知您，根据我们医院的诊断，您的头疼和失眠症状是因为大脑左半球脑叶上长了一个小小的血块，喏，就是这个位置。"

我有点被吓到了："你不会说的是脑癌吧？"

"不不不，没那么严重，"朱仕雄医生摆摆手，"也就是您的工作压力和不规律的休息习惯引起的一点血肿，现在只是拳头，不不，米粒大小，在我院治疗五个半疗程就能痊愈了。"

我的脑子里，有血块。当时我没有哭天喊地，抱怨上天待我不公，也没有恐惧得抱着主治医生的大腿求他救救我,我心里盘算的是如果选择治疗得耽误我多少时间。

现在看来,我真怀疑那个没把性命当回事儿的李成功不是我本人。

见我不说话,朱医生用带着点恐吓的口吻道:"脑血块压迫到了大脑皮层记忆区,如果不及时治疗,有可能会影响你的记忆力,最坏的结果是引发失忆,甚至也不排除癌变的可能性。"

回忆的电影在这里中断,我想不起后来我是不是听了朱仕雄的建议,老老实实地去巅峰医院治疗,不过反正现在我也失忆了,治没治疗似乎都没多大意义。与其悔不当初,不如坦然接受现实。

我走回位于角落的位置,留下惊魂未定的夫妻二人对着我的背影暗骂"神经病"。

把治疗建议书放回包里,我又拿出其中最后一件东西,钱包。

在问询台那边,我的身份证就是从这只钱包里找到的,里面必定还藏着有价值的线索。

然而除了身份证,表面上最有价值的却是,钱。

里面有很多猩红猩红的百元大钞,让钱包鼓得像一块砖头,我随手点了点,足有两万两千六百四十三元以及七个一角钱的钢镚。

我的钱包里装了很多钱,说明什么?说明如果刚才的想法没有错,我要不是强盗飞贼的话那就一定是某个行业的成功人士,跟我的名字是绝配。不过话又说回来,就算我是强盗飞贼,看我这身衣装也能证明我拥有一个成功的职业生涯。所以,有很多钱并不能推测出我的身份。

在你回想那些弥足珍贵的记忆时,很少会想到你特别有钱的时刻,对于我这种急着找回身份记忆的人来说,包里的这些钱的真实价值跟它们的票面价值成反比。

再来看看钱包里有什么吧。我打开卡包的那一层,在其中找到了真正有意义的东西。

是两张照片,是我和两个女人的照片。

第一张照片上的女人很年轻,年轻到我更愿意称她为"女孩",她是那种让人只要看一眼就会喜欢上的漂亮女孩,留着可爱的齐刘海,又大又亮的眼睛会让人联想到星星。她小鸟依人,靠在我的肩头,灿烂的笑容像夏天正午的阳光。

　　第二张照片里端坐在我身旁的就真的是个女人了,看年纪应该和我差不多,属于那种被岁月磨平了棱角的中年女人,一看就能看穿藏在她皮肤下的油烟和洗衣粉的痕迹,但岁月在带走棱角的同时也送给了她茉莉花似的美丽,不招摇亦不隐蔽,看久了能让人深深沉醉。

　　她们是谁?为什么会跟我一起照相?完全想不起来,我叹了口气,把照片放回原处。

　　卡包里除了几张银行卡和信用卡就没别的了,我刚要拉上拉链,这时,一样东西吸引了我的注意。

　　又是一张照片,不过这是一张起了毛边儿的劣质彩色照片,两寸大小,在当今数码相机和拍照手机横行的时代,这种大头贴式的照片已经不常见了,但重要的不是照片的稀罕程度,而是其上的内容。

　　照片里拍摄的是一半蓝色一半白色的小纸条,夹在卡包的最边上的那层,如果不是醒目的色彩组合或许我就略了过去。

　　伸手把小照片拿出来,看清了在白色的那一半上并排着两道红色的横线。

　　我窒住了,心跳猛然加速。

　　别以为我脑袋真的不好使了,照片里这玩意儿我还是知道的,它叫"验孕试纸",当上面出现两条横杠时,就说明使用它的人的身体里开始孕育一个小生命了。

　　如果说失忆让我的脑子在瞬间变成一张白纸,那么这张验孕试纸就是一支七彩色的画笔,在白纸上画了一幅印象派的油画。

　　在极度复杂的心情下,我的第一反应是捂住自己的肚子。难不成,试纸是我用的?我怀孕了?

　　摇摇头把扯淡的念头赶走,我是男的,没有怀孕的先天条件。那么,是谁那么无聊会去拍一张验孕试纸的照片而且还放到我钱包里来?我赶紧又拿出另外那两张照片,手举着试纸的小照片在两张美丽的脸上来来回回。

　　不管来回几遍都没结果,我索性放弃了,沮丧地把三张照片放回钱包。

　　手提包里还剩下最后几样东西:一包中华牌香烟、一只高档打火机和一串不知属于哪道门的钥匙。除了让我知道我是个会抽烟的人,再也没有别的作用。

翻了一阵手提包，总结下来，除了确认我是因为脑血块的压迫而失忆之外，没有想起更多有用的东西。

我盯着身份证，上面那个名叫"李成功"，和我长得一模一样的男人也盯着我。他的嘴角挂着自信的浅笑，别人也许会说这是春风得意的男人才有的样子，在我眼里，他却是全世界最可怜的人。

石家庄机场的人来来往往，我多么希望自己是他们中的一个，怀着或欣喜期待，或失落屈辱的记忆，奔向心中的起点与终点。而我却偏偏是这个不知所措的李成功，偏偏是这个不知道自己是谁，从什么地方来，要去什么地方的倒霉蛋。

等一下，我忽然想起了我要去什么地方。

问询台的地勤妹妹说的，我乘坐的是从石家庄飞往长沙的 MA 54250 次航班，我之所以会在机场，是因为我要搭飞机去长沙。

我的身份证上住址那一栏写的是长沙的某个地方，我很可能就是要去那里，说不定那不仅仅是一个住址，还有可能是我的家。

除夕前两天我在机场，除了回家不会有别的目的。一念及此，我兴奋得差点跳起来，我知道我要去哪儿了，那个地方一定装载着我的全部记忆，那个地方能告诉我，我是谁。

走，回家！

回家之旅在值机柜台就遇挫了。

幸福航空公司柜台前那个美女问我订的是头等舱还是经济舱的机票，我想都没想就回道："我的是头等舱。"

李成功肯定是经常坐头等舱的人。

说实话，我脑子里还真有头等舱和经济舱的印象，在我看来，头等舱享受的服务级别不说是五星级，那至少也是三星级的——用帘隔开的小空间里有八张可以平躺的宽大椅子，还有更加精致的餐食，以及空姐更加殷勤的笑容，这才是成功人士外出旅行的标准配置。

一旦某件服务类商品被冠以"经济"的名号，那几乎意味着难受，飞机的经济舱就是个典型，那简直是火车硬座的升级版，得忍受腿都伸不直的狭小空间不说,餐食的粗糙程度和学校食堂有的一拼,要是不巧身边再坐个奇葩……我不敢再想下去了。

很多人都说人生而平等,但他们必须承认,在很多地方,要谈平等还得先看看兜里的钱够不够,比如说我那只能砸死人的钱包就能让我理直气壮地确定我订的就是头等舱,这也是那些钱还能发挥点作用的地方了。

"对不起先生,您订的是经济舱。"美女把身份证递还给我。

"什么?"美妙的自我陶醉被打断了,我难以置信地看着她,"怎么会不是头等舱呢?"

"对不起先生,电脑显示您订的是经济舱的票。"

"你再看一眼,会不会是弄错了,会不会是商务舱呢?"我颐指气使地说,仔细想想,以前我一定是经常发号施令的人。

美女把我的身份证拿回去重新扫了一次,抬起头抱歉地看着我:"对不起先生,的确是经济舱,电脑没有显示错。"

看她的样子,如果我再质疑她就要把电脑的显示器抱起来给我看了。

没辙,我拿出最后的法宝——那只砖头似的钱包,"那我加钱好吧,升舱行不行?"

"对不起先生,头等舱和商务舱都已经客满了。"

看来钱也不管用了,经济舱就经济舱吧,我不耐烦地说:"那给我一个靠窗的座位。"

美女抬手朝旁边指了指,很诚恳地告诉我:"对不起先生,这里是办头等舱的,经济舱在那边。"

我顺着她指的方向看过去,脸瞬间僵掉一半。

经济舱办理柜台前排的那叫一个车水马龙,扛着大包小包、操着不同口音的人群会让人误以为是到了哪个国家级别的劳务用工市场。别人不说,就说排在我前面的这位小哥。

我第一眼看到他就觉得他活像一块没烧透的粗糙木头。

他五短身材,皮肤被晒成黑黄色,头上戴着顶褐色的棉帽,一身灰色的羽绒服,肯定是穿了很多年的缘故,里面的棉芯都瘪了下去,看着像是件样式古怪的衬衫。他手上挂着两个行李包,肩上还背着一个巨型蛇皮袋,袋口拉链的缝隙间伸出一支长木把手，我很好奇把手的另一头是平底锅还是斧头。一个特大号的食用油瓶立在他脚边，里面装满了不知名的白色液体，少说有四升，等候值机的队伍每向前移动一步他就弯下腰拎起瓶子跟着走，脚步一停下来他就把瓶子放在脚边，看得我急死了，他就不能一直拎着瓶子吗？

朝他靠近点，能闻到一股腥味，那是混合着生牛乳、家畜和汗臭的奇异味道，在他后面站久了都觉得冲鼻子。我扁着嘴，用鼻子往外重重地喷气，那傻小子竟然没感受到他身后这个大活人的厌恶，带着一脸傻笑好奇地东张西望。

喏，这就是我前面提到的奇葩，坐飞机经济舱难免会碰上，一旦他坐在你身旁，你这趟旅行就够受了。

终于轮到他前面的大姐。那糙木头拎起他的大瓶子，跟着一块儿走到柜台前。

"哎哎，那位旅客往后站，退到黄线后面。"旁边的安保员立马大声喊。

糙木头左右看了一圈，还以为事不关己，笑了笑，继续站在柜台前面看别人办理值机。

"说你呢，"高大威武的安保员走过来，拽了拽糙木头的蛇皮袋，"站到黄线后面。"

糙木头愣了，又朝身周看了一圈，用标准的河南普通话说："哪儿有黄线？我咋没看到呢？"

"那儿呢，你脚下呢！"安保员耐心地指着地面上的黄色分隔线说。

糙木头挠挠后脑勺："那玩意儿原来是不能过的啊？我还当是啥嘞。"

男地勤脸上分明有无言以对的无奈表情："其他旅客办理的时候必须得在黄线后等待。"

"是，是！"糙木头拎着他的瓶子走回来，往我身上一撞。

"哎，注意点！"我往后一个趔趄。

"对不起，对不起。"糙木头赶紧道歉，要伸手来扶我。

"没事。"我挡开他的手，拍了拍胸前的衣服。

"哥，你真没事？"他的手又要贴过来。

"哎呀，说了没事就没事。"我的耐心可没有安保员那么好，口气里已经透着不耐烦了。

这时,前面值机的大姐走了,柜台里的女地勤喊着:"下一位。"

糙木头回过头去,见前面空无一人,指了指自己:"是叫我吗?"

女地勤微笑地点了点头:"请到柜台前办理乘机手续。"

糙木头弯腰提起他的大瓶子,抬起腿往前跨了一大步,越过分割线,看他小心翼翼的样子,像越过地雷区一样。

我咧着嘴,想笑又笑不出来。都说林子大了什么鸟都有,今天我算是见着一只珍稀保护动物了。

糙木头把他的瓶子放在柜台上,斜靠在一旁又开始东张西望。

"先生,请出示您的身份证。"女地勤说。

糙木头在身上摸了半天没找到,后面排队的旅客不耐烦了。"前面的快点儿!""动作怎么这么慢呢?"催促声此起彼伏。

出于风度,我沉默着没说话。

小哥放下挂在肩上的蛇皮袋,好不容易才从里面找到一个三角形的花布袋子,能看到内裤形状的布袋子里面放了一叠钱,他从钱里面翻出身份证,递上前去。

地勤动作麻利地打印出登机牌,看了眼台前"超载"的旅客,微笑地提醒道:"先生您的行李需要托运吗?我看您的行李比较多,还是托运比较好。"

糙木头往上提了提挂满全身的行李,憨厚地笑着说:"没事没事,我这有劲儿,拎得动,拎得动。"

我真想告诉他这不是拎得动拎不动的问题,经济舱的行李架就那么大一点,到时候看你这包东西往哪儿放。

地勤没有再说什么,把登机牌递给糙木头:"那好的,这是您的飞机票和身份证,请拿好。"

他接过登机牌,被上面的内容弄晕了,不确定地问:"欸,这是到长沙的吗?"

长沙?这奇葩哥们儿也是去长沙?我心里一沉。

地勤回道:"这个就是到长沙的。"

接下来糙木头问了一句:"呃,那我这个是站票还是坐票?"

我差点没喷出来,看来把飞机经济舱当火车车厢的不止我一个人嘛,但就算我是个失忆者,也没傻到以为飞机座位之间的走廊里还可以站人。这家伙的珍贵程度已经直逼霸王龙了。

地勤的微笑幅度明显大了点:"飞机都是坐票的,先生。"

"哦哦。"糙木头似懂非懂,我估计他没反应过来飞机的站票问题。他看着机票走向一边,离开了柜台。

到我了,我拿出身份证走到地勤前,有意无意地要在那位女地勤面前表现出成功人士的气场,但又不能让人觉得你是连坐个飞机都要装高贵的暴发户,若无其事而又带点厌倦的语气那就是最好的,像我这样——"李成功"。

哪里知道我才刚把气场摆好,一股混合腥味就扑了过来,接着耳朵里响起那口地道的河南普通话。

"欸,月台在哪儿呢?"

我实在忍不住了,不等地勤说话就抢着对糙木头说道:"欸欸欸,小伙子,这儿是飞机场,没有月台的。"

"没有月台,那怎么上飞机?"糙木头一怔,还以为我说笑呢。

"飞机场不是火车站,只有登机口,没有月台。"成功人士得有成功人士的风度,我尽量保持耐心,从糙木头手里拣出他的登机牌,像教一个刚上幼儿园的小屁孩一样教他,"拿着你的登机牌。"又拣出他的身份证,"还有身份证,看到没有,到那边先去过安检,登机口 2B,座位号 13C,去吧,再见。"

糙木头愣愣地走了,我回过头,刚要再次报上名字。

"哥,这 2B 咋走嘞?"满脸茫然的糙木头又回来了。

"登机口指示牌就在安检通道后面,"我胡乱往旁边一指,也不管安检通道是不是在那边,"过了安检你就找到 2B 了,去吧。"

其实我当时真想说:这登机口的序号真是为你量身定制的。转念一想,以这位神奇人物的悟性,没准儿他还以为我是在夸他呢。

糙木头感激地一笑,"谢谢啊哥。"

"去吧去吧。"我嘴上说着,心里庆幸终于把衰神给打发走了。

LOST ON
JOURNEY

第三章
糙木头的功夫

拿到登机牌了，看着上面到达地后的"长沙"两个字，我试着回忆起什么，可是除了岳麓山、橘子洲、臭豆腐和飞机场的"月台"，脑子里就再没别的内容了。

飞机场的"月台"？我摇摇头，这东西跟长沙有半毛钱的关系吗？

该找回的记忆没回来，脑子里却装进了些乱七八糟的东西，那个皮肤黄黑的小哥在我眼前乱蹦，操着专业八级以上的河南话不停地问我："哥，2B在哪儿呢？"

带着想甩又甩不掉的人影，我走到安检通道，看到前面的队伍排成了长龙。

"怎么了？"我问排在前面的大学生模样的男孩。

"有人在安检机那儿一直不肯走，"大学生伸长脑袋往前看，"那人都检了老半天了。"

还以为是哪个在身上私藏手榴弹的家伙过检时被抓个正着，前面不少急着登机的旅客等不了，都散到别的通道去了。我找到个空当绕到队伍前面，一股混合腥味扑鼻而来，先前在眼前乱窜的人影与安检台前的身影重合在一起。

对的，没有丝毫意外，又是那个在飞机场找2B的糙木头小哥。

他背在肩上的蛇皮袋和挂在手上的行李包都打开了，平底锅、瓷碗、长柄木勺、铁盆、菜刀还有那个内裤形状的钱包铺满了安检台,敢情他是把全部家当都带身上了啊。

糙木头敲着他的平底锅,满脸火光地冲安检员嚷嚷:"你这个也不让我带,那个也不让我带,这些行李还让我去托运。行,我答应你我一会儿就托运去。可是——"糙木头从地下提起大瓶子,重重地放在台上,"——我这瓶牛奶,为什么就不让我带?"

原来那瓶像是白乳胶的液体是牛奶,我就说呢,小哥身上怎么会有生牛乳和家畜的混合腥味。

年轻的女安检员可能也是头一回遇到这么非同一般的情况,眼里明显有不知所措的神色,她只能重复着安检通道墙壁上的规章:"对不起先生,根据民航局的规定,液体一律不准带上飞机。"

"我们坐火车都让带,坐飞机,为什么就不让带了?"看来糙木头还没把地上跑的火车和天上飞的铁鸟区分开。

女安检员更加局促了,她又重复道:"不好意思,这真的不能带上飞机,根据民航局的规定,如果你坚持带上飞机的话,只能跟着你的菜刀一起去办理托运。"

"托运就不是在飞机上啦?你说个理儿,都是在飞机上,为什么就不能带在我身边,你们是想趁我不注意把我的牛奶给喝了吧?说,是不是?"

后面排队的旅客本来堵着挺着急的,糙木头这么一说,大家都被逗笑了。

女安检员脸上挂不住,更加不知道该说什么。这时,一个满脸横肉的男安检员走过来,一只手放在小哥的牛奶瓶上,表面上保持礼貌,语气里却有明显的愠怒:"先生,我的同事已经告诉您,液体禁止带上飞机,您现在可以选择去托运,或者把它扔掉,或者在这里把它喝掉,麻烦您把这些锅碗瓢盆收拾一下,赶紧下去托运,后面还有很多旅客要经过安检,可以吗?"

我以为糙木头到底还是认怂了,他扁了扁嘴,呆站着不说话,目光定格在男安检员身上。

"先生?"一男一女两个安检员被看得发毛。

糙木头仿似决战武林之巅的大侠,屏息收气,小腹一收臀部一紧,伸手拧开牛奶瓶的盖,犹如拔出封尘多年的宝剑,然后扬起头,以霸王扛鼎的气势提起装了四升牛奶的大瓶子,凑到嘴边。

我敢说,在场的各位躺在长椅上追忆似水年华的时候,第一会想到初恋,第二绝对会想到接下来他们看到的一幕。

糙木头的喉结上下翻飞,瓶子里的牛奶好像开闸的洪水,一个劲地往他嘴里灌,以看得见的速度减少。

男安检员吞了口唾沫,脸上的横肉都差点竖起来。

糙木头气儿都不换,牛奶已经喝掉一半多。

我张大了嘴,连我自己都浑然不觉。

最后一滴牛奶滑进糙木头奇异的食道后,他放下瓶子,打了个响嗝,同时我才发现自己的下巴差点脱臼了。

"人才啊。"我点点头,长叹道。

对不起,我必须要为之前的错误郑重地道个歉,这位小哥的珍贵程度已经不是霸王龙比得上的,以他那仅有葫芦兄弟里的五娃才能匹敌的胃容量,我由衷建议国家博物馆赶紧来把他拖去展览。

"行了不?"糙木头抹掉嘴角上残留的奶液,挑衅似的看向两个呆若木鸡的安检员。

"行,行了。"放武侠小说里,这情节一定是男安检员一边自抽耳光,一边哭天喊地:"小的有眼不识泰山……"

见了一回奇人异事,生活还得继续,找回我遗失的记忆才是当务之急。安检风波过后我找到登机口,没过多久机场就通知飞往长沙的 MA 54250 次航班可以登机了,我跟着队伍上了飞机,手里举着登机牌找自己的位置。

这时,我才注意到我的位置序号是 13B。

心里顿时泛起一阵不祥的预感,某个五娃的座位号是 13C。

不不不,不会这么巧,他不会也坐这趟航班的。

我找到 13B 号座位坐下,略有点紧张地看了看旁边 13C 的位置。

位置上没人,一会儿肯定会有个美女坐在这儿的。

"请问我坐哪儿?"一个声音从舱门口的服务区传来,简直不能再熟悉。

常言道,生活就像盒子里的巧克力,总是充满了意想不到的惊喜,你永远不知道下一块巧克力是什么滋味。在那天的我看来,这姓常名言的江湖骗子纯属睁眼说瞎话,2010 年 2 月 11 日,李成功的生活是一块极富神秘色彩的巧克力,其中当数牛奶的味道最浓,此外还真是有那么点惊喜——衰到让自己吃惊,背到让仇人欢喜。

"您的位置在从这里数过去的第十三排,靠过道的 13C。"空姐热情地说。

眼下避无可避,该来的终归会来,当长得像粗糙木头的小哥带着他独特的体味在我身旁坐下时,我确信,一定是我上辈子造了什么孽,老天为了惩罚我,特地让我剥错了一块巧克力。

糙木头抱着他没托运的行李,又开始好奇地东张西望,这个没有站票的交通工具对他来说一定是个很新奇的玩意儿。

趁他还没注意到旁边坐着谁,我尽力保持镇定,若无其事地摸出放在前排置物袋里的报纸,摊开,用半面报纸遮住脸。

只要他认不出我,就万事大吉。

"哥,你咋坐这儿呢?"身边骤然响起一记惊雷,随之有几点温热的液滴落在我脸上,吓了我一跳。放下报纸往身侧一看,一张黄里透黑的脸瞬间占满了我的视线。

糙木头侧着身,恨不得把一整张欢喜的脸贴到我鼻子上。

后排有个大汉恼火地嘀咕:"干啥玩意儿一惊一乍的啊? 吃饱了撑着啦?"

这位小哥要丢人我不拦着,可是别把我也给拖下水,我连忙冲他做了个噤声的手势。

没想到糙木头挺听话,他压着嗓门,近乎耳语地问我:"哥,你去长沙干啥呢?"

竟然还找我聊起天来了,我没打算理他,态度冷漠地敷衍了一句:"回家。"

"我去长沙要钱。"糙木头根本没看出来我想跟他划清界限的意思,乐呵呵地告诉我。

他去长沙干什么我根本没兴趣知道。我淡淡地"哦"了一声,脸在报纸里埋得更深。

糙木头像是终于找到了个说话的对象,在一边打开了话匣子:"有一个老板,欠了我们老板的钱,我们老板欠了我的钱。我计划好了,我要到钱就不干了,自己弄一个奶油蛋糕店,自己干,自己当老板,到了那时候,给我买东西的人都一手交钱一手交货,谁也别想欠谁。"

有这么一个话痨在身边,报纸铁定是看不下去了,我真想冲他吼上一句:"谁欠你的钱,你找谁要钱,跟我有什么关系啊?"

出于成功人士的风度,我不能这么做,要这么做不就拉低我的档次了吗?我继续支着报纸,估摸着他发现我没兴趣陪他聊天就不会再喋喋不休了。

可是总有那么些人是出乎意料的存在,糙木头根本没有停下的迹象,看起来他最大的热情在于把他从小到大经历的每件事都告诉我,即使我已经把厌恶感表现得很明显。

"我家在河南那边的一个小乡村里,我是老大,下面还有两个弟弟一个妹妹,牛耿这名字是我爷爷给起的,他说这人活在世上啊,得耿直厚道,后来我小学毕业的时候爷爷就走了,现在想起爷爷我还哭呢。

"家里没钱,小学毕业我就出去打工了,我先去的广州,在那边的黑工厂当机修学徒,后来厂长卷着我们的工钱跑了。我在外面打了半年工一分钱没拿到,不敢回家,就跟着几个工友去了温州。

"在温州进了家皮鞋厂,给老板塑鞋底,又干了大半年,这回的老板没跑,给我们发了六千块工钱,当时我可高兴了,跑街上吃了顿红烧肉。

"回家的路上遇到一家伙,他说能带我赚大钱,只需要我投资五千块,我稀里糊涂地就跟他去了合肥,跟一群人一起被锁在小屋子里,整天跟着那家伙喊一些'我要成功'之类的口号,还得出钱买他拿来的什么安逸牌蛋白粉,我不相信那样就能赚钱,想跑,那家伙不让我跑,最后把我在温州赚的钱都抢走了。

"后来我到了石家庄,一远房亲戚介绍我到他的奶牛场挤奶,我就去了,嘿,我给你说啊哥,在奶牛场上班可开心了,天天围着大花牛转,给它挤舒服了它还直哼哼,后来'三头马'的那个事情出来,外面有好多人要冲到奶牛场里来打我们,吓得我抱着大花牛,牛圈都不敢出……"

我放下报纸,正襟危坐,用很严肃的口吻说:"牛耿先生。"

"神了,哥,"牛耿诧异地说,"我根本不认识你,你咋知道我叫牛耿?"

我不想和他一起回顾一遍爷爷给他起名字的往事,只想尽快把我的观点表述出来:"飞机马上就要起飞了,你能不能安静一分钟。"

我没骗他,飞机已经驶上加速跑道,即将升上天空。

出乎我意料的是,牛耿听了我的话,还真立马安静下来,没再多说一句话。

春运期间,各大航空公司都多开了几架客机支援这次世界上规模最大的人口流动,跑道前面还有好几架飞机排队起飞,我乘坐的这架排在最后面,现在我真希望飞机也能像排队买票的大妈一样,插队插得比小刀还锋利,然后早点起飞早点降落,我也好早点和身边这位叫"牛耿"的质朴青年说再见。

"哥,你是干啥的?"安静了还没多大一会儿,那折磨人的声音又响了起来。

"不是叫你安静一会儿吗?"我回过头没好气地说。

"一分钟已经过了。"牛耿指了指舱门上方的电子时钟。

我捂住脑袋,险些就要爆发:"你咋这么耿直呢? 说一分钟就一分钟啊?"

"是啊,"牛耿明显是认为我在夸他,"我爷爷说了,人活在世上,就得耿直厚道,对老婆,对朋友,对父母,不管对谁,都得耿直厚道。"

"行行行,"我嘴里吐出一串"行","我求求你,你就对我厚道点吧,让我安静一会儿。"

"哥,你还没说你是干啥的。"眼看着牛耿是准备打破砂锅问到底。

问题是,我也不知道自己是干啥的啊。我只要往我的工作方面稍一回忆,就会迎面撞上一堵雪白的墙,墙的那一面或许藏着我失却的记忆,但抬头看着这堵看不到顶的高墙,我开始怀疑自己永远到不了那一面。

"哥,你到底是干啥的?"牛耿又问了一遍。

"我不知道。"一想到我可能会浑浑噩噩地过完此生,心里不禁怅然若失。

"不知道? 你不知道自己是干啥的?"牛耿没发现我的情绪变化,在一旁自顾自地说,"怎么可能,人活着不都得干点啥吗? 你怎么会不知道呢?"

"我忘了,行不行? 昨晚喝多了,我都忘了。"我没好气地说,怪自己怎么会跟这么个家伙纠缠不清。

"嘿，看不出哥你还会喝酒？下回去咱们那儿，带你喝自家酿的粮食酒，可带劲儿了，能把你的舌头给烧着。"牛耿越说越得意。

真盼着有个人来救救我。

"哥，我看你穿得像个人似的？那个词儿怎么说来着，对了，人模狗样，"牛耿的兴趣又回到我身上，"我猜你一定是个老板吧！"

"对对对，你说得对，我想起来了，我就是老板。"为了堵住牛耿那张闲不住的嘴，只能他说啥是啥。

"老板？"牛耿忽地板起脸，像是见了仇人，"你是哪个奶牛场的老板？"

谢天谢地，不需要由我来跟牛耿解释我和奶牛场老板的渊源，飞机终于起飞了，加速度作用力让人紧贴在座椅靠背上。牛耿黄里透黑的脸有点发白，他使劲抓住扶手，嘴巴紧紧闭着，一个字都不敢说。

看他那像是即将坐火箭飞离地球的紧张模样，先前恼火的我又觉得好笑。

飞机正处于爬升阶段，失重让人产生眩晕的感觉，我不再关注旁边难受的牛耿，摁亮阅读灯，拿起报纸看自己的。

忽然，身边传来一声沉闷的"嗝"，伴着浓浓的牛奶味和一股形容不出的酸腐气味。

我心里咯噔一下，安检台前捧着牛奶猛灌的身影浮现在眼前。

难不成是……

又是一声"嗝"传来，我伸出食指挡住鼻孔，目光放在那则报道春运期间南方地区普降大雪的新闻上，就当身边什么事都没有吧。

飞机爬升的速度很快，遇上了紊乱气流，机身颠簸起来，飞机内也有明显的摇晃感。

身边的打嗝声更响亮了，隔着手指我也能闻到空气中弥漫的酸奶味。

我放下报纸，别过脸看了看牛耿，只见他脸上黑黄的皮肤透出了些紫色。再一声"嗝"，他的两腮猛地胀大，几滴白色的牛奶从他的嘴唇间窜出来。

我连忙往另一边靠了靠，看牛耿这势头，刚刚灌下去的那几升牛奶一定正在他胃里翻江倒海，要是他撑不住，吐在我身上……我不敢再往下想。

然而,事实证明我低估了牛耿的超能力。

就在我眼前,牛耿鼓胀的两腮又瘪了下去,同时喉结往上一翻,伴着轻轻的"咕嘟"一声,牛耿发出一声惬意的轻叹,"啊——"

我想象得到刚才牛耿的消化系统里发生了什么。

满满的牛奶大军在他的胃里澎湃翻涌,终于经不住外界的蛊惑,高举着"造反"的大旗穿过食道,冲杀到他的口腔里,接下来,牛耿的嘴唇成了拦截反贼的壁垒,他用超乎凡人的毅力,把那些不安分的牛奶又镇压了回去。

牛奶事件已经严重影响了我对牛奶的印象,我极尽自己所能把这个过程描述得好听一点,如果直接告诉你,他把从胃里翻上来的牛奶又吞了回去,我想你一定会和我一样,对牛奶产生心理阴影。

紊乱气流持续了很久,飞机颠簸得越来越强烈。

"嗝"的一声又从牛耿的嘴巴里传出来,他的两腮鼓成青蛙,嘴唇再也拦不住那些白色的百万雄兵,一条牛奶小溪从他的唇缝里喷薄而出。

牛耿火急火燎地打开他随身的行李包,在里面翻找着什么。我看不下去了,如果他再喝一口回笼牛奶我肯定会先吐出来,于是我赶紧抽出飞机上备好的垃圾袋子,递到牛耿嘴巴旁边。

谁知牛耿只是放下行李包往旁边一偏脑袋,紧闭牙关,鼻子深吸一口气,泰然自若地吞下已经盈满口腔的牛奶。

他回身,把垃圾袋递还给我,嘴角挂着两丝牛奶,不羁的眼神里有挑衅的意味。

我半张着嘴,胃里一阵风起云涌,再也支撑不住,急忙打开牛耿递回来的垃圾袋,把胃里的东西都吐在里面。

LOST ON
JOURNEY

第四章
回忆片段

锁好洗手间的门，我背靠在门上，手里拎着一包呕吐的秽物，心里头把牛耿全家上下问候了个遍。

这叫什么事儿？真正要吐的那个人用他的恶心行径成功地把我给弄吐了，他还特无辜地问我："老板，你咋了？ 要紧不？"想着整个机舱的乘客用厌恶的眼神看着我，我就恨得牙痒痒。

提到牛耿，我不自觉地又想起他反复倒腾胃里的牛奶，心头一阵酸意又涌起来，像是有一只小手在使劲拉扯我的小舌头，我弯下腰冲着便池又呕出一堆东西。

那股恶心的劲儿好不容易才过去，我喘着气靠在墙上，全身发软，难受得直发抖。

又缓了一会儿，我伸手去够冲水把手，视线不经意间瞟到便池里。

我的手在冲水把手上停住，软绵绵的双腿在便池边蹲下来，扶了扶眼镜盯着那堆我吐出来的食物残渣。

别误会，我不是变态，也没有什么怪癖，我只是在呕吐物里发现了值得注意的东西。

那是没来得及消化的肉糕渣滓。

我捂住嘴，本能地感到一阵厌恶。

西河肉糕是石家庄这边的名吃，是用驴肉末和淀粉做成的肉饼状食物，当地有不少人都是肉糕的拥趸,但是我怎么都喜欢不起来,其一肉糕没辣味,我可是没辣椒就活不下去的"辣哥子",其二是肉糕太油腻,要是驴肉的腥气没处理好,打死我也不会尝一口。

可是我的胃里,怎么会装着我反感的食物?这显然很不正常啊!

骤然间,一声惊雷在脑子里炸响,耀眼的闪光过后,我看到一些非常清晰的画面。

那是一个人声鼎沸的大型露天商场,一个漂亮的年轻女孩一手拿着西河肉糕,不时津津有味地咬上一口,另一只手挽着一个衣着体面的中年男人,看到好看的衣服或是精巧的小饰品就会满心欢喜地拉着男人去看。那中年男人似乎对女孩手里的肉糕过敏,时刻注意着跟女孩的另一只手保持距离,女孩看着男人窘迫的傻样,乐得直笑。

中年男人就是我,李成功。

我们逛了一圈商场,我掏钱给女孩买了双冬靴,她拎着包装袋笑弯了眼睛,几缕不听话的头发从她齐齐的刘海上滑下,绕在她明亮的瞳孔旁,我仿佛看到夏天的阳光从青绿的藤蔓间照下来。

走出商场,我抬起手腕,看了看手表。

女孩看见我着急的样子,嗲声嗲气地撒起娇来:"成功,要不你今年就别回家了,你在这儿陪我过年吧。离婚的事儿,打电话跟你老婆说行吗?"

"曼妮,别闹啊。"我轻轻搂着女孩的肩说。

原来她叫曼妮。

"不嘛,你今天下午就要飞走了,我肯定舍不得。"曼妮嘟着嘴,摇晃我的手臂。

"离婚的事儿电话里怎么说得清楚呢?"我用哄小女孩的口吻说,"你看,我每年只回一次家,总得让我看看女儿吧。"

"哎,我想到个主意!"曼妮睁着大眼睛,像是发现了什么宝藏。

"什么?"我回头看着她问。

"我过年去看你,给你拜个年,顺便看看你老婆孩子,打个招呼。"

哪怕是看着回忆的画面我也能感受到当时李成功心里的惊慌,不过表面上却不能表现出来,只能假装疑惑地说:"你说的是真的假的?"

曼妮玩味地看着我的反应,反问道:"你说呢?"

我一把揽过曼妮，让她贴在我怀里，"好了宝贝，不闹了，初五我就来接你，咱们去马尔代夫过完元宵再回来。"

曼妮从我怀里抬起头，顽皮地说："这可是你说的哦！不许骗我。"

"我什么时候骗过你？"

"不行，这次你得给我个保证，"曼妮的娇蛮性子上来了，"我怕你回家见到老婆孩子就不想回来了。"

"好吧好吧，你说要什么保证？难不成要我写个保证书？"我举手做投降状。

曼妮举起手上还剩一半的西河肉糕，坏笑着对我说："你把这个吃了，我就相信你。"

"啊？不是吧？"我目瞪口呆，"你知道我从来都讨厌吃肉糕的。"

"可是我喜欢吃，你从来都不愿意陪我吃。"曼妮佯装生气地说，"这次要是你不吃，我就再也不相信你了！"

"我吃我吃。"我慢腾腾地接过肉糕，放到嘴巴里咬了一小口。

曼妮一脸期待地看着我："怎么样，好吃吗？"

我没怎么咀嚼嘴里的肉糕末儿，囫囵吞枣地把那小半截手指大小的肉糕吞下肚里，不过，也发现了有些不一样的口味。

"咦？怎么会有辣的？"我低头看着那半份肉糕。

曼妮哈哈笑出声，得意地说："知道你爱吃辣，昨天我特意把家里的肉糕都裹上了辣椒面儿，看你吃不吃。"

我心里涌起一阵暖意，伸出手把曼妮抱在怀里。

"成功，给你说件事儿。"曼妮闷在我怀里说。

"说吧，怎么了？"抱着她娇小的身躯，我沉浸在不舍的情绪里。

"我怀孕了。"曼妮的声音细得几乎听不见，却如同一把重锤砸在我脑门儿上，砸得我满眼金星。

我放开她，往后退了两步远，僵硬的脸差点让我说不出话，"不是吧。"

"真的，"曼妮欲言又止，"我今天早上验出来的……"

我立着没动，石家庄的冬天很冷，干燥的寒风凛冽如刀，曼妮怀孕的消息却让我全身麻木，感觉不到身周这个苍白的世界。

突如其来的记忆在这个地方戛然而止，留下许多对我来说像是百慕大三角一样的未解谜团。

　　此时此刻这个失忆的我唯一能确定的是,当听到曼妮怀孕的时候李成功是真怂了,他不再是春风得意的体面男人,他只是一个懦夫,一个闯了祸却不敢认错的胆小鬼。

　　"梆梆梆!"身后传来震耳欲聋的敲门声,外面有个男人在喊,"里面的兄弟,你是便秘还是尿不尽啊?"

　　我拉开门,没好气地冲洗手间门外的大汉说:"兄弟我尿频,每隔五秒就得尿一次。"

　　大汉愣着没说话,我想是被我血红的眼睛吓住了。

　　我回到座位上,牛耿见我满脸火光,忍不住小心翼翼地问:"哥,你是咋了,火气咋这么大呢?"

　　"不关你事儿,你别说话。"我看也不看他一眼,拿出放在前排座位底下的手提包,从里面找出钱包。

　　打开,从卡包里拿出照片。

　　看着靠在我肩上的曼妮,像是有人在我心上浇了一桶不掺水的柠檬汁,酸得眼红。

　　不用拿出那张小照片,不用看上面那条有两根红色小横线的验孕试纸,不用多想也知道那是曼妮的,她是真的怀孕了。

　　可是得知这个消息后我又做了什么?不是照样来机场赶飞机了吗?把一个怀有身孕的姑娘丢在石家庄,李成功你还算是个男人吗?你非要回长沙去干什么?

　　等会儿,在重现的记忆里,李成功好像说了他为什么要回长沙。

　　他要回去看老婆孩子,没法留下来陪曼妮过年。

　　我有老婆孩子?我结婚了?我从照片上抬起头,惊愕得合不拢嘴。既然我结婚了,那曼妮又是怎么回事儿?在回忆里我对曼妮那种真切的爱又是怎么回事儿?

　　回头去看照片上那漂亮的女孩,我只感到背脊发寒,难道真的是……

　　不会的,我不会吃饱了撑着去给一张验孕试纸留影纪念,再说那破照片儿看上去有些年月了,一定不是近期拍的。我抱着侥幸的心思给自己开脱,可是脖颈背后的冷汗还是一点一点地渗出来。

"哎,老板你女儿真漂亮,啥时候介绍我们认识认识呗。"一颗几天没洗的大脑袋凑到我眼前,牛耿的眼睛定在照片上,欢喜地说。

我用一根指头推开那颗散发着汗馊味的脑袋,瞪了牛耿一眼。我没费工夫给牛耿解释曼妮和我的关系,因为连我自己都弄不清楚。

收起照片,我平复了下情绪,牛耿恋恋不舍地看着装照片的钱包:"再给我看两眼行不?"

为了转移他对照片的注意,我长叹一口气,告诉他说:"牛耿啊,其实我挺羡慕你的。"

"羡慕我啥?"牛耿回过眼睛。

"羡慕你的耿直厚道。"我看着他说。

"哈,我牛耿别的没啥,就是这厚道那可是没的说……"牛耿听我夸他,两眼乐成一条缝。

我再没理他,抱着手臂靠在座椅上装睡。或许等到了长沙,一切都会有个结果。

困意涌上来,我迷迷糊糊睡着了,这时,旁边有个熟悉的声音在大声喊:"服务员,服务员。"

我责怪自己,怎么在餐厅睡着了。

"服务员。"呼喊声没停下,周围还有此起彼伏的哄笑声。

真是的,这人怎么回事儿,餐厅可是公共场合,能安静点用餐吗?没听到大家都在笑你吗?

我睁开眼,想要看看那没素质的家伙,可是眼前亮堂的长廊形空间令我吃了一惊。

这哪里是什么餐厅,我是在飞机上。

在飞机上叫服务员的人,不用看也知道那是谁。

"服务员,快过来。"牛耿又在大声喊。

之前他一直在没完没了地找我说话,说不定别人还以为他跟我是一起的,我是没法再看他丢人了,急忙拍拍他,"哎哎,别乱叫",同时帮他摁下头顶上的呼叫按钮。

空姐很快拉开小帘走了出来,在牛耿身边关切地问道:"先生,请问有什么需要吗?"

牛耿指指舷窗:"你把窗户打开透透气呗。"

周围的乘客都捂嘴笑了起来,坐在我另一边的那个妇女低声问我:"你这朋友脑子是不是受过什么刺激?"

"不……他不是……"我支支吾吾,不知道怎么向她解释我根本不认识牛耿。

空姐微笑的表情稍微有点怪,看得出她用了很大的力气才绷住脸:"很抱歉先生,机舱都是全封闭的,不能打开窗户。"

牛耿撇着嘴,扯着衣领说:"你这儿不通气我憋得难受怎么办?"

"请您再忍受一会儿,飞机很快就会到的,"空姐的耐心快要保持不住了,"要不我给您倒杯水。"

"快快,"牛耿往后挥挥手,"我快憋死了。"

"好的。"空姐刚走回服务区去倒水,牛耿又大声叫起来,"服务员,服务员!"

他自己丢人没事儿,别拖我下水啊!我简直无法容忍了:"哎,你有什么事儿跟我说好吧?"

牛耿回过头,一脸憋屈地说:"我只是想让飞机停一下,我不想坐了,我下去转车。"

我无奈地回答:"你说这飞机飞在天上,能说停就停吗?"

牛耿好奇地问我:"那要怎么才能停?"

"取消航班就不飞了!"我随口说。

"那你让它取消呗,你不是老板吗?"

"我又不是航空公司的老板,不是我说了算的好不好。再说飞机已经飞在天上了,就算老板来了也取消不了。"

牛耿挠挠头,又费解地问:"可我听有人说飞机怎么就起飞不了?"

我极力不让自己的厌烦出现在脸上:"那是碰到大雾天气、大雪天气。"

牛耿身体一摊,期盼地说:"唉,要是碰到大雪天就好了。"

"碰到大雪天飞机就飞不了啦,我们还怎么去长沙?你不想去要钱我还想回家呢。"

话音刚落,就听头顶上传来"叮"的一声。

一个非常有磁性的男音温柔地播报着："各位乘客,刚刚得到消息,由于长沙机场大雪,所以机场封闭,飞机无法降落,现在飞机准备返航,请各位谅解。"

"怎么回事儿啊?"

"我们买了机票,怎么不把我们送到长沙就要回去啊?"

飞机里的乘客哄闹起来,但也没法阻止这架 MA 54250 次航班在空中拐个大弯,往来时的方向飞回去。

机上的空姐空乘都出来安抚大家的情绪。坐在后排,被我在洗手间门口唬住的大汉这时正叫嚣着要航空公司向他支付票价的十倍赔偿,不然他就找人把飞机抬走。

在满腹怨气的乘客中只有一个人例外。

牛耿怀抱着他的行李包,开心地问我:"嘿,这样咱们是不是就可以回去了?"

"不是,你……"我板着脸,想骂出点什么,最后只能吐出一句,"乌鸦嘴。"

飞机回到石家庄正定机场,舱门刚打开,一飞机的人就迎着腊月寒风冲向摆渡车,他们急着赶去幸福航空公司的柜台发脾气。

牛耿跟在急匆匆的人流中往舱门走,还不忘回头对我喊:"老板,赶紧走啊,终点站到了,不快点下去飞机就要飞走了。"

我干笑两声算是回应,屁股却坐着没动,等差不多所有人都走完了我才慢腾腾地走出座位。

眼看是没办法早点回到长沙了,接下来该怎么办呢? 我愁眉不展地思量着。守在舱门口的两位空姐垂头对我说抱歉时我发出一声极其不满的"啧"。

走下舷梯,站在空旷的停机坪上,我心里跟这广袤的天地一样空,迷茫感像盈满天空的寒风一样,劈头盖脸地向我吹来。

回到了石家庄,回到这个我本该很熟悉而现在无比陌生的城市,我该去哪儿寻找失去的记忆?

去找曼妮?

　　绝不可能,没弄明白我跟她之间是怎么回事儿之前我是不会去找她的!跟曼妮照片放在一起的,还有一个茉莉花似的女人,至少我要先弄明白她和我的关系。

　　直觉告诉我,现在我还是得先回趟长沙,那个女人很有可能就在长沙等我。

　　"大冷天的你究竟走不走?"摆渡车司机从车里探出脑袋催我。

　　"就来,就来。"我快步跑上去。

　　跳上车,我心虚地四处扫了一圈,还好,没看到那个衰神,他已经坐前头那辆车走了。

　　心里有了个目标,我的心情也好了许多。凡事都要往好的地方看,不管怎么说,摆脱了那个考验人类忍耐限度的家伙,接下来不会有人来让我心烦了。

　　心情一好,想什么都觉得乐观,这班飞机去不了还可以等下一班飞机嘛,今天半夜说不定我就能赶到家。

　　事实上,我的好心情没维持多久。

　　走进机场大厅,刚要按照指示牌往出口走去,就听旁边响起一声炸耳的呼唤:"老板,你咋才出来呢,我等你很久了。"

　　我顿住脚步,回头一看,衰神从地上站起来,拍拍屁股,乐呵呵地望着我。

　　"不是,你怎么还不走呢?"我问牛耿。

　　"我在等你啊。"看牛耿的架势,他是要跑上来给我个热烈的拥抱。

　　我急忙往后退了几步:"你等我干什么,我们又不是一路的。"

　　"我行李被拿去托运了,我不知道在哪儿取,飞机上那些人不知道咋了,都急着往大厅里跑,我只能等着问你了。"

　　"他们都急着去退票,当然没空搭理你。"我摇摇头说。

　　"那我的行李咋办?"牛耿着急地问。

　　"喏,"我指了指挂在长廊天花板上的指路牌,"看到没,'行李领取处'几个字,你顺着上面的箭头走,就找到行李转盘了,在旁边等着就行。"

　　牛耿笑了,像是找到了失而复得的宝物:"谢谢老板。"

　　"呵呵,没事没事。"权当学雷锋,我又随意地提了一句,"这趟航班取消了,拿回行李,你就可以去航空公司的柜台要求全额退票。"

不想牛耿听了我的善意提醒,愣住了:"为啥他们要把钱退给我们?"

我像是听到有人问我一加一为什么不等于三,该怎么细细给他解释?

"他们没把我们送到目的地,当然要给我们退票了。"我说完就要往前走,"行了,那你爱退不退吧。"

"没送我们到长沙又不是他们的错,是因为机场下大雪了他们降落不了。虽说我在飞机上有点闷,但全怪发明飞机的那个人不给飞机开个天窗,怪不得那个什么公司嘛。"牛耿跟在我身后纳闷地问,"是老天爷让他们飞不到长沙,我们还要去找他们要钱,太不厚道了。"

这什么歪理邪说,我懒得跟他理论,闷声往前走。

"老板,你说我说的在理不?"牛耿追着问。

"在理个屁,天气原因是航空公司本就该预想到的风险,现在风险兑现了,他们没有做好应对措施就得承担不利后果。"我脱口而出。念大学的时候我的专业是金融,有些知识我没忘。

"嗯,你说得对,大风吹着是有危险,可是飞机上也没让我们吹着风啊。"牛耿一头雾水。

我也不奢望他能听懂,眼看前面有一个岔路口,把出口和行李转盘分到两条走道上。我走上出口那个方向,往旁边一指:"你去那边拿行李,我走这边,再见。"

"谢谢。"牛耿笑着说,冲上另一边的走道。

我长出一口气,独自往出口走去,这下算是完全摆脱了吧。

幸福航空公司柜台前挤得水泄不通,台后那个手足无措的小姑娘被几个大嗓门的汉子吓得一脸煞白,不停有人问她去长沙的飞机什么时候能再起飞。

"对不起,长沙机场下大雪,想飞也飞不了。"地勤只能重复这句话。

一个嗓子很尖的大妈插进话来:"如果飞不了,请为我们安排别的飞机到长沙附近的城市。"

"对不起,现在春运,飞机都不够用。"

"那什么时候能飞?"

"最快也得明天下午或者后天。"地勤胆怯地说。

"那怎么行,退票退票!"激动的人们往前涌,我十分担心那脆弱的柜台能不能拦住这伙形同暴民的人。

在他们面前,不知怎的,我脑袋里响起刚刚那个质朴的声音。

"是老天爷让他们飞不到长沙,我们还要去找他们要钱,太不厚道了。"

他说得或许不对,或许不符合这个经济社会的运行规律,但至少顺着人心里最本质的善意。

李成功啊李成功,怎么失个忆失得婆婆妈妈起来了。我摇摇头,把那些柔软心思赶出脑子。

接下来要怎么去长沙,才是我该考虑的。

LOST ON
JOURNEY

第五章
小妮妮来电

在机场门口拦了辆的士，让司机送我到石家庄火车站去。既然天上飞的走不了，那就只好坐地上跑的。

在我残缺的记忆里，对石家庄的印象不深，所以没法确定那个慈眉善目的司机有没有想着赚点过年红包而带我绕弯儿，不过我有点希望他能坑我一把，让我好好看一看这座城市，哪怕多看一点，也好。

是不是有种壮士一去兮不复还的悲壮？可是我还真就是这么想的。是哪位装文艺范儿的兄弟曾说过，人在这个世界上总会留下些痕迹，证明他来过，看到过，至于征没征服过那就另当别论了。我坐在的士后排座位上，望着窗外闪过的街道、公园和广场，像是看一部快进的电影，仔细地在每个地方找寻我留下的痕迹，铅灰色的大厦和铅灰色的天空一并消失在车窗后，我没有找到什么蛛丝马迹。

对这个城市来说，我也只是个过客，也许能证明我来过的唯一痕迹，是那个怀着身孕的女孩吧。

"火车站到啦。"司机一脚刹车，的士停在石家庄火车站前。

"谢谢师傅。"我递了张百元钞票给司机。

他一边找零一边问我说："今天回家吗？在哪儿抢到的票？"

我摇摇头："还没买呢，现在就是过来买。"

师傅还没点清楚找的钱，听我这么一说，他抬起眼睛，回头敬仰地看着我："现在过来买票？你是火车站站长的亲戚吗？"

当时我没反应过来他的意思，下车后回想起来，那个细节说明我以前一定不是个经常坐火车的人，否则我一定会知道在春节前后，一张回家的火车票是最供不应求的奢侈品。

的士在我身后一溜烟开走了，留我站在火车站前的大广场上。

人群一眼望不到边，黑压压的脑袋大海里有不少五彩缤纷的小船，仔细看会发现那是躺在地上睡觉的人裹着的棉被。小贩和黄牛穿梭在人潮里，嘴上念叨的不是"发票发票""旅馆旅馆"就是"帅哥美女要去哪儿"。车站里响起广播声，播报着列车信息，当说到某次列车开始检票时，一群人扛着大包小包就急匆匆往检票口涌去，那片空出来的无主地很快又被新的人群占领。

面对这阵势，我只觉得身上有点发软，一阵不祥的预感笼罩下来。

售票大厅里不是人海，而是乱流。总想着捡空加塞的人往售票窗口前一站就不走了，后面的人稍一不注意他们就趴到窗口上，老实排队的人大多抱着多一事不如少一事的心理，让这些人先买就算了，要是不巧遇到暴脾气的，张嘴骂上两句那还是轻的，干上一架都是常有的事儿。我排在队伍后面，不大一会儿就已经看见维持车站秩序的片儿警押出去两拨人了。

黄牛也是火车站里必不可少的风景，他们穿梭于乱流中，散布些虚假的小道消息，热门线路的车票在他们嘴里早就卖光了，想要票只有他们手上有，价格不高，只是比票面价贵个四五倍而已。看这情形不亚于他们绑架了几个富家千金，然后举着刀子不着边际地索要赎金。

我伸长脖子往前眺望，看看还有多少人，前面看不到头的队伍让我心里越来越焦急。

"大哥，去哪点？"一个操着川味普通话的小个子男人发现了心急火燎的我，快走两步凑过来问。

我斜眼瞥了瞥他，烦躁地回了一句："关你什么事儿？"

"哥，我手头有票。"小个子敞开他的皮衣，从皮衣底下摸出一沓崭新的火车票，"去哪点的票都有。"

果然是黄牛，不过我可不想照顾这种抢了肉又抢汤的人的生意，裹了裹衣服没再理他。

小个子黄牛自讨没趣，收起他的票走开了。

一个半小时后,我终于排到售票窗口前。

"要哪儿的票?"售票员冷冰冰地问我。

"长沙,软卧。"我摸出身份证准备递上前去。

"没了。"售票员都不用在电脑上找一找,张口直接回答我。

"没了?"我顿了顿,又问,"那硬卧呢?"

"也没了。"售票员立马回答。

"你在电脑上查一查,难道就没有一趟车有硬卧?哪怕晚一点的也行。"我就差点两炷香来求她了。

售票员在键盘上敲了一阵,回过头来告诉我:"都没有,卧铺都卖完了。"

"那……"我实在不想吐出那两个字,"硬座呢?"

售票员看了眼电脑屏幕,摇摇头:"也没有,最近七天的硬座票都卖完了。"

我吞了口唾沫,鼓起莫大的勇气问道:"那,站票有没有?"

售票员回头看了看我,我敢确定她脸上闪过一丝怜悯之色。她操作电脑屏幕里的光标往列车表下翻了翻。

"站票有一张,明天下午三点十分,石家庄到长沙南,要不要?"

这是个好消息,同时也是个噩耗,急眼的我顾不了那么多了,抬起发抖的手把身份证递进去:"就这张吧。"

售票员刚接过我的身份证,眼睛不经意地往屏幕上一瞟。

身份证被递了回来,可是火车票却没见踪影,只有售票员冷冰冰的一句话:"真是抱歉,刚刚那张站票卖出去了。"

"什么?"我瞪大眼睛,不到半分钟的工夫,票就没了。

这种转眼间就是有票与无票之隔的情形想必售票员早已经司空见惯,她又对我说了声"抱歉",然后就朝后面喊道:"下一位。"

我往旁边让了让,一个比我年长点的中年人走到窗口前。

"要哪儿的票?"

"去阳泉。"

"卖完了。"

…………

我茫然无措地走出售票大厅，夜里的寒风一阵紧过一阵。

之前我说我相信命运，但我没说我会对它百依百顺，买不到票反而让我想回长沙的愿望越发强烈。忘了又是哪位很能装的兄弟曾说过，人类对命运保持抗争态度是一种天性！

一个眼熟的小个子窜到我跟前，我差点撞到他身上。

"听到咯大哥？石家庄到阳泉的票都没了，你就别想在站里买到去长沙的票咯。"

是刚才那个小个子黄牛。

看来在命运的重压下，清高如我也不得不低头。"去长沙的软卧，多少钱？"我让自己保持冷淡的态度。

小个子遮遮掩掩地看了看皮衣里的那沓票，抬起头来为难地告诉我："哎呀，真不巧，卧铺票都卖完了，大哥，你看要不来张硬座的？"

"硬座？"我瞪大眼睛，"我都已经买黄牛票了你还叫我坐硬座？你不是在逗我？"

"大哥，后天就是除夕，你可以去打听一哈儿，还有哪个有卧铺票，要是你找到一张卧铺票，我手里的票全白送你。"小个子拍着胸脯，赌咒似的对我说。

我站在他面前，心里多少有点犹豫，想买吧，从黄牛手上买硬座票实在太让人心有不甘，不买吧，又不知道还有哪儿能弄到票。

正当这时，旁边一个胖子走了过来，张口就问小个子道："哎，还有去长沙的票吗？给我来一张。"

"只有硬座的咯。"小个子一边斜着眼瞥我，一边招呼他的新顾客，"硬座还有最后一张，要不要？"

"就拿硬座的吧，问了好几个人，去长沙的票都卖光了。"胖子想也没想，伸手拿出钱包就要掏钱。

"什么？"我着急地问，"长沙的黄牛票都没了？"

胖子和卖票的小个子黄牛意味深长地对视一眼。只能解释为命运的嘲弄，当时心急的我偏偏就没注意到他们暧昧的眼神。

"是啊，回湖南的人最多了，别说长沙了，就是湘潭啦，郴州啦，都没票了，"胖子催促道，"快快快，把票给我，不然就买不到了。"

听说过垄断吗？简单说来，垄断的意思就是一个市场里只有一个卖家，一旦垄断形成，卖家基本上可以在这个市场内为所欲为，当你必须要购买卖家独有的商品时，卖家就是你大爷，心有不甘？哼，过了这村真就没这店了，爱买不买。

面前这个小个子黄牛就是垄断了长沙火车票的卖家——尽管垄断地位是他捏造的，但偏偏我还就信了——要是他手里的最后一张火车票卖给那个胖子，失忆者李成功想要回长沙就只能再想别的办法。

"不好意思，"我拦住胖子，"这张票我已经买下了，没看我正要付钱吗？"

"啥子？"胖子发现自己跟小个子黄牛的方言有点像，急忙改口，"什么，你买了？"

"是的，我买了，"我转头对小个子道，"多少钱？快把票给我。"

小个子饶有兴味地看着我俩："这个，价钱嘛——"

"价钱好说，我加钱。"胖子抢着说，"我付三倍。"

"五倍。"我抢到胖子身前。

胖子摸着他的钱包，没有底气再往下喊。

"行了，也真是这位大哥先找到我的，兄弟，只好对不起你了。"小个子堆起一脸歉意，对胖子说。

"晦气。"胖子叹了一声，收好钱包摇摇头离开了。

有时候，命运其实是个婊子，她明明耍了你，却还要让你心里装满征服她的成就感。我从钱包里拿出五倍于票价的钱，从黄牛手里换回那张粉红色的火车票，心里就有这种虚假的成就感。

"大哥，一路顺风。"小个子黄牛边走边沾着口水点钱，消失在人潮中。

"谢谢啊。"我回头，拿着车票走进候车大厅。

石家庄到长沙南，237 次普通快车，凌晨四点十二分发车。

距离发车的时间说长不长，说短也不短，看样子接下来得在候车大厅里熬过这六个多小时了。我盘算着先找个地方坐会儿，站着排了一个多小时的队让我两腿发酸，再想想我将要坐二十个小时的火车硬座，不由得两瓣屁股都有点发凉。

候车大厅里塞满了人，浑浊的空气叫人喘不上气。有一个靠窗的位置，之前坐在座位上的年轻女人抱着她的孩子赶去检票口了。倒霉了一整天，终于让我逮着点好运气，我加快脚步，在空座位落到别人屁股底下之前成功赶到。

刚落座，手里的皮包就开始发抖。

是咬果手机在震动。

有人打来个电话，却又不只是一个电话那么简单，有人能拨通备注名为"李成功"的电话号码，只要不是业务推销或者催缴话费，就说明李成功不是孤零零的一个人，手机信号的那一头还有个人惦记着他。

我愣愣地盯着皮包，仿佛里面震个不停的不是手机，而是能挽回我所有记忆的灵丹妙药。

摸出手机，看见来电人的名字，"小妮妮"。

这是谁？我怎么会存这么奇怪的名字？

先接听再说吧，我屏住呼吸，大拇指按下屏幕上绿色的接听键，"喂？"

"先生您好，我这里有一个保险，可以保您一辈子的出入平安，请问您是否有兴趣购买？"

"啊？"我以为自己没听清，这个什么小妮妮是个保险业务代表？

"嘿嘿。"手机听筒里传出清澈的笑声。

听到熟悉的笑声，我瞬间想起小妮妮是谁，不知怎么的，听到她的声音我竟然鼻头发酸，像是有一粒石子哽在喉咙里。

"是曼妮吧？"我问。

"我给你开玩笑你也要给我开回来吗？真是的！"对方听起来有点不高兴。

该怎么对曼妮解释？告诉她我失忆了？不，虽然说不清是为什么，但我不愿意把自己的糟糕状况告诉她，只好找个借口敷衍过去："对不起，我这边信号不太好，刚才没太听清。"

"成功，你怎么了？听起来你不太舒服。"曼妮觉察到我说话声里的异样。

"没事，在机场被冷风吹到了，喝点热水就好。"她的关切更让我难受，差点哽咽着说不出话。

"你到长沙了吗？那边冷吗？多穿点衣服，我在……"曼妮耐心地说。

候车大厅里又响起广播,有一趟列车开始检票,哄闹的人群从我身边经过,听筒里曼妮的说话声细得就快要听不见。

我用手指堵住另一只空闲的耳朵,低下脑袋缩在自己怀里,调动每一根神经极力想要听清她说的每一句话、每一个字。

我从未如此渴望着去抓住某样东西,此时此刻,有一个女孩在这个城市的某个角落,捧着手机对我说话,承载着那些柔软话语的电磁信号穿过街道、公园和广场,穿过铅灰色的大厦和铅灰色的天空,穿过人山人海和凛冽寒风,不辞辛苦地赶到我耳朵旁的手机里,每一个在听筒上震动出的音节对我来说都弥足珍贵。

"成功,成功,你能听到吗?"曼妮的声音里透着焦急。

"我听着呢,你说。"我抹了抹眼睛,不可思议,我居然能从一个三十多岁的老男人眼眶里摸到一些咸湿的东西。

"我给你说啊,今天你走了,我……"周围太嘈杂,我根本听不到曼妮在说什么,但我仍是用手机紧贴着耳朵,满心欢喜地迎接那些从曼妮身边传来的信号。

曼妮说到一半不说了,忽然问我道:"你那边怎么那么吵啊?"

我一直只顾着听她说话,一时间没反应过来。

"成功? 你在听我说话吗?"

"啊,在,我在听。"我回道,"我在火车站呢,周围很吵。"

"火车站? 你买的不是机票吗?"曼妮疑惑地问。

"长沙下大雪,飞机没法降落,又飞回来了,我只能坐火车回去。你说什么?"坐在我周围的那拨人都站起来走向检票口,脚步声和呼喊声吵得我听不见。

"哦,好吧,知道了。"勉强传到耳朵里的一丝话语让我感觉曼妮有些失落。

"火车站人多不多啊?"她又问道。

"人多不多?"我发现找到个话题可以跟曼妮讲了,"天哪,你知道什么叫春运吗? 我给你听听。"

为了让曼妮更深刻地体会一下当今地球上规模最大的人口迁徙,我举起手机对着候车大厅,像雷达一样在身体前方扫了一圈。

刚要把手机收回来,一堵移动的墙出现在我前面。

LOST ON JOURNEY

第六章
奇异侠侣

如果没抬起眼睛往上看,我还真以为这个世界奇妙到连墙都会自己走路。在墙壁顶上,有张挂满风霜的脸正对着我笑,一道伤疤横在这张脸的嘴唇上。

大庭广众下遇到强盗了?这是我心里冒出的第一个念头。

我还没开口问那位老兄有何贵干,他就大大咧咧地一屁股坐在我身旁。

"一会儿给你打回去啊。"我把手机贴回耳边说,听筒里却只有空洞的嘟嘟声。

曼妮挂断了电话。

不知道她是什么时候挂断的,可能就在我举起手机朝向人群的那一秒吧。空荡荡的无助感在我心里卷土重来,感觉就像一条渔船把我从孤岛上救起,转眼间又把我丢了回去。

手机设有密码,我是不可能想出办法再给曼妮打回去的。一股无名火在我胸口窜动,直指身旁那个男人,管他是不是强盗,大不了我豁出去陪他干上一架。

我皱着眉问他:"你有什么事?"

男人捂着他长及小腿的大棉袄,不说话,眼睛也不看我,只顾着看我的咬果手机。

"老板,手机挺时尚啊。"从我身后传来小姑娘的声音,很悦耳,让人想起云雀的啾唧。

我回头一看，是一个估摸着二十岁上下的女孩，长得眉清目秀，如果能换掉那身满是线头的褐色短袄，走在街上一定是个回头率不低的美女。

女孩浅褐色的眼睛也盯着我的手机，我握住手机的手不自在地移到胸口。

她的视线跟随着我的手，以调侃的口气说："哟，苹果公司最新出的iPhone 3GS，老板真有眼光，不过买得起苹果手机怎么还来火车站遭这个罪呢？你说是不，大马？"

身旁的男人憨笑着点了点头。

原来我这只少印个"s"加一撇的咬果手机名叫iPhone，不得不说，真是个奇怪的名字，在我看来叫它咬果，或者腰果，哪怕腰子手机都比它好听得多，那只被人咬掉一口的果子其实更像一个肾。

"你那手机多少钱买的，应该不贵吧？"女孩调侃完，开始套近乎。

"怎么了？"我警觉地收起手机。

"你手机肯定是山寨的，我们这儿有正品行货，半价卖给你，要不要考虑换一部？"

女孩话音才落，男人站起身来，敞开他的大棉袄，随之响起乒乒乓乓的一阵脆响。我扶了扶眼镜，定睛看去。

我看到一架储物柜。

不是亲眼所见当真不敢相信，男人的棉袄里放了数不清的稀奇古怪的东西，手机、充电器、随身听、手表、指南针都算是正常的，就连马蹄铁、小人书、拨浪鼓、猪笼草这些玩意儿都有，他的腰带上还挂了一只小竹笼，一只威风的黑翅蟋蟀在里面蹦跶。

说实话，这两个一唱一和的奇异侠侣真让我长见识，此刻要是有人说他们能像仓鼠一样把食物藏在腮囊里我都能信。

"真是到了动物园了。"我拎起皮包起身离开，把好不容易找到的空座位留给那只大仓鼠。

没走多远，我脑袋里掠过一道亮光。

摸出手机摁亮屏幕，提示输入密码的六个格子冷冰冰地空着，我就算想破脑袋，也凑不出正确的数字组合。

"哎，那个谁。"我转过身，朝那一高一矮的两个身影走去。

他们正在向旁边的一个老头推销他们的商品，那老头子想必也是被男人怀里的储物柜惊吓到了，一愣一愣地听女孩忽悠。

女孩话说了半截，听到我叫他们，丢下老头跑过来问我道："老板，你想通啦？要哪一款？黑色的还是白色的？"

"我不买手机，"我走到她面前，低声说，"只是想问问，你们有没有办法破解手机的锁屏密码？"

女孩回头和男人对视一眼，朝我粲然一笑："老板，说到解锁手机，你可算是找对人了。"

"你们这是要带我去哪儿啊？"

男人走在前面，高大得像一座铁塔，路灯投下他的影子，罩在我和女孩身上。

女孩很是亲密地挽着我的手臂，天南海北地找话题跟我说话。大都是她在说，我一边心不在焉地回应两句，一边四处打量，眼看离火车站越来越远，小巷子里路人也越来越少，我心里打起鼓来。

要是这两人真是打劫的，我这不仅是送肥肉到他们嘴边，还老老实实地跟着他们走到煮肉的地方。

"再往前走我可就回去了，大不了手机密码我不解了。"我停下步子。

"就在前面了，就快到了。"女孩拽着我不松手，扭头对前面的男人叽里咕噜地说了一通我听不懂的话。

当今社会，干强盗业务也得掌握一门外语，做暗号交流之用。男人侧过脸，咕噜咕噜地回了几句，女孩闻言开心地笑起来。

"大马说啊，昨天他在前面找到条小道，转个弯就到了。"女孩用标准的普通话对我解释道。

"我们要……要去哪儿？"我紧紧地抱着我的皮包，"别乱来啊，我告诉你。"

"去给你破解密码啊，放心吧，跟我们来。"女孩说完又伸手来拉着我。

名叫大马的高大男人可能是看我想逃，索性站到我的身侧，跟我和女孩并排往前走。我捂住胸前的手提包，心想好汉不吃眼前亏，待会儿不管他们劫财还是劫色,我给他们就是了。

在一盏路灯下我们转了个弯,走进一条黢黑的小巷。

"能说说要去哪儿吗?让我心里有个底。"我又问,声音有点颤抖。

"就是前面啦,别怕,马上到。"女孩一步一跳地说。她能不开心吗?抓到了我这只大肥羊。一想到这儿我就想抽自己大嘴巴子。

李成功啊李成功,机场那对骗座位的夫妻还没教会你防人之心不可无吗?没事儿找陌生人解锁什么手机呀?

大马走到我们身后,摁亮手电筒,昏黄的手电光照在我们脚下。小巷的尽头没多远,前面有一道光,距离我们只有十来步的距离。我抱着手提包的手缩得更紧,像临死的病人抱住他的救命钱。

"喏,我们到了。"女孩开心地说。

我出其不意地挣脱她的手,往前一跳。女孩和大马都被我吓了一跳,愣愣地站在原地。

我往前举着皮包,搜尽我那颗笨拙的脑袋才想出一句恳求的话:"两位大侠,钱财乃身外之物,要你们就拿去,只求你们慈悲为怀,把身份证和火车票给我留下。"

这句武侠风格的对白要多傻有多傻,简直不像一个正常人嘴里说出来的,可当时我真是给吓傻了,脑海里除了这话就剩下一片空白。

面前的两人面面相觑,女孩捂着嘴还是笑出了声,她走到我面前:"好啊,解锁手机我们的收费是八十五块钱,在石家庄你找不到比我们更优惠的了。"

"嗯?"是我听错了还是她背错了台词?

"真笨!"女孩敲了敲我的脑袋,装作生气地说,"把你的破包收好吧,我们才不要你那点钱。"

女孩绕过我,又一步一跳地往前走了,大马走过我身边,耸耸肩,对我做了个嘲笑的表情。

这里是一个废弃的月台,台下是几条生了锈的铁轨,两轨之间的枕木都快淹没在枯黄的杂草里。一盏闪烁不定的路灯立在月台边上,站在底下能听到电流的"嗞嗞"声。火车站广场上的人声远远传来,让周边的高层建筑消减得只剩下嗡嗡的低语。站在这个被城市抛弃的荒凉角落,我有一种时间倒流的错觉。

一高一矮两个身影在月台上走出了很远,女孩回过头来催我:"快点!"

这个时候如果我顺着来时的路往回跑,他们肯定追不上我。然而像是有人操纵我的双脚,带着我跟了上去。

我们沿月台走了有一刻钟,距离那盏路灯已经很远,周围的光亮反倒没有减弱,比刚才还要亮堂很多,原来是有一座灯火通明的大楼立在前方。大马关掉手电筒,从大楼上照过来的光足够我们看清脚下的路。

"那儿啊就是石家庄的五星级酒店,"女孩指着大楼对我说,"大通饭店。"

"哦,大通饭店。"我默念这个酒店名字。

大通饭店,我对这个名字并不是毫无印象。像是一道闪光击中了我的脑袋,我脚步慢下来,最后停在月台上。

像是一块白色幕布在我眼前展开,一架投影仪架在我身后,对着幕布放映出一部模糊的电影。

电影里的故事发生在夏天,耀眼的阳光掠过大楼的边缘,刺进我的眼睛,我戴起墨镜,从石砌的车道上往后退几步,找了个阴影处站着。

急切又带着期盼的心情让我没法安安静静地站一会儿,只要听到车轮碾过石子路的声音就走上前去打量,一连来的几辆车都不是我要等的,心里除了期待也不免会觉得急躁,每一辆车过来了都会探头探脑地去看两眼。

有几丝空调的冷气让酒店门口的旋转门给带出来,扑在我的脸上,撩拨着我越来越急的心绪。

"老板,黄师傅说路上有点堵车,不然我们去酒店大堂里坐会儿吧,这天这么热。"旁边一个年轻人毕恭毕敬地对我说。

"我不热,你要觉得热的话进去等我们也行。"说着,我回头瞅了瞅他,见我的视线投过去,他微低下头,理了理扎在脑袋后的马尾。

要放平时见一五大三粗的大老爷们儿做了这么个别致的动作,怎么着我也得数落他两句,不过今天我可不想扫了兴致。

这时候,身后的石路上传来"嘟嘟"的两声车笛,我回头看去,一辆银色的高级商务车停下来,电动拉门缓缓开启,一个七岁零八个月的小姑娘从车上跳下来。她穿着紫色的公主裙,粉嫩的小脑袋上扎着漂亮的蝴蝶结,刚在地上站稳就伸直脖子四处找寻着什么。

转头看到了我，小姑娘欢喜地朝我跑过来，大喊着："爸爸，爸爸。"

此时此刻，这个寒风呼啸的冬天里，这个荒无人迹的月台上，我不顾一切地沉醉在回忆里，看着那个奔跑在石子路上的小姑娘，仿佛有阳光包裹在我身上，骨头都快要融化了。

"果果！"记忆里我欢笑着，跑上前抱起我的宝贝。

"爸爸，我想你。"果果紧贴在我怀里，在我脸颊上亲了一口。抱着她娇小的身躯，我像抱住了全世界最珍贵的宝贝。

一个端庄的女人站在车前，用柔和的目光打量着我们父女俩。夏天的热风从她那个方向吹过来，拂过她素净的连衣裙，我闻到一阵茉莉花的香气。

失忆的我是第一次在脑海里遇见这个女人，见到她我的潜意识里只有一个印象——她是一杯清水。

是的，一杯平淡无味的清水，比不上红酒的浓烈，也没有果汁的缤纷，但我在这个建满了高楼大厦的沙漠里累到快要撑不下去的时候，我最想要的，还是这杯清水的甘冽。我相信，曾经的我一定无比依赖这个女人，没有她，我会失去一切。

我抱着果果走到她面前，说："辛苦啦，老婆。"

女人温柔地嗔怪我说："在女儿面前你叫我美丽行吗？叫那个什么多不好意思。"

"哈哈，老婆！"果果乐了。

"美丽，美丽，"我赶紧做赔罪状，"坐这么久的飞机来石家庄看我，真是辛苦你们母女俩了。"

美丽转头看了看酒店豪华的门脸，心疼地问我："住这么大的酒店，一定得花不少钱吧？你才刚升职，就不知道省着点花？"

"嫂子您就别担心吧，这家大通饭店是我们公司的合作伙伴，贵不到哪儿去的。"那个长头发的年轻助理谄媚地笑着说。

美丽回头看我，脸上挂着温暖的微笑，她伸手来抱我怀里的果果："下来吧宝贝，爸爸累了。"

果果扭着小肩膀："我不，我要爸爸抱，我就要……"

她清脆的声音渐渐低下去,我身后的投影机关掉了最后一道光。我向前伸出手,想再挽留一帧画面。

幕布残酷地收起,在我眼前只剩下冷清的夜色。

"你怎么了? 愣在那儿干什么?"有一个女孩的声音在远处呼唤,一时间我还以为是记忆里的美丽来到了现实。

"我……"我不知道该说什么,只好加紧脚步,赶上大马和女孩。

拐了道弯,就见到一节绿皮车的车厢停在铁轨上,笼罩在大通饭店的灯光里。大马走到车厢门前,用力往下扳动门把,车门开了。一股炖牛肉的气味从门后飘进我的鼻子。

大马率先登上车,走到车厢里面。

女孩在车门前叫我:"别站在外面挨冻,快进来吧。"

我在车门口一阵犹豫,指了指车厢问道:"这里面能解锁我的手机?"

女孩瞪着大眼睛,认真地点了点头。

"这就是一节废车厢,又不是高科技实验室,怎么解锁?"

"哎呀,你进来就知道了!"女孩不耐烦了,自己先登上去。

站在外面也不是个事儿,就看他们能有些什么能耐吧。我拉住门边的扶手,走进门去。

车厢内是客厅、卧室、厨房以及餐厅一体化,没有灯,有大通饭店的灯光照进来就足够照明了,生活用品也见不到几样,不过都收拾得井井有条。

"你们俩住在这儿?"我诧异地问女孩。

"是啊,不过也只是暂住,过两天我和大马就要离开石家庄了。"女孩走过我身边,去把车厢门关上。

她又踩上座位,从行李架上拿下来一架便携式酒精炉,往里头放入固态酒精,点上火,蓝紫色火焰从小炉子里冒出来。

"可是,我没见着什么东西能解锁手机的。"我扶住眼镜,往周围扫了一圈。

"大马正在给你弄呢,"女孩搬出一个小铁锅,架在酒精炉上,打开一个系得紧紧的塑料袋,往锅里倒入一团黑漆漆的凝固物,站在我的位置能看到深黄色的油脂附着在那团凝固物表面。

"你没吃饭吧,一起吃一点怎么样?"女孩手里拿着筷子,边摆弄锅里的东西边热情地招呼我。

"不用了。"我连忙摆摆手,谁知道那是什么奇怪的食物,我只想尽快解开我的手机然后早点离开。

女孩没说什么,下巴朝车厢尾指了指,大马从那儿的座位底下翻出一台陈旧的笔记本电脑。

大马对女孩用我听不懂的语言说了几句话,女孩连连点头,别过脸来对我说:"大马说,你可以把手机给他了,他马上给你解锁。"

我将信将疑地走到车尾,见大马打开电脑,两只大手像是爬在键盘上的两只大蜘蛛,噼噼啪啪地翻腾两下,电脑连上了一个无线网络。

"嘿,你们这儿还装了无线网?"我惊奇地说。

"什么呀,那是旁边大通饭店的网络,我和大马发现这列车厢里网络信号最稳定,不怎么会掉线。"女孩咬着筷子回答我。

"那你们怎么知道网络密码的?"

"密码就写在他们大堂的墙壁上,谁都能看见。"女孩得意地笑着说。

我服气了,其貌不扬的大马跟这年纪轻轻的小姑娘教会了我什么叫人不可貌相。

大马接过我的手机,从他装满奇珍异宝的大棉袄里取出一根数据线,连好手机和电脑,手指又是一阵翻飞。

我站在一旁,眼巴巴地看着他操作电脑,很快,屏幕上现出一个对话框,大马的手停了下来,光标指针停在对话框的"是"和"否"上。

他抬起脑袋,冲女孩说了一句什么。

女孩又点了点头,对我说:"大马要我告诉你,你的手机只有刷机才能解开屏保密码。"

"那就刷呗。"我理所当然地说。

"可是,一旦刷机,手机里的所有数据都会清空,你有没有先做好备份?"

"清空数据?"我一愣,"能不能在保存数据的条件下刷机呢?"

"不行,"女孩回道,"刷机相当于把你的手机恢复到出厂状态,里面什么都没有了。"

我愣了半天没说话,这只手机里的数据对我的重要性不言而喻,我全指望着解开手机，在里面能找回跟记忆有关的信息，而且，以我那颗失去记忆的脑袋，所有照片、电话联系人、短信记录要是清空可能就再也找不回来了。

"大哥，原谅我问句不好听的啊，"女孩走到我身旁试探地问，"这手机也挺贵的，不会是你偷来的吧？"

我转眼看了看她，轻叹一口气，说："我失忆了。"

"啊？"女孩看我的样子不像在开玩笑："怎么就——失忆了呢？"

"我脑子里长了个血块，压迫到大脑皮层记忆区，所以今天中午忽然一下失忆了，我记不起我是做什么的，记不起我的爱人和孩子，记不起我的家在哪儿，除了知道我叫李成功，我甚至记不起我是谁。"我一口气说完。

这是我第一次向其他人吐露我失忆的状况，不知道为什么，连曼妮我都不曾告诉她失忆的事儿，却偏偏会对这两个萍水相逢的陌生人说出来。

秘密往往只留给最亲密的人，我们更容易对素不相识的人敞开心扉。

"没想到你真是傻子，对不起啊，刚才我还揭你的伤疤。"女孩同情地拍拍我的肩。

这话我怎么听着有点不对劲？

女孩又问道："那手机密码……"

"手机给我吧，不刷了，"我怅然地说，"我拿着一个什么都没有的手机也没多大用，就让密码和里面存的内容都留着吧，也许有一天我就想起密码是多少了，谢谢你们。"

女孩回头对大马说了一句，大马关闭对话框，从电脑上拔下手机，还给我。

"谢谢你们，真的很感谢。"我又重复了一句，转身向车门走去，经过酒精炉的时候我闻到炖牛肉的香气。

"哎，你别急。"女孩在我身后喊道。

我回过头问她："怎么了？"

女孩从大马的大棉袄里翻出一个黑色的方形物，走到我面前塞在我手里："你这单生意我是做定了，这个是一款适合智障人士使用的功能手机，今天给你打个折，就卖八十五块，里面的手机卡存有二十块钱话费。"

"等等，你误会了，我不是什么智障人士，我只是失忆，你懂吗？失忆。"我急着扯掉女孩强加在我身上的标签。

"好了，不要客气，如果你嫌贵我再给你少点。"女孩大气地说。

"不是，我真的……"我支吾着不知该如何解释。

心里泛起委屈与孤独的苦水。好不容易愿意把内心话说出来，却收获了莫名其妙的同情，这种被女孩小心遮掩的同情并不是我想要的，在我看来这更像是施舍。

女孩在我面前，手里的新手机举得高高的，还在我面前晃两下，看样子我不买下她就会送给我。

"好，我买，我买还不行吗？"我从手提包里拿出钱包，扯了张一百元递给她，"不用找了。"

女孩还想再说点什么，我支起手止住她的话头，"求你别说了，让我下车，好吗？谢谢你们的好意，我很感激。"

"留下来和我们一起吃顿饭吧。"女孩还是用同情的口吻说，我听着只觉得特别虚伪。

"不用了，你们的晚饭我这个傻子吃不起。"我收起两个手机，走到车厢门口。

刚要开门，一阵强光透过车门上的玻璃刺进我的眼睛。

一句"谁？怎么回事？"都没等我问出口，车门就被外面的人狠力推开，往里开的门扇正好砸中我的脑门，我眼前一黑，倒在地上。

进入昏迷的黑暗之前，我隐约看到一群身穿警服的人涌进车厢，大喊着"警察，别动"，酒精灯被他们踢翻了，刚刚煮热的牛肉汤四处飞溅。

LOST ON
JOURNEY

第七章
派出所之旅

惨白的强光直直地照在我脸上，刺得我两眼火辣辣生疼，我被禁锢在一把带锁的椅子里，动弹不得。

"说吧，你叫什么名字？"一个懒洋洋的男人声音掺在灯光里。

"你谁啊你？"我抬起手遮在眼前，眼镜不知道被谁摘走了，逆着光看不清是什么人在说话。

人影晃了晃，强光移开了些，能见着两个人坐在灯下的铁桌后面。

"你叫什么名字？"他们其中的一个又问了一遍。

"不是，你谁啊？我凭什么告诉你？"我理直气壮地说。额头上撞到的地方肿了个大包，轻轻一碰就疼得厉害，于是我更没好气地补了一句："这什么鬼地方？谁把我弄进来的？"

"闭嘴！"另外一个年轻的声音对我吼道，"审讯你的是我们韩副队长，再过二十三个月很可能就升成正队长，放老实点！"

"副队长？正队长？"我眯起眼睛，试图在模糊的视线里看清强光灯下的男人，"什么队长？少先队的？"

"你不信邪是不是？"一个人影从桌后站起来，作势要冲上来揍我。

"小刘！"那个副队长呵斥道，"把眼镜给他戴上。"

气焰嚣张的小刘哼了一声，转身拿起桌上的眼镜，走过来往我身上随意一丢。

我捡起眼镜戴好，才看清这是一间窄小的房间，光秃秃的水泥墙壁上有几点血迹，摆设只有一张铁桌和我坐着的这把限制双腿活动的椅子，唯一的光源就是那盏强光灯。铁桌后面是一整面透明玻璃墙，想起以前看过的警匪片，我意识到这是一间派出所里的审讯室，那个姓韩的男人当然也不会是少年先锋队的副队长。

"看清楚这是哪儿了吧?"韩副队长点起一支烟，他拉着脸冷漠地看着我，神似一只坐直的大蛤蟆在盯着它不急着吃下肚去的蚂蚱。

我打了个冷战，怎么莫名其妙地我就被带到局子里来了?

"说，你叫什么名字?"冲动的小刘大声问道。

"李，李成功。"我口齿不清地回道。

韩副队长"嗤"的一笑:"李成功，呵，你是挺成功的，看样子人模狗样，却做些见不得人的勾当。"

"我什么都没做啊。"一头雾水的我大声喊冤。

"身份证号码，念出来。"小刘翻开审讯记录本，拿起笔做好记录的准备。

"我真的什么都没做。"

"身份证号码!"小刘提高音量。

我把身份证号码告诉了他。

"马乌力罕是你什么人?"小刘又问，韩副队长抖了抖烟灰，眼睛里这才透出些兴趣来。

"马什么?"我被这个第一次听到的名字弄得更昏了。

小刘抬手一甩，圆珠笔精准地砸在我的额头上。

"奉劝你别装傻，马乌力罕已经在隔壁接受审讯了，他什么都招了，你还不老实点。"小刘吼道，韩副队长在旁边冷冷地笑。

看小刘这架势，不是临时工才见了鬼。我揉揉额头，眼下不是跟他硬碰硬的时候，得先弄明白那个什么马是怎么回事才好洗脱冤屈。

等一下，有点问题。马? 他们说的马不会是叫"大马"的高大男人吧?

我放低脑袋，以非常良好的态度问:"大马，他怎么了?"

"行了，小伙子，你也别装了，我来给你重复一遍案情，"韩副队长在铁桌上摁熄烟头，说，"马乌力罕涉嫌拐骗奸淫幼女，八年前，他从鄂尔多斯拐走受害人那娜，两人自此行踪不明。内蒙古警方对马乌力罕下了通缉令，八年来虽然有人在火车站以及铁路附近见过他们，但一直没把他抓捕归案。今天下午，石家庄火车站派出所接到群众举报，说在候车大厅见过跟通缉令描述相符的人，我们的人迅速在车站周围布控，顺利抓到了你们，怎么样？你是老实交代你跟马乌力罕的同伙关系，还是要等我们查出来？"

要不是有身前的横板拦着，我差点从椅子上摔下来。

拐骗奸淫幼女？我还以为大马不过是犯点售卖假冒伪劣商品的小事儿，没想到都跟刑事犯罪扯上关系了。

不对劲儿啊，听警方的说法，大马拐骗幼女不说还奸淫，奸淫不说还随身带着，简直就是个大淫魔，可是如果那个年轻女孩就是所谓的受害人那娜，看她对大马的态度哪儿有半点受害人对大淫魔的恐惧，在大马身边她就是个备受呵护的小妹妹，《这个杀手不太冷》都演不出他们的感情，重度斯德哥尔摩综合征都发展不到这种程度。

"你们是不是搞错了？大马他们好像不是拐和被拐的关系。"我摊着手说。

"是不是不由你说了算。"小刘敲着桌面说，"你只要坦白你跟马乌力罕的关系，别的不用你操心。"

"白都没有叫我怎么坦？"眼看一口黑锅就要飞来，我赶紧为自己开脱，"我不知道大马他做过什么，我今天本来是坐飞机回长沙，因为长沙那边下大雪飞机降落不了我才来坐火车的，在火车站我是第一次见到大马，我去他那儿只是想解锁我的手机。"

"解锁手机？"韩副队长的认真样看起来像是他准备伸出舌头去卷那只蚂蚱，"解锁什么手机？"

小刘见顶头上司露出认真的神情，也赶紧摆出严肃的样子，翻了一页审讯记录本却发现笔找不到了。

"当然是解锁我的手机密码。"我伸手准备去兜里掏手机，结果发现兜里空空如也，"爱马屎"手提包也不在身边。

"我的包呢？"我惊慌道。

韩副队长可不管我的包，他用警觉的口吻问道："你为什么要找马乌力罕解锁手机密码？手机难道不是你的？"

大蛤蟆刚要把蚂蚱吃到嘴里，惊喜地发现蚂蚱还怀了个孕。

又转进这个死胡同,我又得给人解释失忆这件最不愿意提及的事儿。

"是我的手机,只是我失忆了。"我垂着脑袋说。

"失忆?"韩副队长和小刘交换了一个眼神。

"有一个血块压迫我的大脑记忆区,我忘了很多事,包括我的手机锁屏密码。"我尽量简短地说。

韩副队长又发出"嗤"的一声笑,不用他开口,我也能猜到他要说什么。

"小伙子,编故事也编个可信点的好不好,你是不是听说精神病人杀了人可以免除刑罚,所以就编自己失忆了?"

小刘在旁边极力忍住笑,脸绷得我看了都替他难受。

"老实交代,你的手机是从哪儿偷的?马乌力罕是不是你盗窃的同伙?"韩副队长收起他的笑意,站起来咄咄逼人地喝问。

跳进太平洋都洗不清,看来今天我是栽在这儿了。

正当我绝望之时,审讯室外传来一个熟悉的声音。

"老板,这奖金是咋领啊?"

"牛耿,牛耿!"我拍着椅子扶手大喊起来,把韩副队长和他的小跟班吓愣了。

我哪儿顾得上他们愣不愣,牛耿可是眼下能帮我脱离囹圄之灾的大救星,我必须得喊住他。

审讯室外的人声顿了顿,接着传来一段细小的自语:"嗯?有人叫我?"

果真是牛耿,果真是下了场及时雨,我更加卖力地大声呼喊:"牛耿,这边,快过来。"

韩副队长缓过神,猛拍了几下桌子:"给我闭嘴!这是派出所,你以为是到了自己家啊?瞎喊什么?"

我指了指门外,说:"外面那个人,那个叫牛耿的小伙能证明我是清白的,我今天下午还在飞机上呢,晚上到了火车站才碰到那个马什么乌的,我真不是他的同伙。"

听我找到了证人,小刘又摆出他盛气凌人的样子,他瞪圆了眼睛:"谁信你的瞎话啊?你再不老实交代,等马乌力罕那边审出来,可有你好果子吃。"

"我有证人证明我的清白,"这种时候千万不能怂,一认怂就完了,"我有权利要求见证人!"

"你有个屁……"小刘想捡东西砸我,桌子上却干净得只剩下他的审讯记录本。

"小刘!"坐在旁边的韩副队长吼了一声。

小刘的气焰立马消失得无影无踪,他的脸变得比魔术还快,立马谄笑着回过头去:"嘿嘿,韩队,又怎么了?"

"上周才上的审讯教育课你是没去吗?"

"去了,去了,嫂子主讲的课怎么敢不去呢?"小刘弓身俯首地回答。

"那犯罪嫌疑人应有的权利你是没听还是怎么着?"韩副队长瞪着眼说,"要是审讯这块再出岔子,害我失去了升职机会……不不,让嫌疑人的权利得不到保护,我一定饶不了你小子。"

"是是是,韩队说的是。"小刘头点得像是啄木鸟。

"那还不赶快去把证人带进来。"韩副队长向门外一偏脑袋。

小刘直起身,狠狠瞪了我一眼,走出审讯室。韩副队长留下来看着我,他撬着门牙一言不发,整个过程都挂着一副"算你走运,没早落在我手上"的表情。

门"吱呀"一声开了,小刘先走进来,后面还跟了个人。他个子不高,大包小包挂满全身,一支长木柄从他肩上的蛇皮袋里伸出来,逆着光看上去犹如全副武装的大侠背了把无锋重剑。

"大侠"一见到坐在审讯椅里的我,惊奇地大叫一声:"嘿,老板,你咋进来了?"

我苦笑,朝他点点头。作为在牛耿面前始终心怀十成优越感的成功人士,我竟然在这种境地和他重逢,待会儿还等着他的证词帮我证明清白,除了苦笑我不知道该在脸上摆放什么表情。

小刘附在韩副队长耳边说了些什么,后者困惑地看向牛耿。

挑起变故的牛耿什么都不知道,咧着嘴傻笑着跑到我身边:"老板,才一下午没见,你是犯了啥事儿,被人抓到这里来了。"

我往韩副队长那边指了指:"牛耿,你给说说,今天下午你在哪儿见到我的?"

"你废什么话?"小刘怒声打断我,"是由你来向证人提问的吗?"

我摊摊手,用下巴示意牛耿将视线移到我的对面去。

韩副队长又点起支烟,吞云吐雾了一阵儿才问:"牛耿先生是吧,请问你第一次见到李成功先生是在哪儿?什么时候见到的?"

牛耿挠挠后脑勺:"谁是李成功?"

我的心往下沉了一截,以牛耿这感天动地的智力水平,帮得上我吗?

韩副队长心里一定也有同样的感慨,他扬起手指了指我:"他就是李成功。"

"哦,老板你叫李成功啊?难怪能当老板,名字起得真好。"牛耿回头来对我竖起大拇指。

"你先别纠结我的名字好吗?"每次牛耿都能惹得我一肚子火,"你先回答韩副队长的话好不好?"

牛耿又挠了挠头:"谁是韩副队长?"

"我……"我震惊得说不出话来,这还是人该有的脑子吗?

韩副队长的态度却出奇的好,他只是敲了敲桌面,没有半点不耐烦:"行了,我就是韩副队长,请你回答我几个问题。"

"你说。"牛耿放下挠头的手,摆出认真的态势。

"你什么时候,在哪儿,第一次见到李成功先生的?"韩副队长重复了一遍刚才的问题。

"今天下午,在飞机场,他还教我怎么找月……"牛耿回头看衣角,纳闷地看向我,"怎么了老板?"

"没事,你衣服有点坏了,钱都要快掉出来了,我给你塞回去,"我笑着说,"你继续,你继续。"

还好在最后一秒钟封住了牛耿的嘴,要是他把"月台"两个字说出口,韩副队长一听"在飞机场找月台"就能认定此人有精神和智商的双重障碍,他的证言就有很大可能不作数了。

韩副队长冷着眼睛瞅了瞅我,又接着问:"李成功先生和你在飞机场,你们是要去哪儿?"

"去长沙,"牛耿挺直了背,骄傲地说,"长沙那边有个老板欠我们老板的钱,我们老板欠我的钱,我去要钱!"

韩副队长摇摇头,我能感觉到他心里也好不到哪儿去:"我不关心你去长沙干什么,你知道李成功先生为什么要去长沙吗?"

"他说他要回家,嘿,对了,我还看了他女儿的照片嘞,长得可好看了,有这么好看的女儿我肯定也惦记着回家。"牛耿的话头眼看又要跑偏。

韩副队长把他拉了回来:"今天下午的飞机,现在应该已经到长沙了啊,怎么你们还在石家庄?"

"听飞机上的服务员说,是长沙那边下大雪,飞机又把我们拖回来了。"

韩副队长冲小刘点了点头:"去看看马乌力罕那边审讯结束没有,顺便把我这里的情况给吴队长说说。"

"是。"小刘开门出去了,韩队长又抽起烟,牛耿在旁边一个劲儿地小声问我是犯了什么事儿,我扭过头没搭理他。

十分钟后门打开一条缝,小刘探进头来:"韩队,那边审讯结束了,吴队长叫你先过去。"

韩副队长跟着小刘走了,审讯室里只剩下我和牛耿,气氛瞬间有点尴尬。

其实我是该感谢牛耿的,不管最后派出所放不放我,他都站出来为我做了证,只是看到他那张缺心眼的笑脸,我刚到嘴边的那个"谢"字就变成了一声咳嗽,甚至都不愿意多寒暄一句。

牛耿可看不出我不愿搭理他,仍然在那里喋喋不休,直到小刘推开门进来。

"李成功,去物品扣押处拿好你的东西,你可以走了。"他走过来给我打开审讯椅上的锁。

"怎么? 我就没事了?"事态变化得太快,我实在是应接不暇,还呆坐在椅子上。

小刘斜瞥着我,一副心不甘情不愿的样子:"马乌力罕的陈述和你的不冲突,再加上有举报人给你做证,能证明你是今天晚上第一次遇到马乌力罕和受害人那娜,排除你是马乌力罕同伙的可能性。"

"等等,我不太明白,举报人给我做证?"我一头雾水地问。

"行了,你还嫌在这里头待着舒服是吧,还不赶快走。"小刘最后还是露出了颐指气使的本性,瞪圆了眼睛一脸凶相地说。

"好好。"我识趣地说,在这种地方多待一秒钟就可能多一路变数,管他举报人是谁,我先走为上。

结果,变数来得比想象的还要迅猛。

我拉开门,刚走到审讯室外,就听后面有人问了句:"老板,我的举报奖金上哪儿领呢?"

"在楼上。"小刘懒洋洋地回道。

举报奖金? 我的脚不知怎么着,突然动弹不得。

身后的门开了,小刘先走出来,看了我一眼,没说什么就离开了。牛耿背着满身的行李跟着出来,见了我心不在焉地问:"老板,你咋还不走呢?"

我一把将他拉到一边,低声问道:"牛耿,你告诉我你举报了谁?"

牛耿可能是被我的架势吓着了,挠了半天后脑勺才憋出一句:"那个马啥啥啥,就是贴在火车站电线杆上的小广告,上面说有个坏人拐骗小姑娘,说看到照片上的坏人给公安局打电话有奖金。"

我脖子上冒出一片冷汗:"你在哪儿看到马乌力罕的?"

"在火车站里啊,"牛耿回道,"他和一小姑娘过来问我要不要买手机,我一看,嘿,他长得和照片上一模一样嘞,我就打电话给公安局了。"

大马被抓本不关我什么事,我只是个碰巧和他遇上的过客,碰巧需要他帮我解锁手机。他和名叫那娜的女孩可能每天都会遇上我这样的顾客,可是看着他即将面临牢狱之灾,现在又弄清楚是牛耿的举报导致他落到这步田地,我心里说不出的难过。这不是巧合,只能解释为命运的戏弄。

"为什么你就要管这一档闲事啊?"对于牛耿,我甚至心生责怪,"你非得打电话举报别人不可吗?"

后来回忆起在审讯室门口的这段往事,我都觉得当时我这句话说得太不讲道理了。不知情的牛耿看了贴出来的通缉令,当然会认为大马是拐卖幼女的罪犯,他站在正义的角度向公安局举报大马是天经地义的事儿。

可是当时牛耿的回答着实出乎我意料。

他垂着头,手在黏腻的头发上挠个不停,半晌才吞吞吐吐地说:"我买了火车票,身上钱不多了,小广告上说举报坏人有一千块钱的奖金。"

没等我说话,他又正气凛然地补充道:"我想着帮警察抓坏人还有钱,这种事肯定要做的!"

"你身上没有钱了?"我惊讶地问,"你真没去退机票的钱?"

牛耿脸上又挂起缺心眼的笑容："没嘞！是因为下大雪我们才没降落，人家开飞机的司机又没错，我那点钱就当是送给他们当安慰啦。"

天底下还有更傻的人吗？我扶住脑袋，险些晕倒。

"老板，你咋啦?"牛耿作势要来扶我。

"你离我远点。"我支起一只手，示意他别过来。

牛耿又抓抓脑袋，垂着嘴角，像个犯了错又不知道自己错在哪儿的孩子。

"去领你的奖金吧，别跟着我，"我捂着太阳穴，往派出所前门大厅走，见牛耿要跟过来，我几乎是对他咆哮，"别跟着我！"

"老板，我咋啦……"牛耿停住脚步，又委屈又茫然。

仔细想想，牛耿没有犯任何错，他无非是按照自己的品性犯了点傻，站在他的角度看那还是件为民除害的大好事，我到底又是因为什么对他发脾气呢？是出于对大马的同情，还是潜意识里认为我莫名其妙地被人抓到派出所来审讯全是牛耿害的？

其实，那时的我只是把失忆后遭遇的种种不顺都迁怒在牛耿身上。人们向来欺软怕硬，满肚子的怒火只会发泄给自认为比自己弱的人。

我头也不回地走向前门大厅，没听到牛耿跟来的脚步声，心里的怒气却不见消减。

还没进大厅，就听到一阵哭喊声。

两个身穿警服的女警在大厅里，守着坐在长椅上捂着脸痛哭的女孩。她埋头哭了一会儿，又去恳求身边冷着脸的女警："大马他没有拐我，求求你们，放了他。"

是那娜！我的脚步慢下来。

其中一个年纪稍大的女警看不下去了，拍拍那娜微弓的背，没有丝毫感情地安慰道："不要怕，小姑娘，他怎么也得在牢里坐上十年，不会再伤害你了。"

"不，不要！"那娜听到女警的话，哭得更伤心，"他没有拐我，是我心甘情愿跟他走的，不要让他坐牢。"

"这小姑娘，怕是给吓傻了吧。"女警摇摇头，不再理她。

那娜转头看到我，急忙跑过来，悲切地恳求道："大哥，大马他没有拐我，你是知道的,你给做个证行吗?我求求你了!"

一个勉强证明了自己的清白的人,又能证明谁的清白?犯难的我能做的也只是说些没用的安慰话:"妹子,真不是哥不帮你,可是你也看到了,我也刚从审讯室里出来,我……"

"大哥,求求你了,大马是我的丈夫,是我要嫁给她的。"那娜抹着淌满脸庞的眼泪,要不是两个女警过来拉开她,她几乎就要抱住我的腿不让我走了。

哭天喊地的那娜惹人心怜,我只能为自己的无能为力长叹一口气。不忍心再看她悲切的模样,我转身向旁边的物品扣押室走去。

正当我要从那个值班的老大爷手里接过我的手提包时,第三路变数又紧跟着袭来。

"放着别动。"小刘的呼喝从身后传来,我回过头,就看见一张阴笑的脸。

小刘昂着下巴走到我身前:"你的东西先放在这儿,韩队还有点事儿要跟你谈谈。"

我心里咯噔一下,就知道这个夜长梦多的地方进来了就不是那么好出去的。

忐忑地跟在小刘身后,我们来到一间比刚才那间压抑的审讯室稍微宽敞明亮点的房间。韩副队长跷着脚,坐在桌子后抽烟,他前面放了条长凳,不用说,那是留给我的。

见我来了,他偏偏脑袋,示意我坐到凳子上去。

刚坐下,韩副队长就开门见山地说:"我刚想起来,还有个事儿你没有解释清楚。"

我眼前冒出一只被咬了一口的苹果。

"你那手机挺贵的吧?哪儿偷的?"韩副队长得意地问。刚才一不小心,肥蚂蚱飞走了,又一个不小心,它居然又飞回来了。

"那是我的。"我的辩驳在他的冷笑前如此苍白无力。

"你的?是你的手机你记不住解锁密码?"

"我之前就说过,我失忆了。"我只能再一次搬出这个笑话似的理由。

韩副队长"嘿嘿"一笑:"还当我们是小孩子呢?失忆,你咋不说你丢了魂呢?"

"我申请做医学鉴定!"我无力地说,这是最后挣扎的机会。

"行,但是再过两天就是除夕,所有的鉴定机构早都放假回家了,"韩副队长低头盯着指甲,若无其事地说,"要做鉴定只能等到过完年回来,不好意思,这几天就辛苦你待在看守所了。"

他的话抽空了我全身的力气,我瘫在长凳上。

命运常常会将绝望和希望捆绑在一块儿,在我陷入绝望的时候,希望总是出其不意地跑出来昭示命运的神奇。

好吧,能把牛耿的又一次出场跟命运扯到一起,我承认自己是有点小题大做。

瘫在长凳上的我忽然听到房间门口传来一声"嘿,老板,你咋又进来了",直起身向门外看过去,就见牛耿咧着嘴,露着一口黄牙,笑得阳光灿烂。

我全然忘记了二十分钟之前内心里对他有多不爽,此时此刻,我又在他身上找到了救星的光环。

坐在我对面的韩副队长却黑了脸。

我指了指门外的牛耿,对他说:"举报人能证明手机是我的,在机场的时候他看我用手机接过电话。"

眼看大局已定,韩副队长撇着嘴,往外随意地招了招手,含糊地说:"行了,行了。"

看出来了,他是要我赶紧走。

我刚要站起身,牛耿却迈进房间来:"啥?老板你说啥?老板我不记得见你用过手机啊。"

"不是,在柜台前,你撞到我的时候,我不是正在接电话吗?"我急了,怎么能在这么重要的时候掉链子?

韩副队长的眼睛亮起来,即将飞走的肥蚂蚱再次在他眼前盘旋。

牛耿拧起眉头,苦想了一番后小声说:"我真不记得你在接电话。"

我在心里头猛抽他的脸,每抽一下都对他说一句:"你就说当时见我接了个电话有那么难吗?会掉块肉吗?"

"你再想想,当时我是不是这样?"我一手握成话筒状,在耳朵边比画。

牛耿在油腻腻的脑袋上抓了两把,抬起头来看着我,又转向韩副队长,口气坚决地说:"我不记得是不是见过他接电话。"

报复,一定还是报复!牛耿可以因为天降大雪不去找航空公司退票,可以举报大马,可以做一百件傻事,却不肯为我说句话,他一定是记恨我在审讯室门口没给他好脸色,现在来报复我了。

刚才就在我心里燃烧的怒火被添了一把柴,我竭力克制着,转过头不再去看牛耿,免得我真的忍不住冲上去抽他那张黄中透黑的脸。

就如我上面说的,希望和绝望总是如影随形,当希望的光出现的时候,别忘了,绝望的影子还躲在你的背后。

韩副队长做了个请的手势:"李成功先生,没人能证明手机不是你偷来的,那么,只好在看守所里等鉴定机构的人过完年回来给你做医学鉴定了。"

我万念俱灰,垂着眼睛站起来,准备跟他去办理看守所的入住手续。牛耿站在旁边,歉疚地说:"老板,对不起,我,我是真不记得你打过手机了。"

现在说这些话有什么用?我转开脸,不愿意理会他。

韩副队长得意地摁灭烟头,临到年末了还抓到个盗窃犯,看来年终奖金又能记上一笔,他乐得直哼小调。

我们刚走出门,这时,就听一个沙哑的喊声沿着门外的走廊传来。

"哎呀,小伙子原来你在这儿啊!"

是物品扣押处的那个老大爷,他手里举着个一闪一闪的音乐盒,急匆匆地朝我们走来。

靠得近了,我们才发现老大爷手里的根本不是什么音乐盒,而是一台黑色的手机,再仔细看,那是我的咬果手机!

"可找到你了,"老大爷喘着气走到我们跟前,"你这破手机啊老是有人打电话来,我给你接了,里面那小妮子可凶哩,哭啊喊的,不听到李成功接电话硬是不罢休,你给听听,怕是有什么事吧。"

手机屏幕上显示的来电人名字是"小妮妮"。是曼妮打来的电话。

我还没接通,韩副队长就先拿过手机,对老大爷喝道:"张老头,扣押室的小冯拉肚子才把你从锅炉房调来守一晚上,你老老实实守在那儿不就得了?要惹出什么乱子小心锅炉房都不让你回去。"

"那电话一直吵,我睡不着哇,"张大爷弓着身,揉搓着双手,小心翼翼地辩解道,"听电话里的小妮子着急得跟丢了孩子似的,我也是担心她遇上点什么状况,这大过年的。"

"你看好那些扣押物就行了,管这么多闲事干什么?"韩副队长脸带凶色,像他那个姓刘的下属。

我走到他面前,伸出手问他:"我可以接这个电话吗?"

韩副队长作势要挂断电话:"你接个屁的……"

"有人打这个电话找我,难道还不能证明手机是我的?"我硬气地大声说,"要是你们滥用职权的事传出去,对韩队你的名声也不太好吧?"

韩副队长的动作顿住了,他看了看还在响个不停的手机,又看看我。

我向前伸出的手就没有收回来的意思。

"按免提!"他递回手机,恼火地说。

我接过来,按下接听,同时把外部扬声器打开,由于担心听不清,我还把扬声器音孔贴近耳朵。

就听一声尖利的喊声从手机里传出来,炸响在整条走廊里,贴得很近的耳朵哪儿受得了这等排山倒海的震撼,隔了很久我的耳膜还嗡嗡作响。

"李成功,你给我出来!"

"曼妮,曼妮,小妮妮,"我急忙对着话筒喊话,"我在呢,我在这儿。"

扬声器里传出哭腔:"成功,你怎么老不接电话啊? 我还以为你回到家就不要我了。"

"不会的,怎么会不要你呢?"我尴尬地扫了一眼韩副队长,"我挺好的,就是现在遇到点事儿,待会儿给你打回去你看行吗?"

"不嘛,谁知道你什么时候打给我?"曼妮撒娇道。

我还没回话,韩副队长就从我手里拿走手机,对着话筒严峻地说道:"你好,我是石家庄火车站派出所的韩副队长,希望你能如实回答我的问题。"

曼妮听到一个陌生男人接了电话,语气瞬间降到冰点:"你算哪根大葱,我凭什么要听你的? 把电话给李成功。"

短短三句话里满是不屑,韩副队长被噎得说不出话,或许在他的职业生涯里还没碰到过这么直白的拒绝。

"嘿,老板你女儿脾气还真烈。"牛耿在旁边偷笑道。我回头瞪了他一眼,他识趣地止住话头。

我又朝韩副队长扬扬手,他火冒三丈地把手机塞回我手里。

"曼妮,听我说,"我柔声哄道,"现在有人怀疑我的手机是偷来的,你给他说说,不然我就得坐大牢了。"

"不会吧,就你用的那破手机还能让人怀疑是偷来的?"曼妮回道,"怀疑你的那个人脑子让驴给踢了吧?"

走廊里灯光很暗,不过我还是能看到韩副队长的脸涨成了猪肝色。

再让曼妮损他几句没准儿他又能找到新茬儿把我丢看守所了,我得赶紧救场:"别乱说,刚才和你讲话的真是个警官,你现在告诉他这只手机就是我的。"

"好,我证明,我的男人李成功用的手机是一台黑色的 iPhone 3GS,"曼妮又开始在电话那头瞎胡闹,"那是我送他的新年礼物,里面有好多好多我们的照片……"

再闹下去就收不回来了,我对着话筒急促地说了一句"我现在很忙,晚点会打给你",说罢立马挂了电话。

"韩队长,这下能证明我不是小偷了吧,"生怕他鸡蛋里挑宫保鸡丁,我抓紧解释道,"存在手机里头的联系人打电话找我,你也听到了,打来电话的那个女孩真是我认识的人。"

没等我说完,韩副队长已经一言不发地转身离开了,手朝后挥了挥。

"他的意思是说咱们可以走了。"牛耿呆看着他的背影说。

除了给我添乱,真想不出这个乡巴佬还能做什么,我收好手机,用鼻孔重重地冲牛耿出了口气,一点也不遮掩我对他的嫌恶。

"小伙子。"走廊里的另一个人说话了,是那个送来手机的张大爷。

要不是他及时找到我,现在我肯定已经坐在冰冷的看守所里了,我可得好好谢谢他。

我刚挂起笑容,话还没说出口,张大爷挺直腰板,眼睛里透出睿智的光,问道:"那打来电话的小妮子,是你老婆吧?"

我不知道怎么讲,这其中复杂的关系从失忆开始到现在我自己都没理清楚。

"大过年的怎么不在她身边呢?"张大爷拍拍我的肩,"去拿上你的包,快回家吧。年,还是要和家人一起过。"

"欸,欸。"我点头应着,心头五味杂陈,不知该怎么回答。

曼妮她真的是我的家人吗？从我回忆起的碎片记忆来看，答案似乎偏向于否定。

可是为什么在我深陷困境的时候，只有她打来电话？那个茉莉花似的女人呢？那个在阳光下欢笑的小女孩呢？她们在哪儿？

"张老头，来我办公室一趟。"走廊里回响起韩副队长的声音。

"哎，就来，就来。"张大爷眼里的光不见了，他又变成那个唯唯诺诺的干枯老人，一瘸一拐地向走廊另一头快步走去。

派出所风波眼看是结束了，现在时间是半夜两点，看样子还能赶上火车。我庆幸地舒了口气，虽说被人抓来挨了顿训挺冤枉的，我倒也没损失什么，就当长长见识丰富一下生活阅历吧。

走到前门大厅，我专门留意了一下，没见那娜和看守她的两个女警的人影。走出前面不远处的大门，我不会再跟那娜和大马这两个奇怪的陌生人相见了，不管他们是你情我愿浪迹天涯还是人贩子和遭拐的小姑娘都跟我没有关系。想到这儿，我竟没觉得解脱，反而心里空落落的。

我竟然很好奇他们之间发生的故事。

不过他们的故事跟我有什么关系？我耸耸肩，打消无聊的念头，到物品扣押室取了我的手提包。那儿有个小年轻捂着肚子不停地骂骂咧咧："这老不死的老张头，叫他帮我守一晚上都能出岔子！哼，守了一辈子锅炉房也没见长进。"

我淡淡地笑了笑，拿了自己的东西转身就走。

出了前院的铁门是一条胡同，胡同口路灯杆底下站着一个身上挂满袋子的人影，旁边是个臭烘烘的大垃圾桶。

牛耿那双死鱼眼穿过昏暗的路灯光，远远地瞅着我。

看到他我就来气，不过我没打算跟他一般见识。你永远没办法为难一个智障，因为你根本戳不到让他难受的点。

我走过牛耿身边，把他当作一团空气。

牛耿嘴角动了动，好像想说点什么，最后什么也没说。

看他那模样，根本不用费事儿去举报大马赚那点奖金，拿只碗随便往哪个广场一站保准就有人扔钱给他。我暗暗嗤笑，一想到离开这条胡同就再也见不到牛耿这个只会给我带来麻烦的扫把星,心里别提有多舒坦。

走出胡同口,我停在路边张望,找寻火车站的方向。

运气不错,旁边就有一个公交车站,看上面的站台指示牌,往北走三个站就到火车站了。我伸手招呼的士,等了有二十分钟,听见身边传来一阵刺刺啦啦的响动,听着像是在蛇皮袋上摩挲的动静。

扭头一看,果不其然,是牛耿。

那双盯着我的死鱼眼还是和刚才路灯下一样,一点变化都没有,嘴角一抽一抽的,终于挤出一句话来。

"老板,搭你车带我去趟火车站呗。"

"什,什么?"我有点愣,"你怎么不自己去?"

"我……我……我……"他"我"了半天没"我"出个所以然来。

"找不到路?"我回身指了指站牌,"看到没?往那边走,第三个站就是火车站了,去吧,打个的,十五分钟就能到。"

"不是……"牛耿脱口而出,"我没车费钱了。"

"没车费钱?你不是刚举报了人贩子赚了一千块钱吗?怎么就没钱了呢?"我讥讽地说。

"我……"牛耿低下头,忽然大声说,"我不能说出来,打死都不能说。"

一辆的士车正好来到我面前,我走上去拉开车门:"行啊,我也没兴趣听你讲故事,再见!"

坐进车里,回头看牛耿背着大包小包站在寒风里望着我远去,内心充满邪恶的畅快感。

让你丫的不帮我做证说手机是我的。

LOST ON
JOURNEY

第八章
黄牛对"黄牛"

的士车赶到火车站的时间是两点五十分,再有一个多小时就检票上车了。

开往全国各地的火车在凌晨发车的不比白天少,所以半夜的候车大厅依然拥挤吵闹,着急回家的人们大都聚在检票口附近,即使他们乘坐的列车离开始检票还有好几个小时。

守着检票口似乎就守着回家的路了。

奇的是,我在检票口附近居然还发现不少空位置,比肩接踵的候车大厅,要找到一个供人休息的空座位难如登天。我在审讯室里折腾得够疲惫了,正需要一个座位歇一歇,然而当我满心欢喜地靠近过去,顿时就被一阵阵"沁人心脾"的脚臭味给熏得两眼昏花。

往旁边看,才发现是一个身穿破旧棉衣的汉子脱了鞋,一个人横躺在三个座位上睡得正香,他那双足以丢到战场上当生化武器的臭脚让周围方圆五米范围内"寸草不生"。一个耐得住熏的哥们儿憋住气走过去,怎么推他都推不醒,只得顶着张憋红的脸退回来。

没辙,我绕开熟睡的汉子,重新找到一个离他很远的角落。空座位是不要奢望了,我倚靠在一面看着稍微干净点的墙上,摸出手机摁亮屏幕,上面没有未接来电和未读短信,挂断曼妮的电话之后的这半个小时内没人惦记着我。

心里有不少失落感，我知道自己在期许什么。

她为什么就没有打电话给我呢？对她来说，我一整天杳无音讯难道就不值得担心吗？

往右边滑动屏幕，六个闪着光的空格滑出来，挑衅一般瞪视着我。

没有用，无论怎么输入我能想到的数字组合都解不开屏锁。我放下手机，抬起另一只手往脑门上狠狠地拍了拍，想拍醒这颗断线的脑袋，然而除了让旁边几个人像躲开疯子似的离我远远的，得不到任何效果。

一阵高亢的女声，经扬声器的扩大，回响在嘈杂的候车大厅里："开往长沙的 237 次普快列车开始检票了，乘坐 237 次列车去长沙的朋友赶紧到候车大厅一楼 3 号检票口检票。"

237 次普快列车，是我坐的那班。我顺着人群，涌向 3 号检票口。

如果说之前的买不到票，找不到座儿，还只算是热身项目，那么从检票排队开始，我才真正体验到中国春运的"美妙"。

在神州大陆上，每逢农历春节前后，都有一场人口量级达到五亿以上的大型迁移运动，官方管这项运动叫作"春运"，老百姓有个接地气的说法，"回家过年"。

提到"回家过年"，人们最能联想到的交通工具不会是飞机，也不会是客轮，更不会是走野路子风格的摩托车大军，而是火车，说得再准确一点，是火车硬座。

检票口的铁门刚打开，人们不管排没排队，全都一拥而上，生怕比别人迟了。我真的很纳闷，座位号早就在火车票上印着，谁也改不了，拿着站票上火车去随便占个座儿，别人一来还不是得让，抢得那么急干什么。

可是围在我周围的人们可没这等觉悟，他们背着或扛着大包小包，拼了命往前面挤，我犹如洪流中的一片树叶，刚被挤到这边，又被推搡到那边。刚要对前面踩我脚的那小伙儿吹胡子瞪眼，一大叔背着的行李包又在旁边给了我一下，没等我回过神，身后的大妈叫着"快点快点"，硬生生把我往前推出几米远。

接过检票员递回来的剪了个小口的车票，我长出一口气，心想上了车该好点了吧。

事实证明了我不谙世事的愚蠢。

早已拥堵不堪的火车车厢得费九牛二虎之力才能挤上去,这还不算完,最痛苦的是找自己的座位,不巧,我的座位是距离车门最远的那一排。我看着自己手里的车票,又看看塞满车厢的人,心里连连叫苦。

"哎,前面的人不走别挡道啊!"后面没挤上车的人开始催了。

我深吸一口气,把手提包抱在身前,一边喊着"让一让啊,让一让",一边往前推进。

春运期间,火车车厢的人口密度相当于将全部中国人都放到日本岛上,穿行在这么一个险象环生的人体丛林之内,我恨自己没早点去学柔术。

一个小胖子想从打开的车窗爬进来,结果让窗格给卡住了,他爷爷和爸爸喊着"一二三"的号子拽了半天才拽进来;几个人站在座位上,好把箱子抬上行李架,他们的屁股几乎就紧贴着我的脑袋;几个已经落座的年轻乘客和一个声称座位被占的大妈发生了争执,争吵声像是炸雷;一个睡着了的婴儿让吵闹声给弄醒了,大声号哭起来,那个肥胖的妈妈开始厉声教训孩子;再往前走是一个健硕的男青年扛着巨大的行李箱,架子上已经没有空处了,他竟然就那么扛着箱子呆站着,我只能侧着身从他身边挤过;更夸张的是,一个没买到硬座票的中年男人仗着他身材矮小,竟然往座位底下钻,伸在走道上的脚差点绊我一跤。

穿越了千山万水,气喘吁吁的我终于找到了我的座位。

可是座位上有人。

我重新对了对手上的座位号和铭牌上的数字,确定那个被占的座位是我的,我没找错。

低下头,我打量着大大咧咧坐在我座位上的女人,她的肚子非常明显地凸出来,是个孕妇。

"你好,这个位置是我的。"我客气地说道。

女人对着她的大肚子爱抚了一阵,抬起头面无表情地回望我,什么也不说。

"这是我的位置。"我只好重复了一遍。

"我要生崽哒。"她说的是长沙话,意思是她怀孕了。

我轻轻叹了口气,说:"大姐,下回你要装孕妇骗座位,也请你专业一点好吗?"

女人穿的是一件紧身毛衣,腹部紧紧裹着一团乱糟糟的东西,我不知道是些什么,但是那些棱棱角角在她的紧身毛衣表面很是明显,哪个孕妇的肚子要是长成这个样子,她可以提前做好怀胎三年的营养准备了,因为她的孩子必定是哪吒转世。

旁边一个吃东西的胖大爷吭哧吭哧地笑道:"你一坐到这儿就往衣服里塞报纸,我还当你胃疼呢。"

女人脸红了,慢吞吞地从衣服里拿出一大团废报纸,站起身拎起她的包裹离开了。

要是她智商高点,让她坐一会儿又何妨。我无奈地摇摇头,坐到位置上。

我的座位挨着走道,不时有人从我身边挤过,把我撞得东倒西歪,我没有心思和他们去理论,屁股刚一着陆,全身的疲惫感就席卷而来,熬到凌晨三点多没睡觉的我眼皮子沉得像是挂了两块砖头。

"呜"的一声,火车开动了,整列火车就像几节塞满了馅儿的腊肠连在一起,铁轨是两根筷子,夹着这条腊肠前往一个叫作"家"的大暖炉。

我就那么迷迷糊糊地坐着打盹,任由旁边人来人往,浓厚的困意成了一层保护膜,他们怎么推搡,我都感觉不到。

睡了不到两分钟,感觉有人用木棍敲我的脑袋。

原本不想理会,心想肯定就是有人不小心碰到我一下。

哪里知道,那根木棍却一直敲我。就算是睡着了我也不能这么老实受人欺负吧,我恼火地睁开眼,就见一根手掌长短的黑棍从一只大蛇皮袋里伸出来,横在我眼前,随着火车颠簸的频率往我脑门上敲打。

太欺负人了! 我握住黑棍,往外一扯。

下一秒,我手里握着一只平底锅。

什么人会在行李里放一平底锅? 我心里窜出不祥之感。

"嘿,老板!"

不,这是梦境,我睡着了还没醒来。

"你咋跑这儿来了?"

这一定是梦! 一定是!

牛耿正过身对着我,挂在他肩上的蛇皮袋打歪了我的眼镜。这个时候,我才真正认输,这不是梦,这是再真实不过的现实。

什么叫阴魂不散?这就叫阴魂不散!此时此刻我真的怀疑他根本不是人,他是一道影子,命运派来捉弄我的影子。

我扶正眼镜,问道:"你,是走到火车站的?"

牛耿哈哈一笑:"没有,你坐车走了以后就过来一个卖水果的大哥,他骑了辆电三轮,在车站前没刹住,一筐苹果都撒了,我帮他装好苹果,他就带我来火车站,要不咋赶得上火车咧。"

"哦哦。"我点了点头,坐的士离开的时候我还念想着就此摆脱这家伙了,看来我还是太天真,命运游戏不会那么容易打通关的。

不,还有希望,牛耿如果有座儿,谁说他就一定会坐在我附近呢?

我抱着求生的信念,把手里的平底锅递给他:"拿着你的锅,上别处找你的座位去吧。"

言下之意再明显不过,就算你没座儿,也请换个地方站。

牛耿接过他的锅,塞进蛇皮袋子里,嘴上笑着说:"不好意思啊老板。"

他手里拿着票,往前方挪了两步。看他的样子是真要走,我心里一阵欣喜。人嘛,就是不能太悲观,遇事还是应该往好处想。

"老板,你起来一下。"牛耿举着他的票又回来了。

我抬头看他,不解地问:"干什么?"

"你坐的是我的座儿。"牛耿说着放下肩上的大包,在头顶的行李架上找到个不大的空隙,把包塞进去。

我皱起眉头,不耐烦地说:"这怎么会是你的座儿呢?这是我的座。"

刚才那个女的假扮孕妇骗取同情的伎俩虽说低劣,但总算还有那么一点技术含量,牛耿这一上来就要我让座,跟粗暴的抢劫有什么区别?

"你那是多少号?"牛耿不依不饶地问。

我回想了一下刚才找座位的时候,确定自己没找错,便傲慢地反问他:"你几号?"

"你看。"牛耿给我看了他的车票,上面赫然写着 12 车 83 号座位。我转头看了看铭牌和列车车厢号,这个座位是第 12 车的 83 号座位。

一切都没错,但一切好像都错了。我有点晕头,从衣兜里拿出我自己的车票。

没等我细看，牛耿一伸手就抢了过去，对着光定睛一看。

"嘿，咱俩的票是一样的啊！"他颇为惊奇地叫了出来。

我接过来仔细对了对，真的是两张一模一样的火车票，火车站的售票系统可能有各种各样的问题，但绝不会出售两张相同的车票，因此只能说明一个问题，我和牛耿，有一个人的票是假的。

2010年铁道系统还没有强制要求实名购买火车票，检票员在检票时没办法仔细核定车票的真假，买到假票是经常发生的事，只是我没想到，不管我和牛耿谁运气不好买到了假票，怎么就能刚好撞到同一个座位上。人啊，还是不要太乐观，总有些出乎意料的破事会找上门来。

"老板，这可咋办？我们都坐一个座位？"牛耿俯下身，手撑着膝盖，开心地问我。

我想起那个卖票给我的黄牛，想起那个恰巧也急着要买去长沙的车票的胖子，内心漫起一层阴影，难道说……

车厢里一半的人都在看我和牛耿的热闹，这样的时候必须得抢占先机，要是让那些嗑着瓜子看戏的陌生人亲眼看到我买假票来蒙一个穷酸小子，李成功这张脸就成功地丢到冥王星了。

"谁跟你一个座位？你这张票是假的！"我索性豁出去了。

"啥？"牛耿瞪圆眼睛，断然没想到我会先下手。

"啥什么啥，没听到吗？小伙子，你买的是假票。"两张一模一样的票都在我手里，我只能确定我自己那张票上的字迹墨渍比较重，除此之外根本说不清谁拿的是真票，谁拿的是假票。

牛耿注视我的眼神由热转冷，他的嘴角下撇着，从鼻孔里窜出来的气越来越急。

"还我的票。"牛耿说。

"现在两张票在这里，"我两只手举起票，放在耳朵边上，"喏，你看，现在谁也说不清哪张是真票。"

"我的那张是真票。"牛耿用胡搅蛮缠的口气说。

我笑了下："呵，你说你的是真的就是真的？"

料想牛耿是被我给逼得没说法了，张着手就过来抢我手里的票，我哪儿肯给他,我们俩顺势扭在一起。

"还我的真票,你的是假的。"

"你的才是假的呢!"

一时间呼喊声、劝架声、起哄声乱成一锅粥。

"你们在那边咋呼什么?要打架下车去打。"车厢那一头传来一声怒喝,看热闹的人们自动退开一条道,一男一女两个乘务员向这边走来。

见管事儿的来了,我赶紧摆出一副受害人的模样:"乘务员,他买了张假票,座位号跟我的一样。"

"他的才是假票,我的是真的。"牛耿不甘示弱地辩驳道。

"你的才是假的。"

"你的是!"牛耿上前又要来抢我手里的票。

"你们俩别吵了,再吵都给我下车!"那个女乘务员板起脸,大声喝道。

她身旁那个大腹便便、身穿乘警制服的男同事跨上前,隔开我和牛耿。

"你俩的票给我看看。"女乘务员说。我递上我手里的两张票,警惕地盯着牛耿,免得那浑小子又上来抢夺。

乘务员拿着两张同样的车票在手上翻看了一会儿,举起其中的一张,问道:"这张票是谁的?"

"我的。"我急忙抢着说。

"那是我的!"牛耿跟着道,不安分的手又要去抢,让男乘警拦了回去。

"这张是假票。"女乘务员黑着脸说。

混乱中我也顾不得去看是不是墨迹较重的那张,只是赶紧摆摆手:"那不是我的。"

"也不是我的。"牛耿缩回来。

女乘务员抖了抖手里的假票:"持这张假票的人,要么下车,要么在我这儿补票。"

"我不补,我的又不是假票。"我扭过头说。虽说我早先就预感到我在黄牛手上买的票有问题,然而树争皮人争气,我就靠着一口气死撑着,咬定了我的是真票,总之说什么也不能让人把我看成是上当受骗了还拿假票蒙人的白痴。

更何况在这场真假火车票大对战中,我的对手可是一直在给我找不痛快的牛耿，输谁也不能输给他。

"我为什么要补，我买的是真票!"牛耿也强硬地说。

女乘务员收起我和牛耿的车票，不耐烦地说:"行了行了，你们两个人来乘务室一趟，把事情都给我说清楚了，既然没人补票，火车到了下个站你俩都给我下车，弄清楚假票是谁的再说。"

"我不去!"这回让牛耿抢了个先。

我赶紧接着表明强硬态度:"凭什么啊? 我的又不是假票。"

"我的也不是……"牛耿说。

我指着牛耿说:"你们看不出来吗? 卖假票的黄牛就专门骗他这种土老帽。"

"你说谁土老帽!"牛耿向我这边挤过来，"谁给牛买票了? 是窗口里的人卖票给我的!"

"你看就这人的智商，黄牛不骗他骗谁……"

"都给我下车，看谁用假票。"胖乘警怒了，一把拉住我的手臂，我拉住牛耿，三个人扭成一团。跟牛耿还有乘警闹到这份儿上，仔细想想，似乎比承认自己错买了假票还丢人。

兔子急了还咬人呢，我当时也是急得管不了这么多了，一心就想着把使用假票的错推给牛耿。乘警在旁边拉我，而我差不多就要抱住牛耿了。

"我不下车，凭什么要下车啊? 我的又不是假票。"

"我的也不是，我也不下车。"牛耿的脾气跟他的姓氏一样倔。

"好好好，既然你们俩的都是真票，"女乘务员冷冷地说，"一会儿就跟我去车站派出所，看你们老不老实?"

"什么?"

"啥?"

我和牛耿异口同声地回道。

在石家庄的某个派出所里那些不愉快的回忆渗进我的脑海，像一盆冷水浇在我发热的脑门上。

要是去了派出所，又不知道折腾到哪天才放出来了。

不想牛耿胸口一挺，大义凛然地说:"哼，那咱们就去一趟派出所，我的票说不是假的就不是假的!"

这个笨蛋,压根不知道去了派出所我们就得在铁窗后面过大年了,想到这儿我打了战,这无疑是最坏的结果。

"好,好,好。"我连说了三个"好",先用气势压住他们。

"不就是补票吗? 我来补,好不好?"我放开牛耿,举手做投降状,"我来补票,但是我话要说清楚,我的票是真票。"

"反正我也不是假票。"牛耿不客气地嘟囔。

我拉开钱包拉链拿钱的手僵了一僵,回头狠瞪了他一眼,他装没看到,抬着眼睛看天花板,一副很欠揍的贱样儿。

乘务员和乘警把票还给我们,拿着钱满意地走了,牛耿惬意地叹了一句:"唉,终于送走了。"

他是没搞清楚状况吧,补票的钱是我付的好不好。不过我没奢望能给他解释明白,这只会让我自己上火。

我转过身,正要坐到座位上,没想到屁股撞到个什么东西。

回过头一看,牛耿保持和我一样的半站着的姿势,屁股和我的撞在一起,此时也回头一脸困惑地看我。

怎么着? 意思是我补了票,还得站在一旁看他坐着?

我直起身,两手架在腰上,盯着牛耿:"这票是我补的,算上在黄牛那儿出了五倍的价钱买的票……"

还没讲出后面半句,我就发现我把真相给抖搂出来了。

正当我想说点什么绕开话题的时候,牛耿说道:"别骗我了,你咋能在牛那儿买票呢? 我们农场的牛只会产奶。"

还以为我说漏嘴的破绽能让他发现些什么不对劲,看来是我高估他的智力水平了。

"行了,行了,"我厌烦地挥挥手,"这张票是我补的,我已经买了六张……不,两张票了。"

"你买了两张票又怎么样? 谁让你用假票?"牛耿丝毫没有妥协的意思。

还真是油盐不进了,我又道:"是我出的钱打发走那两个人,不然我俩都得下车去派出所,现在我坐着你站着。"

牛耿挠挠头,想想也是这个理儿,脸上当即挂起一副捡了大便宜似的笑："行行行,我坐着你站着,不是,你站着我坐着。"

我眯起眼睛,看着语无伦次的牛耿,想看看他还能排列组合出什么词儿来。

牛耿自我感觉憋不出什么该说的话,索性把我往座位上一推:"老板,你坐,你坐,你坐。"

他的手劲不轻,我被他一推,后脑勺撞在硬邦邦的靠背上,眼前冒出几颗金星。

"你……"我朝他吼道。

"老板,有啥吩咐?"牛耿俯下身笑着问。这家伙极力想在脸上堆砌起谄媚阿谀的神色,可是不管怎么用劲都很生硬。

算了,我不想跟他一般见识,抱着手臂往旁边挪了挪,摆出想离他远点的架子。

夜色沉沉,火车拖着几千具疲惫而期盼的身躯,往家的方向驶去。

身周的人大都睡着了,没有座位的人不是坐在地上,就是厚起脸和有座儿的乘客挤一挤。牛耿站在我旁边,他脚下已经没空处坐了,疲惫的他尽管强撑着精神,但脑袋还是不时往下一颠,又像个不倒翁一样抬起来。

"呵,"我冷笑一声,脑海里没来由地冒出他那口黑黢黢的平底锅,于是在冷笑声后加了一句,"平底锅小子。"

裹紧外衣,我准备也睡一会儿,手却在衣兜里碰到个方方正正的东西,像是个手机。

摸出来瞧了瞧,却不是我那台咬果手机,咬果手机让我放在手提包里了。这只是个简易的黑色功能手机,适合老人和残障人士用的那种。

我想起来,在那节改成住房的废弃车厢里,那娜硬是要把这个手机塞给我。当时我还对她的同情发了一阵火,现在回想起来,火气早就没了,她下落不明,她的同伴,那个叫大马的蒙古男人不幸入狱,我心里只有对他们俩的担忧。

他们之间到底发生了什么,要真说我一点也不好奇,那是假的。

我的视线从手机上移开,强迫自己不再去想这些有的没的。正要把手机放回兜里,眼角余光却不偏不倚地扫到站在我身旁的牛耿,他一只手搭在座椅靠背上,撑住下巴,另一只手里还紧紧攥着那张火车票。

那个操着川味普通话的黄牛适时地钻进我的脑袋,同一时间,对我那张火车票是真是假的怀疑也跟着回来了。

我吞了口唾沫,功能手机又拿回眼前,打开,我忽然间还有点期盼那只手机不要具备上网功能,那么真票假票都将会找不到什么说法。

不幸的是,麻雀虽小五脏俱全,"互联网"三个字就摆在小小的屏幕右下角。

我点开互联网,奇怪了,火车行驶到这荒山野岭的,上网信号竟然还出奇的好,很快就连上了搜索引擎页面。

手指还有点发颤,我按下键盘打出一行字,"怎么识别假火车票"。

结果很快就出来了,我点下第一条搜索条目。

上面的说明很简单,就是用手指往车票上印车次号的地方使劲按,看墨迹会不会印在手指上。

想起我那张墨渍很重的车票,我又吞了口唾沫。

只剩下最后一步了,马上我就能知道到底谁的票是真的。

我拿出自己的车票,大拇指往车次号上使劲了十秒钟,抬起手指一看。

不知道那天我是撞了什么邪,心里只要有什么不好的预感,最后总能成真。眼看票面上的黑色墨迹全都跑到我的手指上,我心里忍不住直呼某个不可名状的动词。

牛耿搁在靠背上的手臂滑了一下,没撑住他的下巴,碰在我肩上。

"对不起,对不起。"他强自睁开眼,连声道歉。

他握在手里的那张票是真票,这个座位本应该是他的。我心里泛起愧疚的苦意,很淡,却挥之不去。

"哎,你都困成什么样了,要不要来坐着睡一会儿?"我抬头对牛耿说。

牛耿眼角耷拉着,无力地笑着说:"没事儿,老板哥,你坐,你坐。"

他困得话都说不清楚了。

最讨厌这种打肿脸充胖子的人,我用命令的口吻说:"你来坐会儿。"

刚要起身让座,牛耿猛地清醒过来,狠狠地一把压在我肩上,将我推回去,嘴上说着:"没事儿,你坐,老板你坐吧,你买的是两张牛票,你坐,你坐吧。"

"我起来活动活动。"我又要起身。

"你坐吧。"他又把我推回去。

这平底锅小子随身带口锅是专门拿来练铁砂掌的吧，下手还真是不轻，我的肩膀被他压得生疼。

"我起来上厕所。"我朝他吼了声。

"哦，上厕所啊。"牛耿这才松开手，放我起来。我站起身拍拍衣服，回头瞪了他一眼。

他满心欢喜地坐下，乐得直哼哼："出门就遇贵人。"

没等我走出车厢，他就垂着脑袋，沉沉睡去。

LOST ON
JOURNEY

第九章
车厢帅小伙

我没有上厕所，只是在车厢尾的吸烟处站了一会儿，凝视着掠过窗外的遥远灯火。我感觉自己像一个朝圣者，车轮每传来一声"咣当"，我就距离那座承载记忆的"圣城"更近一点。

站了一阵子觉得无聊，回头看看牛耿在座位上睡得正香，反正我也还算精神，就不去打扰他的好梦了。

打开提在手上的皮包，目光从毛绒玩具、咬果手机、就诊建议书和钱包上扫过，最后定格在那包香烟上。

我还会抽烟？记忆在这里又是一片空白。

试试不就知道了。我从手提包里拿出一直没动过的那包香烟，取出一根叼在嘴上，又拿出打火机点着，用劲儿深吸了一口。

一股烟像锐利的针直扎进我的喉咙，"咳咳咳"，我捂着胸口，剧烈地咳嗽起来。

咳得那叫一个惊天动地，我的肺都要咳出一道裂痕了，眼泪在眼眶边缘直打转。

"叫你别抽烟，果果闻着烟味直哭呢。"

耳边忽然响起一个女人的声音，她带着些火气大声对我说。

我抬手想抹去遮挡视线的泪水，咳嗽无法止住，眼泪泛滥而出。

模糊中，我看到一间窄小简陋的卫生间，里面堆着杂七杂八的清洁器具,墙皮因为受潮而脱落了不少。在斑驳的墙壁前,我又看到了那张茉莉花似的笑脸,只不过此时她没有笑,而是挂着责备的神色。

她抢过我手里的烟,在烟灰缸里摁灭,没有停止责怪的意思:"给你说了多少遍,果果一闻到烟味就要哭,你还是忍不住抽,要抽也行,别在家里抽嘛!"

"好好好,下回不躲厕所里抽了。"我赶紧服软。

美丽白了我一眼:"你又不是不知道,我妈留给我的这套老房子墙是透气的,李成功算我求你了行不,要么戒烟,要么就出去抽。"

"我戒,我戒,"我摸出裤兜里的烟盒扔在地上,为了表示决心,我还在上面踩了两脚,"给我两年时间,保准给你和果果换套大房子,带吸烟室的那种,到时候我就躲吸烟室里抽,这总行了吧。"

美丽让我给逗笑了,戳了戳我的脑门:"你呀,先想办法给你闺女买罐奶粉再说吧,她到现在还在喝米汤呢。"

即使在记忆里,我也能感觉到当时翻涌在心头的愧疚感,我强装出没心没肺的笑:"必须买,给果果买最高级的奶粉,澳洲进口的那种。"

美丽推门走出卫生间,我借口说洗把脸留在后面,听到美丽哄孩子的动静后我才掏出破旧的手机,又翻了一遍存在里面的短信息,其中的内容大都是"很遗憾地通知您,面试没有通过""您的条件达不到我们的要求""我们有更合适的人选"等。

我背靠在露出水泥的墙壁上,费了很大劲才忍住埋伏在眼角的泪水。

"邯郸,邯郸到了啊,睡觉的旅客注意了,邯郸到了。"有个粗嗓门的人在车厢里大声喊。

我用手背抹掉被烟呛出来的眼泪,重新找回的记忆在这里断线了。

车厢里传来人们相互催促的喊声,有一些动作快的人已经拖着行李走向车厢门口,也就是我所在的地方。

最先看到我的是一个小男孩,本来嘻嘻哈哈的孩子看到我在抹着红通通的眼睛,立马收敛笑声,回头去问跟在他身后的女人:"妈妈,那个叔叔为什么哭啊?"

我尴尬得耳根发热,侧着身要往回走,经过那女人身边时听到她压低声音对儿子说:"叔叔太想家了。"

我感激地对她一笑，也不知她有没有看到。

是的，那一刻，我真的很想那个我还没有完全记起来的家。

237次普快列车停靠在邯郸站，深冬的夜空还是一团浓黑。把一整节车厢挤成腊肠的乘客在邯郸站下去一大半，周围空出很多座位，牛耿醒过来发现眼前很空，惊惧地叫道："人咋都走啦？怎么我就睡了一小会儿，就坐过站了？"

"才刚到邯郸，别一惊一乍的。"我坐在他对面空出来的座位上。

"吓死我了，我的娘嘞。"牛耿拍着心口说。

我没理他，摘下眼镜，趴在小桌板上想要补补觉。

在邯郸站下车的人多，上车的人也不少，没几分钟车厢里又被塞得满满当当。睡得迷迷糊糊的，我听见一个年轻女孩的声音，肩上也感到有人在推我。

"先生，这个位置是我们的。"

我从桌板上起来，没来得及戴上眼镜，就看到三重鲜艳的人影站在面前。

"老板，你占到别人的座位了。"牛耿在旁边说。

"你还占到我的座位了呢。"我一边没好气地说，一边戴好眼镜，身前那三重人影这才变得清晰。

是三个年轻的女孩子。我急忙站起身来，彬彬有礼地问："你们是坐这儿的吗？"

站在最前的短发女孩开朗地笑着，点了点头。

老实说，她们的样貌不算出众，在地球上任何一个地方看到她们我都不会太过留意，除了这节绿皮车厢。

试想，如果你眼前长时间充斥着一群土老帽，就像牛耿那样的，忽然来了一个衣着时尚的女孩，你会不会觉得眼前一亮。嘴里含块黄连含上几个小时，给你块白菜你都能感觉甜得像初恋。

尤其是男人在异性面前心里都有抑制不住的表现欲，在这种近乎本能的驱使下，我极力表现出绅士的气质。

绅士的眼睛最先放在三个女孩的大行李箱上，看她们娇弱的小身板，肯定搬不动那么沉重的重物。

"我来帮你们吧。"我说着伸手去提她们的行李箱。

忽然,一只黑手伸了过来,抢走我手里的箱子。

"老板给我吧,老板你坐下,你坐下。"没等我反应过来,牛耿已经把第一只箱子搬上了行李架。

我只好去接第二个女孩的箱子。

牛耿旋风一般地回过身,又利索地抢过我手里的箱子:"你别管了,老板,你快坐!"

不等我反应过来,第二个箱子已经摆上行李架。

这算什么,存心同我抢风头吗?

牛耿放好箱子,我们俩的眼睛同时放在第三个女孩手里的箱子上,如同两只争食的猎豹。

"老板,我来……"牛耿的手已经伸过去了。

好在我的敏捷度不差,早就抓过了最后一只箱子。

"这个我来放,你坐下,"我用得胜者的姿态冲牛耿扬了扬下巴,"你给我坐下。"

牛耿瞪了瞪他那双死鱼眼,终于挠了下脑袋表示认输,老老实实地坐到位置上。

最后的箱子很轻,为了显摆,我单手举起来放在架子上。回过头一看,并排站在一起的三个女孩低着头窃笑。

她们仨在位置上坐好,我满心以为她们会用充满崇拜和感激的眼神看我,没想到那个开朗的短发女孩开口就道:"谢谢你啊大叔,还有这位小哥,谢谢你们帮我们搬行李箱。"

牛耿抓着后脑勺,傻笑道:"不客气,咱们谁跟谁,不用跟我客气。"

"我觉得你们叫我小哥不合适,"我也笑着说,"我应该比你们年长一些。"

女孩们交换了一个困惑的眼神,还是由那个短发女孩作为发言人:"所以刚才我叫你大叔啊。"

我差点从座位上摔下去:"大叔,这也太夸张了吧?"

这个时代的年轻小姑娘难道都是这么心直口快?直呼大叔也太不给我

面子了。尽管我记得自己过完年就 36 岁了,不过为了拉近跟这些小女孩之间的距离,我决定装个嫩:"我可是'90 后'的。"

女孩们又低下头捂着嘴低声窃笑。

倒是在我旁边的牛耿坐不住了,大声嚷道:"啊? 老板,你是 90 后的啊? 看着不像呢?"

不仅抢我的戏,还负责拆我的台,牛耿,你是我几辈子修来的冤家啊?

不过连牛耿都看出来我不像个"90 后",更不要说别人了。我苦笑着补充道:"我是'90 后'上大学的,呵呵。"

还没完,牛耿若有所思地接了一句:"哦,那也不小了。"

"你不说话没人把你当哑巴。"我冲牛耿皱了皱眉,向他表明我真的很不爽。可是牛耿看都不看我,接着和那三个女孩开玩笑。别说,牛耿在逗乐子上还真有天赋,信手拈来的几个笑话逗得女孩们笑得前仰后合。

没的说了,我的风头都被这小子抢光了。

火车缓缓发动,驶离邯郸车站。牛耿从包里摸出一盒扑克,邀请我们一起玩斗地主。

"五个人怎么斗地主啊?"我嫌弃地说。

"我们分成三家就行啦,来来来,老板我们俩一块儿。"牛耿自作主张地说,根本不管我愿不愿意和他一伙儿打牌。

女孩一出现,牛耿活跃得像只跳蚤,在他的组织下,最后分为短发女孩一组,另两个女孩一组,我极其不情愿地跟牛耿分在一起。

别看牛耿平时傻愣傻愣的,玩起牌来技术还真不赖,每轮地主都敢抢,抢了居然还都能赢,玩到最后三个女孩索性合伙跟我们打,两家农民能看到彼此的牌,牛耿这才有点吃力。

不管怎么样,我在旁边话都插不上一句,又不甘心让牛耿一人出风头,不时想要提几个出牌的主意却都被他不耐烦地堵了回来,然而最后他自己拿定的主意也都能赢得胜利。眼看牛耿在牌技上甩了我几个银河系,我简直想拉开窗从火车里跳出去。

玩着牌,时间过得很快,不知不觉火车已经到达安阳。

安阳不算大站,火车只停几分钟,也上不了几个人。除了我,我们这一桌的人都处在玩牌的兴头上,火车是停是动他们谁都不知道。

"嗯？对不起，这个座位是我的吧？"一个略带粗哑的声音在我们旁边响起。

"什么你的座位，别动，三个尖儿，压你！"牛耿才不管是不是在跟我们说话，颇为霸道地甩了一把牌在桌上。

"很抱歉，你这个座位真的是我的。"一个背着吉他的男孩靠近我们玩牌的桌子，车票举在身前。

"对三！"牛耿盯着手上的牌，干脆对搅局者置之不理。

半天不见桌对面的女孩出牌，他拍拍桌："到你们了，我出了对三，你们要出啥。"

三个女孩半仰着头，牌局对她们来说已经不重要了，她们只顾盯着找座位的男孩，我隐约能听见她们仨的喃喃自语："好帅……"

"哈，我打牌是帅，不过别这么夸我嘛。"牛耿笑得嘴角延展到了耳根。

我看了看男孩手里的票，刚要提醒牛耿他的确是占到了别人的座位，听牛耿来了这么一句，我一口气差点没喘上来。

让女孩们瞬间犯了花痴病的是前来要座位的男孩，他长得是真的帅，棱角分明的脸庞，浅褐色的瞳孔，半长的头发，落拓的棕色皮衣，乍一看有几分像《流星花园》里的花泽类。这样的男孩放在哪里都是个天生的异性目光收集器。

牛耿的注意力这才从斗地主上移开，探着脑袋看了看帅气男孩手上的票，发现的确是自己占到别人的座儿了，赶紧跳起来。

"来来来，我帮你放行李。"牛耿的殷勤劲儿又上来了，伸手去拿男孩背上的吉他。

"不用了，非常感谢你。"帅哥很有礼貌地回道，小心地护着他的吉他，距离把握得恰到好处，既不让牛耿碰到他的宝贝，也不会让人觉得他是在刻意摆架子。

总而言之，他是个外貌和涵养兼得的男孩。

"嘿嘿，那你坐，你快坐。"牛耿傻笑着让出座位，站到我旁边来。在帅气的男孩面前，他的粗鄙暴露得一览无余。

可是，在座最憋屈的是我，先是被斗地主之神牛耿抢了戏，又来了这么个帅小伙，在三个女孩眼里，我这个"90后"大叔完全没有存在感。

作为成功人士的李成功变成了路人甲,这不应该啊!

深冬的早晨来得晚,快到早上八点,天才蒙蒙亮。这是一个难得的晴天,阳光从铅色云层边缘透出来,照进车厢,笼罩在我们身上,暖烘烘的很舒服。

帅小伙坐在我们旁边以后牌局就进行不下去了,对面三个女孩的视线压根就没法从他那张精致的脸上移开,虽说牛耿也试图让斗地主活动进行下去,可是见到女孩们犯了严重的"花痴病",他只好作罢。

帅小伙话不多,一直出神地望着窗外,似乎是在想心事。薄薄的阳光铺在他脸上,颇有几分忧郁王子的味道,更是让眼前这几个小女孩不能自拔。如果她们仨一起喷鼻血,我绝对不会感到奇怪。

最终还是那个外向的短发女孩下定决心迈出了第一步,她拿着手机问道:"嘿,帅哥,我这儿有条可好玩儿的短信了,要不要我发给你?"

帅小伙慢吞吞地回过头,浅浅一笑,仍旧保持着他的礼貌:"不用了,谢谢。"

我差点笑出声来,想要别人的手机号码就直接要呗,发短信这招太拙劣。

另外一个在旁边吃饼干的女孩腼腆地说:"那我请你吃饼干吧。"

帅小伙摇摇头,还以微笑:"我不饿,谢谢。"

那女孩一看就是习惯了别人把她捧着惯着的,在帅小伙这儿碰了壁,脸色当即垮了下来。

我第一眼就看出来了,帅小伙虽有涵养却也不是一个好接近的人,这些小伎俩只会让他觉得厌烦。小姑娘们呐,还是太年轻了。

不成想,那个碰了壁的女孩沉着脸转向了我,手举着饼干,打发叫花子似的问:"'90 后'大叔吃不吃啊?"

蔑视,赤裸裸的蔑视!谁要吃了这块饼干谁就视尊严如粪土。我摆摆手,同样冷冷地回道:"不用,谢谢。"

还以为她收回饼干,这件事就算完,谁能想到,这世界上还真就有不要尊严的壮士!

牛耿笑得没脸没皮,伸出手一把抓了三块饼干:"我吃,他们不吃我吃。"

这还不算完，他抓了饼干手还没来得及收回来，火车一个颠簸，他没站稳，一脚踩在我的脚尖上。

"哎，你踩到我的脚了你。"我疼得大叫。

牛耿一边大嚼着饼干，一边喷着饼干屑说："不好意思啊老板，饼干还真好吃，甜！"

"来来，你吃，你坐我这儿吃。"实在看不惯牛耿那副贱到巅峰的模样，我干脆起身让他坐。

"你又去上厕所？"牛耿欢快地嚼着饼干问，"老板你是不是肾虚啊？"

"你才肾虚！"我回头道，怒得眉头紧拧成一条线，"我去吃早饭。"

"那你去吧。"牛耿完全没有意识到当着女性的面调侃一个男人肾虚对男人会有多大的伤害，他的兴趣从饼干转移到旁边的帅哥身上。

"这是不是真的？"他用抓过饼干的油腻腻的手去揪帅小伙的头发。

帅哥估计也没见过这种人，闪躲得迟了一点，不幸被牛耿扯下来几根头发，疼得他倒抽一口气。

牛耿捏着头发，在指间来回打了个转儿，点着脑袋做出他的鉴定报告："嗯，是真的！"

我说什么来着，牛耿这种人才，谁碰上谁倒了八辈子血霉。

LOST ON
JOURNEY

第十章
美丽来电

来到用餐车厢，我买了份热干面，找到位置坐下。牛耿那张黑脸终于没在眼前乱晃了，耳根也清净不少，我眼前的世界瞬间美好起来，就连那碗硬到堪比铁丝的面条也让我觉得美味。

温暖的阳光从奶白色的天空倾斜下来，铺盖在我的餐桌上，或许是心理作用吧，明明皮肤感觉到的暖意是车厢内的空调带来的，我却总觉得是太阳把隆冬的寒意驱走了一大半。车窗外，未融的积雪在大地上铺了薄薄的一层，在阳光下闪闪发亮。高挺的白杨树，升起炊烟的农舍，在雪地上嬉闹的孩童从车窗外掠过，我仿佛是在欣赏一幅动态油画，失忆后的种种不顺带来的烦恼也通通抛到了远方。

心情的愉悦就这么出乎意料地来了，仅仅是因为远离了某一块没烧透的粗糙木头吗？也不尽然，我知道，吃完热干面我还要继续忍受他的烦扰。仔细想一想，即使我的脑海里仍然还有大片大片的空白，即使这趟茫然的旅行不知道还会生出什么幺蛾子，但是此时此刻，在这个崭新的冬日早晨，什么都不能妨碍我享受生活美好的一面。

嗯，李成功是个懂得享受生活，懂得把握现在的人，不管失没失忆，他都是。

"热干面五十块钱一碗，吃完了赶紧让位置，后面还有很多要用餐的乘客排队呢。"一个身材臃肿、穿着厨师大褂的大婶敲了敲餐桌，递来一张手写的账单。

好吧,生活中不顺人心的因素还是居多的,就像这碗五十块钱的干脆面和这位一脸讨债表情的胖大婶。我没蠢到去跟她讨价还价,乖乖地拿出钱包付了钱。等我走出用餐车厢才发现根本没人来这里排队吃早餐,整列火车全是康师傅和统一的味道。

这时候,放在我上衣口袋里的手机响了。

曼妮的电话?这是出现在我心里的第一个念头。

我停在车门处,从口袋里拿出手机,往屏幕上看去。

不是曼妮,只是一串 137 打头的电话号码。

混沌的脑子此刻却十分清楚,这不是什么推销保险或诈骗电话,我知道电话是谁打来的。

是我的妻子,美丽,这串号码是美丽的手机号。

又有一段记忆在心底苏醒,我记起来有一次回石家庄,我的手机在机场被偷了,当天晚上远在长沙的美丽就接到诈骗电话,说她老公让人绑架了,要她拿一百万去赎。尽管后来美丽通过其他电话找到我,这件事儿也把她吓得一个星期没睡好觉,自那以后我就没在手机里存任何家人的电话号码。

我不是一个对数字敏感的人,也没有过目不忘的特异功能,但家人的手机号我都记得很熟,然而骤然降临的失忆打乱了我的脑细胞,直到美丽来电话,我才终于记起第一个家人的号码。

我举起手机,手指滑动接听条,手机移往耳边的那短短一瞬间,我心里漾起一丝微妙的紧张感。

“喂?”我轻声道,行驶中的火车发出的“咣当”声很可能让电话那头的人听不清我的话。

话筒里安静了一阵子,没人回答。说来奇怪,火车上经常有信号不好的状况,电话打着打着就听不见声是常事,可是当时我却无比笃定电话里一定会传来她的声音,我就那么举着电话,等待着,等待失忆后第一次听到那个曾经和自己朝夕相处的女人的声音。

那一通电话的所有细节我都记得很清楚,先是听见一阵“嗞嗞”的电流声,然后是一句断断续续的询问:“喂,成功,你听得见吗?”

美丽的声音,沿着糟糕的电磁信号,磕磕绊绊地传到我的耳朵里,在我那颗蒙着一层浓雾的大脑里轻柔地整理出一丝柔软的记忆。

"成功？你在吗？"美丽又问。

"在的，我听得见，你说。"我捂着嘴回道，想聚拢自己的声音，害怕那一头的美丽听不见。

"成功，我刚刚才看到新闻，长沙机场下了大雪，飞长沙的所有航班都取消了，你现在还在石家庄吗？"美丽关切地询问道。

"嗯，如果没有取消航班，我现在都已经到家了，"我说，"我去买了火车票，现在在火车上。"

"什么时候能到长沙呢？"听得出美丽的语气里充满期待和担心。

"火车到长沙都明天中午了，我估计午饭前才能到家。"

"火车上注意点啊。"

简单的一句关怀，轻轻地抚在我心里最柔软的地方。我像一个迷路的孩子终于找到了回家的路，急不可耐地想要推开家门把一肚子的委屈都告诉那个守在家里等着他回去的人。

男人并不是都如钢铁一样冷硬，他们那看似包着铁皮的心脏都需要一个人和一处角落，能让他们无所忌惮地暴露孩童般的脆弱。

我张了张嘴，想要告诉美丽，我失忆了。

"妈的腿疼好了很多，你上次从云南带来的药很管用，"美丽在我说话之前先说道，"果果这两天也很乖，就等着你回来，等会儿我给你发张果果的照片过去，昨天下午在公园拍的。"

我收回差点说出的话，美丽的话让我忽然意识到，我不应该在这个时候让所有依赖我的人担心。男人不能一直是孩童，他还要给那个人和那一处角落最踏实的依靠。

"果果醒来了吗？"那一刻，责任感让我无比平静。

美丽回道："她还在睡，昨天玩累了，今天我就让她多睡一会儿，我现在去叫醒她？"

"让她多睡一会儿吧，明天我就回来了。"我微笑地道。

"嗯，你自己在外面小心，明天我们等你一起吃午饭。"美丽温柔地说，我敢确定此时她脸上也挂着淡淡的笑。

"好。"

　　电话挂断了,我们谁都没有说再见,也没有留下任何甜言蜜语,平淡得像是久未相见的老友一阵寒暄。

　　放好手机,还没走出几步我就停下来,摸出从那娜那儿得到的小功能机,找出通讯录,快速存入美丽的手机号码。

　　只是存入号码,依旧没有存美丽的名字。

　　就算我万分不幸地再次失忆,看到存在这只手机里的唯一一串号码,我必然能够知道号码背后是一个对我重要至极的人。那一瞬间,我忽然觉得发明电话号码的那个人才真是很懂浪漫,他让每个人都有一串独一无二的数字,而有些话,又只能说给独一无二的人听,时间一久,那串独特的号码,或许就是那个独特的人了。

　　走回座位,牛耿一见到我就大声道:"老板你捡了多少钱?瞧你眼睛都快要笑没了。"

　　听他这么一说,我才意识到原来我一直在笑,笑得脸上的肌肉都僵硬了。

　　"起开。"我冲牛耿扬了扬手,他顺从地站起来把位置让给我。

　　"大帅哥,我给你说,我跟这位老板啊可有缘了……"牛耿似乎找到了新的骚扰对象,开始喋喋不休对我旁边的帅小伙喷发出一堆废话,也不管别人愿不愿意理他。

　　时近中午,车厢里闷热浑浊的空气让困意蹿上每个人的脑子,人们大都昏昏欲睡,连嘴巴从来闲不住的牛耿也止不住地打哈欠,最后索性坐到地上,靠着座椅沿儿打起了瞌睡。

　　我摘下眼镜,脑袋枕着手臂趴在前面的小桌板上,不一会儿就睡着了。

　　我做了一个奇怪的梦,梦见我到家了,踏进家门的第一件事就是去端一个木痰盂,解开裤子对着里面撒尿,可是圆滚滚的木痰盂漏了,打湿了我整条裤腿。

　　就在我对破痰盂十分惊异的当口,耳朵忽然听到一声巨响。轰隆!像是谁对着我发射了一门炮弹。

　　我吓得急忙醒过来,睁开眼的第一时间就有一个黑色的圆球映入我的瞳孔。这一来更吓得我说不出话,难道在梦里出现的木痰盂跑到现实里来了？

等我仔细一看，才发现是牛耿那颗臭烘烘的脑袋。

坐在地上打盹的牛耿不知道什么时候趴在了我的大腿上，抱着这条软和的"枕头"他睡得更香了，微张的嘴还流出一道口水，我那条用料考究的西裤上已经出现了一大片口水渍。

在恶心我这件事儿上，牛耿真是前无古人，如果后面还有来者，那必定也是他自己来。想不到，后面的遭遇，让我当时这个念头成真了。

"哎，哎！"我使劲拍了拍牛耿，好不容易才把他拍醒。

"到了吗？"他抹着嘴角边的口水问我。

刚才所有注意力都被他恶心去了，这会儿我才顾得上往窗外看。

"这是到哪儿啦？"我听见坐在我身边的帅哥疑惑地自言自语。

车窗外是一片荒郊野岭，压根看不到火车站台的影子。列车静静地停了半个小时，身周发现问题的乘客越来越多，都聚在车窗口往外张望。

"怎么了这是？"

"火车怎么就停了？"

"还没到站啊？"

耳朵里听到的全是困惑的话音，弄得我心里也跟着打起鼓来：莫不是前面的铁道出了什么事故吧？

我站起身，上半身趴在小桌板上把脑袋探出窗，眯着眼远眺，视野里除立在前方几公里外的一座高山和山脚处的隧道以外什么都没有。

忽然，一只力气很大的手搭在我肩上，把我往回拉，我一度以为是乘警回来了，不想我刚被拉回座位上，牛耿那张粗糙的脸就从眼前闪过。

"我来看看。"他打着哈欠，脑袋伸出车窗外，两只手不住地揉着惺忪的睡眼。

"前面啥也没有啊。"牛耿两脚往前蹬，使劲往前伸着脖子。

"你看错方向了。"我冷淡地说。

这个神奇的人物望着列车来时的方向，要是能发现什么那才是见了鬼。

他恍然大悟地"哦"了一声，调转头，右手搭在眉头上装模作样地看了一阵子，我心里想：要指望他看出什么来，那不如盼着这列火车长出翅膀飞到长沙去。

“前面那座山不会是塌了吧？”他若有所思地大声道。

“呵呵。”我冷冷地笑了，不屑于给他普及工程学的常识，现在的列车隧道除非是遇到山洪暴发一类的重大灾害，否则很难发生塌方事故。

可是没等我对自己的知识储备自喜多久，列车广播就响了。播报广播的女声和飞机上通知紧急返回的女声出奇的相像。

“旅客朋友们请注意，由于前方隧道塌方，火车无法继续行驶，请各位自行下车，我们在此深表歉意。再通知一遍……”

牛耿开心地回过头来：“嘿！我说中了，前面真塌了！”

在周围绵绵不绝的叫骂声和抱怨声里，牛耿那张得意扬扬的笑脸犹如一朵被太阳晒蔫的野花。

“请你，闭上你的乌鸦嘴！”我万分恼火地说。实在搞不明白，老天为什么要拿走他的脑子，再换给他一身衰神的好本事。

官方通知都出来了，停在荒郊野外的列车车厢毕竟不可能留人久住，人们用各种脏话发泄完还是得考虑接下来怎么回家。在通知广播响了二十遍以后，所有人都开始轰轰烈烈地下车，那种挤破头都要赶紧往车下冲的劲头不输上车的时候。

瘦的人等不及从车门下车，索性直接从车窗翻出去，那个小胖子又被窗框卡住了，他爸爸和爷爷站在车外喊着“一二三”的号子把他往外面扯；睡着的婴儿又被吵醒了，哭得惊天动地，肥胖的母亲又开始尖着嗓子教训他；四肢发达的男青年从行李架上搬下他的大包，找不到地方落脚，就那么呆站在座位上……所有一切都像是把混乱的上车抢座过程倒着放映一遍。

等车厢里差不多空了我才站起身准备下车，这时我身边只剩牛耿和那个帅小伙，坐在对面的那三个花痴女孩早已不知去向。

“大帅哥，我来帮你拿东西吧。”牛耿殷切地说，我背对着他们小声地“喊”了一声，心里怀疑他是不是被女孩们的花痴病给传染上了。

帅小伙护着他的宝贝吉他，手里拿着那点简单得可怜的行李，憨憨地笑着回道：“谢谢你啊，不过不要叫我大帅哥了，叫我大伟就好。”

“我叫牛耿，姓牛名耿，你也可以叫我牛蛋！”从我背后传来拍胸脯的声响，能想象出牛耿说出他的小名时那自豪的表情。

下了火车各走各路,肯定不会再碰上这个灾星了。这么想着,我已提着手提包来到车门口,牛耿和名叫大伟的帅小伙跟在我身后。

跳下车,耀眼的阳光照在身上,却没有一丝温度,冷冽的风吹来,我不禁打了个寒战。这四周除了山就是田,前不着村后不着店的,究竟是什么鬼地方?我上哪儿去找回长沙的路啊?

那对父子终于把卡在车窗上的小胖子拉了出来,祖孙三代背着几只大行李包从我身旁走过,我拦住辈分应该排在第二的中年人问道:"打扰一下,你知道这是哪儿吗?"

"列哈儿是广水。"中年人说着一口不清不楚的方言,还好我听出了"广水"两个字。

这么说我们已经到了湖北境内,我想起从广水到江口不远,只要到了江口就不愁没有去长沙的车。

没等我松一口气,一只黑手搭上我的肩,同时响起我听来十分刺耳的声音:"嘿,老板,你上哪儿打车?咱们一块儿吧!"

几乎是出于本能的,我厌恶地冲旁边挥了挥手:"你快走,别跟着我。"

真得感谢在石家庄我没让牛耿搭顺风车,这次他终于学乖了,不再死皮赖脸地跟在我后面。

"那好,老板一路顺风啊!"说完,他就背着翘着平底锅把儿的行李包往前跑去,一个背着吉他的身影在前面等他。

看起来大伟和牛耿已经混得相当熟了,不,应该说终于出现另外一个倒霉蛋来承受牛耿神奇的魔力了,对我来说真是件大喜事!

LOST ON
JOURNEY

第十一章
自助式马车

我不知道地理专家们把湖北省的广水放在中国的北方还是南方,我只知道,广水的深冬,太阳的功能除了照明就是帮人们区分白天和黑夜,其他的,比如想让它提供温度什么的,就不要多奢望了。

顺着亮晃晃的轨道往前走,吹着稀释了阳光温度的寒风,身周与我同行的是上千个各式各样急着归家的人。如此经历,我只能说是此生难得再遇上一回了。

唯一值得高兴的是,牛耿已经跟着他的新伙伴消失在望不到头的人潮当中,再阴的魂,也到了该散场的时候。想到这儿,我的心情又不知不觉地好起来,脚步也轻快不少。

徒步走了两公里,视野里出现几间小平房,房顶上立着三个掉漆的红色大字"陈屏站"。

陈屏是隶属于广水的一个小镇,火车站的规模自然也大不到哪儿去,然而人们见了陈屏火车站,像是沙漠里快要渴死的人见了绿洲一样兴奋,纷纷加快脚步涌上火车站的站台,会聚在出站口。那几个在站台上蹲着候车的老农被吓得面庞发黑,犹如见到一群大山里来逃荒的难民。

很快有工作人员来打开出站口的铁门,从铁道上跋涉而来的人们抢着从门口挤出去。

我还是习惯性地排在人群的最后,不是不急——我敢说失去记忆的李成功比在场所有人都急着回家——只是成功人士的自我定位,不允许我自降身份去跟那些浑身牛奶味的乡巴佬挤成一团。

该死的,怎么会如此自然地想到牛奶味?

出站的人都走得差不多了,我这才理了理大衣上的皱褶,不慌不忙地走出去。最后出现在眼前的,是一条黄沙遍地飞尘漫天的大马路。我没说错,真的是马路,给马走的路,路面上除了偶尔路过的两轮马车,就见不到别的交通工具了。刚从车站里出来的人三三两两地分散在马车上,几个赶马的乡亲扬起鞭子,拖着他们往四处散去。很快,车站门口除了我就没几个人了。

我站在车站前极目远眺,近处全是插满冬小麦的田地,在一两公里外才有零散的几座砖瓦房,怎么看都不像是有长途车的地方。

"哎哎,"我转过身,叫住走过来锁门的车站工作人员,问他,"下一趟火车什么时候在这儿停?"

"陈屏是小站,正点的话晚上两点有一班慢车,"那个质朴的年轻人边找钥匙边回道,"有个地方不是塌方了嘛,可能得再等三四天了。"

三四天?等到车来我不如换个方向直接坐回石家庄算了。

"那这儿有去广水或者江口的长途车吗?"我着急地问。

"没有江口的车,"他回道,"去广水的一天发三班,等会儿就有一班去。"

一听有车,我的心安下不少:"去哪儿可以坐呢?"

"镇子里面就有,"他找到了钥匙,放进锁孔,"你在路边叫辆车吧。"

叫车?这地方还能叫出租车,这么说来也不是那么落后嘛。

"停在站上的车刚刚都被叫完了,你得叫过路车。听我说,你去田里捡根麦秆,马儿就会摇过来吃了,趁它停下吃麦秆你就赶紧爬上车。"年轻人锁好门,转身走进车站。

"难道马车上没有车夫吗?还得我给马喂吃的才能停下来。"我还没听说过有这种自助式的马车。

年轻人消失在平房的拐角处,什么话也没说,不知是没听到我的问题还是存心不想回答。

我叹了口气。是的,没办法了,照本地人说的做吧。

你想象得到吗?一个西装革履看起来很有范儿的男人,举着一根干枯的秸秆站在马路边,目的是叫来一辆马车,我想我这辈子不会有哪一刻比现在更丢人的了。

像个小丑似的在路边站了一刻钟,我听到清脆的铁铃声,一匹疲惫的老马拖着快要散架的木车,绕过马路的拐弯处,晃晃悠悠地向我走来。

老马眼睛半闭,挪着蹄子慢腾腾地前进,几匹年轻得多的小马排着队,跟在老马的后面。一个老农模样的大叔走在马群的最后,高声唱着赶马的号子,催促群马往前走。

原来这里的马车还真是自助式的。

老马在我身前停下来,嘴巴凑过来咬住我手上的秸秆。

"老板,要买马不?"大叔走过来问我道。

"不不,"我连连摆手,又指了指老马后面的破车,"我只是想搭个车。"

"去哪儿?"

"去镇里,能坐客车的地方。"我回答道。

大叔点燃旱烟,抽了一口:"要一块钱的车费哟。"

有些地方的当地人一看外地来客有麻烦,总免不了趁火打劫地敲一笔,这位陈屏的乡亲做生意却这么守规矩,我心里对这个地方的印象顿时好了许多。

我拿出十块钱:"不用找了,快送我过去吧。"

没想到大叔摇了摇他的旱烟:"你还差九十一块钱。"

"什么?"我以为自己听错了,"你不是说只要一块钱的车费吗?"

"可是我的马儿还要一百块钱的劳务费啊。"大叔抚摸着老马的鬃毛,爱怜地说,"如果你买一匹马,我就免费送你到镇里。"

我买马来干什么?骑着跑到长沙去?行了,一百块就一百块吧,我狠了狠心,又掏出一张粉红色的大钞递给他:"这下够了吧?"

"够嘞,"大叔乐呵呵地收下钱,"上车,走嘞!"

在我那经过一次格式化的大脑里还没有坐马车的记忆,所以,这应该是我第一次乘坐这种纯天然无污染的交通工具。

赶马的大叔几次表现出想和我聊天的兴趣,出于被骗了一百块钱的愤恨,我一路上都没怎么理会他。他在我这儿碰了几次壁,也不再主动和我搭话了,跟在后面唱起沙哑的调子。

迎着阳光,我默声坐在颠簸的马车上,眼前,低垂的马头直指向大路尽头,袅袅炊烟在远处的砖瓦房上升起,隔了老远都能闻到秸秆燃烧的特殊香气。

我从怀里摸出小手机,拨通在火车上存好的,美丽的电话号码。

等待接通的嘟嘟声响了很久,才从听筒里听见一个满带疑惑的"喂"。

"是我,成功。"

一听到我的声音,美丽的口气从疑惑转为欣喜,又从欣喜转为焦灼。

"成功,打你的电话一直是关机,我听新闻说石家庄到长沙的铁路上有一段发生塌方事故了,你没事吧?"

"我没事,"我赶紧安慰她道,"火车在塌方的隧道前就停了,我现在在一个叫陈屏的小地方。"

"没事就好,没事就好。"美丽心里的大石头落了地。

马路上迎面走来几匹马,拉车的老马打了个响鼻,对着那几匹马发出一声嘶鸣。

"成功,你是在骑马?"美丽在电话里听到了马叫声。

"我,我在坐马车,去赶回长沙的客车。"一时间我还真不知道怎么给她解释,"这一路上遇到的事儿你想都想象不到,电话里也说不清楚,等我到家慢慢给你说。"

"好,你要注意安全。"美丽没有多问,但我知道她心里一定有大把大把的问题。

"对了,那个……"我不知道该怎么往下说了,我怕让电话那头的人失望。

"什么?"

"我可能得晚点到家了,这会儿我还在湖北广水这边。"我闭着眼道,就像美丽此时就站在我面前。

"没事的,在外面注意安全,我们在家等你回来。"美丽轻柔地笑道。

要说美丽听到这个消息没有失落感,我肯定不相信,可是她却隐藏住自己的情绪,反过来宽慰我。那一句"等你回来",让我这副被各种意外折磨得疲惫不堪的身躯重新找回了力量。

"好,等我回去。"我回答道。

"妈在厨房有点忙,我过去帮她了,你照顾好自己。"美丽说,直到我说话前她都没有主动挂电话。

我听着她的呼吸,隔了一会儿才说:"嗯,快去吧。"

嘟嘟声响起,美丽收线了。放下手机的一瞬间,我才觉得阳光有了些触碰得到的温度。

我把手机放进手提包,就放在装照片的那一层,又顺手从中拿出我和美丽的合照,与照片上茉莉花一样恬静的女人对视。

薄薄一张照片拿在手里的感觉不对,怎么会这么厚?

没等我换另一只手掂量,又有一张照片落在我的膝盖上,同时,一双明亮的眼睛盯着我,像是盛夏午后的太阳。

是曼妮的眼睛。我的心抖了一下。

我脑子里没有存下曼妮的电话号码,咬果手机又有解锁密码,要我给她打过去是不可能的,可是从石家庄的派出所出来到现在,曼妮都没有给我打过电话,一个都没有。

我急忙从包里拿出咬果手机,屏幕已经是一片黑,怎么按都唤不醒,原来是没电自动关机了。

不过,没电的手机反倒让我的心放宽不少——曼妮不是没给我打电话,而是根本打不通。

心里冒出这么个想法,我差点就抽了自己一个嘴巴子,刚才还因为善解人意的美丽而感觉世界一片美好,现在又像个小怨妇似的怨另一个女人不给自己打电话。

李成功啊李成功,怎么连你自己都觉得你是个混账东西。

腊月廿九,下午两点,我到达广水客车站。

一下从陈屏开过来的中巴车我就惊呆了,这哪儿是什么客车站,说白了就是一条树林子间的乡间大路,比陈屏那条马走的马路也好不到哪儿去。

"这里是客车站?"我回头问开中巴的司机。

司机马虎地回了我一句:"我开了十年的车难道还能走错? 快点下车,有人等着上来嘞。"

等我多走几步，才发觉是我少见多怪了，这条两旁种满白杨树的大道还真是个客车站，好几辆大巴车停在路边，乘客的行李在车顶上堆成壮观的小山，等待乘客上车的司机靠在车门上悠闲地抽烟闲聊。拉人坐车和拉人住旅馆的大妈手拿广告牌在路上游荡，眼睛里装满寻找猎物的精光，犹如猎豹。

一个年龄差不多六十的大妈发现了刚下车的我，跑过来把广告牌塞在我眼前问道："大哥，要不要住旅社？住我们这儿吧。"

她一个年近花甲的人居然叫我大哥？这比火车上的几个小妹妹叫我大叔还过分。我皱着眉冲她摆摆手："不住不住。"

"我们这里有二十四小时热水，什么服务都有的，很方便的。"她不依不饶地跟着我说。这时，她手上的广告牌吸引了我。

上面是一个衣着暴露的女郎，摆出撩人的姿势，眼神魅惑。

呵！还真是什么服务都有。

"不住。"我恼怒地大声说。

"江口的，到江口的上车了啊，上满就走。"一个司机靠在车门上抽烟，吐烟圈的间隙停下来大声吆喝几句，"上满就走啊，到江口的。"

我向他走过去，一路上大妈都跟在我身后："大哥，要住店就住我们这儿吧，我们店里还可以上网，方便得很。"

"师傅，你这车到长沙吗？"我问那个吆喝的司机。

司机深吸了一口烟，又吐出一串长长的烟雾，优哉游哉地品了几秒钟才回我道："只到江口。要到长沙，在江口去转长途车。"

"大哥住我们店吧，二十四小时热水，很方便的。"

"那这儿还有其他车吗？"我又问道，"去长沙的。"

"大哥，我们店里什么服务都有的。"

司机又吸了口烟，不耐烦地说："去长沙方向就我一个车了，要坐坐，不坐算了。"

"大哥，住我们店吧，可以上网的。"

我抿着嘴，往四下里扫了一圈，其他客车上挂的牌子还真没有开到长沙的。

"哎，大哥，我们店里有二十四小时热水的，住我们店吧。"

"我不住,我不住啊行不行,你别来烦我了!"走上那辆开往江口的客车时我几乎是在咆哮。

进了车厢,刚一抬头,就看到一张熟悉的帅气面孔。

"嘿,这么巧啊?"坐在客车前排座位上的大伟微笑着向我打招呼。

"嗯嗯。"我对他马虎地一笑,扭头去找座位。

心跳忽然加快了速度,想起火车停下来以后我明明看到大伟是跟另外一个家伙同行的,而那个家伙是我避之不及的扫把星。

"往后面走还有座位的。"大伟见我愣在原地,友好地提示我。

我没理他,转身想下车,可是转念一想,往长沙方向开的车就这一辆了,难道我要在广水等到明天?

算了,我又转回来,在早点回家和遇上扫把星之间我决定选择前者,而且说不定大伟和那家伙早就分别了,大伟在车上并不能说明他也在附近嘛。

念及此,我感觉浑身轻松了些。眼睛在客车里转了一圈,发现和驾驶座并列的前排副座还空着,便走过去坐在空座上。

就算扫把星也坐这趟车,他肯定坐在后排座位,只要我不回头,他是不会发现我的。

LOST ON
JOURNEY

第十二章
有钱没钱,回家过年

我坐在椅子上，手臂交叠在胸前，耳朵竖起来，仔细听身后有没有那口河南味的普通话。

谢天谢地，车上虽然闹哄哄的，人们用各式各样的方言交谈，我却没听到河南音的调调。

在车下抽烟吹喝的司机看车上的人坐得差不多了，扔掉烟头，走上车来关好车门。直到此时也没听到那个家伙的动静，我不由得舒了一口气。就说嘛，已经倒霉了一天一夜的李成功也该时来运转了。

我放下绷紧的双肩，脑袋顺势往窗外一转。

不对！后视镜里那熟悉的身影是怎么回事？

为了看得更清楚点，我拉开车窗，探出头去。

后视镜里映出一个穿灰色衬衫的小个子男人，肩上、背上挂满了大包小包，右肩膀处还晃荡着一个黑色的柄，乍一看很像是古代大侠背在背上的长剑。

剑客急匆匆地跑到车门前，使劲敲车门，嘴里大声喊："开门，司机开个门。"

他嘴里含着什么东西，呼喊的声音很闷，但我听得出他的腔调。

"把门给他打开，快点开门。"司机回头指挥。

坐在门边的售票员开了门，剑客拖着他随身的行头上了车。

司机掏出车钥匙,发动客车,嘴里不停地催促:"搞快点,搞快点。"

"你没有找到直接去长沙的车?"大伟见到恰巧赶上车来的牛耿,站起身帮他放置行李。

咔嚓一声脆响,是牛耿咬下水果的声音,他边嚼边说:"哎,我问了好几个司机师傅,都说啥去长沙必须到江口转车,没谁跑长沙的。这是我刚买的梨,尝一个尝一个。"

我转过头,裹了裹身上的大衣和围巾,自我安慰道:没事,我坐在前面,他不会发现我的。

"那就跟我一块儿去江口吧,来,行李放我这边。"大伟那儿也传来咬水果的咔嚓声。

这时,客车的引擎发动了,整个车出其不意地往前一抖,整车的乘客都跟着往前冲了一下。

我身后传来什么硬物相碰的声音,咚的一声,接着是琴弦发出的余音。

"哎哟!"大伟发出心疼的叫声。

"咋了?"牛耿问道。

"我的吉他。"

我以座椅的靠背为掩体悄悄往后看,大伟正拉开装吉他的琴包,仔细地检查吉他的边角。

牛耿凑过去好奇地问:"你咋这么宝贝这把琴呢? 在火车上碰都不让我碰。"

"对不起,这把吉他对我来说很重要,比命都重要。"大伟拨了拨琴弦,听吉他的音箱没有问题,这才放下心来。

"比命都重要?"牛耿的表情显然是理解不了会有什么东西比命还重要。

说老实话,我也理解不了。命是啥? 人这辈子想要做什么,想要享受什么,前提都得是有这条命,命没了不就什么都没了吗? 几块木板几根琴弦组成的一把吉他还能比命都重要? 大伟这小子是坐马车的时候被颠傻了吧。

我收回目光,倚着靠背闭目养神。

干吗要自作多情地去理解大伟是啥意思呢? 能跟牛耿这样的奇葩混在一块儿的也一定是个怪人,有些凡人懂不了的异常想法并不奇怪。

驶出那个随意得有点不像样的客车站，从广水开往江口的大客车出发了。

汽车行驶在一条省道上，路两旁是草木枯黄的田野，午后的阳光不如正午那般刺眼，而且还有了些暖和的触感。迎着阳光，像是有人用干净柔软的棉絮在脸上轻轻地揉。

如果不是身在意外百出的旅途，这一定是一个美妙而慵懒的午后。

我闭上眼睛，准备打个盹养足精神，今晚到家见了家人一定不能显得太狼狈。

就在我快要沉入梦乡时，一阵奇怪的声响传进耳朵里。

半梦半醒的我开始还以为是车外的驴或者别的什么牲口在叫，听了半天才反应过来，这是有人在哼歌。

模模糊糊听着像在唱"啦耶噜呜，呜哩啦哈"，不知是谁的手指头敲打在铁器上，敲出混乱的拍子。

客车行驶的速度不慢，迷糊的我一只耳朵听着窗外呼啸的风声，另一只耳朵忍受着那些不明深意的唱词儿的折磨。

就像是遇到夏天的雷阵雨，第一滴雨点落在鼻尖以后，过不了多久倾盆大雨就会随之而来。

听不明白的奇歌唱了不一会儿，身后的乘客全都跟着大声唱起来。

"有钱没钱，回家过年，原来我想衣锦把乡还……"

不知道是哪位仁兄霎时间帕瓦罗蒂附体，大吼一声"回家过年"，硬生生地将我从即将沉入的梦乡里拽出来。

我猛地睁开眼，身体在座位上弹了一下，捂着狂跳的心大口喘气。惊醒的一瞬间，感觉无异于睡熟的人被一根爆炸的雷管吓醒。

"有钱没钱，回家过年，家里总有年夜饭……"

我听出来了，他们唱的是一个名叫王宝强的明星最新发行的单曲，人家大明星唱得很好听，结果被车上这伙人唱得那叫一个不忍入耳。

刚想回过头冲那些唱歌的人吼上一句"你们小声点行不行"，可是又一想，这么一来我不就暴露在牛耿面前了？

提到牛耿，我就联想到牛奶和平底锅……

等一下，平底锅，敲打铁器的拍子……这么说挑动大家唱歌的就是他！

果然,有他在,方圆十里内不会有好事,我仅仅是想小憩一阵都没这福气。忍不了,绝对忍不了,暴露就暴露吧,我从座位上站起身,鼓足丹田之气大吼一声"你们就不能……"

客车忽然一个急刹车。

座位间的空间本来就小,车身又来一个骤停,我站不稳,一屁股坐在驾驶座旁边的引擎盖上,摔了个两脚朝天。

坐在后面的众人想不到无聊的旅途上除了可以唱唱歌,竟然还有人出来表演小品助助兴,顿时哄堂大笑。

"对不住,对不住,"司机使劲板着脸才没笑出来,"前面的面包车急刹,我也跟着刹喽,你没事吧朋友?"

摔跤事小,丢脸事大,司机师傅你是真的不懂还是装无辜?

"不是,师傅你没事儿停什么车啊?"我还没从引擎盖上站起身,头已经先仰起来大声质问道。

"前面停车了,我当然也得停下来嘛。"司机终于憋不住了,露出一口烟熏牙笑出了声。

他这一笑,车里的乘客笑声更轰烈。

牛耿抱着他那只黑漆漆的平底锅,大声惊呼:"嘿,老板,你啥时候坐这车了?"

"你闭嘴。"我站起身,抚了抚衣褶。

见忽然跑出来表演人仰马翻的丑角儿是一个衣冠楚楚的成年男人,人们的哄笑更加难以消停了。

我竭力装出没事儿的样子,问道:"师傅,怎么了? 怎么不走了?"

听我一问,人们的注意力才终于转到该关注的地方,笑声很快平息,一个个贴在车窗上往外张望。

"怎么不走了?"

"前面出什么事儿了?"

"不会是出车祸了吧? 我好像看到几个交警嘞。"

…………

前面的道上堵了很多车,刺耳的鸣笛声响个不停。

牛耿跑上前来问:"师傅你这车是不是死火了? 还是……"

"你闭嘴!"他的乌鸦嘴功力我是见识过的，这一刻我要不是嫌他脸上都是灰，肯定伸手去捂他的嘴了。

牛耿看出我的冲动，急忙伸手捂住自己的嘴巴。

司机脸上的笑容还没完全消失，悠闲地点上一杆烟，吸了一口又品了几分钟才回道："我这车啊倒是没死火，前面的路走不成了，堵了。"

我见车旁的对向道空着，急忙给他支招："哎，你从那边逆向道过去不就完了吗?"

司机又像品茶一样品了一口烟，摆摆手说："那怎么行嘞? 你没看到警察在那里?"

他说得没错，不少身穿荧光背心的交警在路上忙碌。

"前面有个地方总爱塌方，这次怕又塌方了，"司机沉醉在吸烟的快感里，长叹道，"唉，人生无常，这次怕是出了大事故啊!"

这个时候你感叹这种话有什么作用啊人哥? 我们这一整车的人要回家过除夕夜都指望你了好不好?

"那怎么办? 那得等多久?"我又问。

"那哪个晓得嘞? 运气好的话，个把小时，"司机的嘴角牵出一抹诡异的笑，"运气不好的话，像我上回，堵了两天一晚上啊，哼哼。"

堵车这种事有什么好自豪的?

"不是吧!"我讶异道，"我的天啊!"

"就没别的路可以走吗?"牛耿插嘴道。

"没得了，"司机说，不过又想起来什么，往我这边的窗外一指，"倒是从那边那条泥巴小路穿过牛家村，可以过去。"

我往他手指的方向看去，田野地里真有条只容一辆车过的土路，几天没下雨的缘故，路上干得裂了口子。

"那你怎么不走这边呢?"我回头问司机。

"牛家村不让车走的。"司机仰靠在座椅上，"不过我可以开门让你们在这里下车，你们从村里走过去。"

"你管它呢，开车从这儿走不就完了，"我像教唆未成年人犯罪一样催促道，"要我们自己走过去得走多久啊。"

司机吐出烟雾，斜了我一眼，敲了敲方向盘："那怎么能行呢? 公司有规定,司机不能随便更改线路。"

"规定是死的人是活的嘛,哪个司机放着近路不走?"我也敲敲方向盘,"走走走,就走这条路。"

"那不行不行,"司机连连推却道,"那不行不行,出了事情哪个负责任呢?"

原来是怕背责啊,这胆小鬼,开车借个路能出什么事儿?

我拍拍胸脯,扬起下巴说:"出了事情我负责,好不好?"

司机听我这么一说,把烟头往车外一扔,手转回来去摸烟盒,可是摸了半天也没摸到。

见他有些动摇,我趁热打铁:"走吧走吧,你放着近路不走,在这儿堵到猴年马月去啊?"

司机终于摸到烟盒,里面却没烟了。

"走吧,我加你钱还不行吗?"说着我又从手提包里拿出没怎么动过的中华烟,"还有我这些烟都送你,你开车送我们过去。"

司机一看我手里拿着的软包中华,眼睛都亮了。

"这可是你说的啊,出了事情你负责任。"他接过我递上前的烟,放进怀里。

我往旁边偏了偏脑袋,不屑地说:"能出什么意外?"

客车引擎重新打燃,这时我才注意到在我与司机交涉时,一颗臭烘烘的脑袋一直停在我们中间。

"老板……"牛耿凑过来想和我说话。

我目视前方,淡然地回绝了他的任何问题:"你别说话,坐到后面去。"

"哦。"牛耿紧抱着他怀里的平底锅,老实地坐回椅子上。

在我的怂恿以及一包中华烟的利诱之下,司机利索地调转车头,客车开上泥巴土路。穿过荒芜的田野,小路引着客车进入一片葱郁的松树林。眼睛见惯了冷硬的冬景,忽然看到一片晃眼的绿色还真有些不习惯。

一路颠簸,客车穿过松树林,接着出现的是一眼望不到边的茶树田,墨绿色的山茶树种植在棕色土地上,一丛挨着一丛排成整齐的队列,像是出自强迫症艺术家的手笔。一些茶农蹲在地里打理这些可人的作物,采茶调子悠悠扬扬,比牛耿他们唱得好听多了。

过了茶田，又是一条凹凸不平的土路，客车在土路上走五米颠三下，车里的乘客都保持一个滑稽的动作——一只手抓着座位前的把手，另一只手抬起来捂着脑袋，嘴里倒抽着丝丝凉气，低声喊疼。

客车犹如一条在风浪里摇摆不定的小渔船，向左偏一下又猛地向右偏一下，除了奥运会体操冠军，没谁能平平稳稳地站在车里。我的右半边脑袋也在车窗上撞了一下，肿起老大一个包。

那司机一看就知道没在这种极端路况上开过车，两手紧紧握住方向盘，就差把方向盘给捏碎，煞白的脸上渗出密集的汗珠，要知道现在可是寒冬腊月啊，能开出一头热汗也真是难为他了。

"左打盘，赶紧打左，没看那边还有个大坑吗？"我实在看不下去，坐在副座上给他做起临时指导，"给一脚油啊，不然后轮陷坑里出不来了呀，你给点劲儿走点心行不行，怕什么？给油给油！"

"老板……"有人在我身后拉了拉我的衣角。

我回头一看，是牛耿，不客气地回道："你闭嘴，老实坐着。"

"哦。"牛耿吃了瘪，缩回肿起两个包的脑袋。

前面已经看得见牛家村的村口了，进了村子路要平坦得多。

司机开车那副怂样急得我差点去抢方向盘亲自操："给劲儿踩油啊，过了这条路不就好了吗？左盘打死，有大坑！"

手忙脚乱的司机估计是脑袋一时间消化不了这么多信息，不知是要踩油门还是打左盘，慌乱中踩油门的脚用了大力，方向盘却打向了右边。

客车跳出最后一个坑，呼啸着向右边冲去……

中国有句古话，叫"撞了南墙也不回头"，我不知道南墙是不是修建在南边的墙，我只知道，撞了墙还能不回头的不是筋骨清奇的高手就是智力低下的二百五，我们这辆客车两者都不是，它属于第三个选项：一头把南墙撞倒了，然后傻愣愣地立在残砖破瓦里吭哧吭哧地喘着气。

司机拉下手刹，点上一支烟，幽怨的眼神转向我："怎么样？这回给劲儿了不？走心了不？"

我忽然感觉所有人的目光仿似针尖一样扎在我背上，但是这个时候我绝对不能慌，不就撞倒一堵墙吗？悄悄地倒车回来悄悄地溜了，反正四下里也没人看到。

"咦？墙后面怎么有个屁股？"牛耿贴近挡风玻璃，大声叫道。

"哪儿有什么屁股，你一边儿去。"我往后挥挥手，都什么时候了你个扫把星出来捣什么乱，咋不接着唱你的"有钱没钱"呢？

"真的，你们看。"牛耿指着车前飞扬的灰尘说。

全车的乘客都聚上前来，扬尘渐渐落下，露出一个白嫩的小屁股，还有一双惊恐的眼睛。

我估计那个如厕的小男孩一辈子都忘不了那个美好的下午，自己蹲在粪坑上淋漓畅快地倾泻身体里的废料，瞬息间背后的高墙就塌了，随后就有几十双眼睛饶有兴致地打量着自己的屁股。

死一般的寂静持续了半分钟，回过神来的男孩提起裤子，脸色淡定得一如即将赴死的战士。

在第三十一秒，男孩张开嘴，发出后来想起都会让我做噩梦的尖叫："啊呀噜里嘞，墙多啦多！"

"他在喊什么呢？"我纳闷地问。

"哪个晓得嘞？牛家村的方言本来就没多少人懂。"惊魂未定的司机扶着方向盘的手在发抖。

从接下来发生的状况来看，其实我们没必要弄明白牛家村的方言就能猜到男孩在喊什么。

他在叫人！

朋友，看过关于古代战争的旧电影吗？看过的话你一定知道，打仗冲锋的时候，总有一个兵卒敲响战鼓，伴随着激烈的鼓点，漫山遍野的战士举着大刀长矛冲出来杀向前线，战场上立时烟尘满天。

小男孩的作用就类似于那个敲鼓的小兵，当他连喊了三声我听不懂的话以后，牛家村里家家户户的门开了，村民们或举着锄头镰刀，或紧握板凳拖鞋，或扬起木棍扫帚，全都一脸宁死不屈的壮烈神色，怒气冲冲地向我们的客车杀将过来。

车里乱成一锅粥，看村民这架势是不把全车人生吞活剥誓不罢休啊！

我已经被车外面的人吓得魂不附体，连装都没法装得淡定："现在怎么办？师傅，你可得想想办法！可是你撞的墙啊！"

司机的手抖得比我的还厉害，没想到脑子倒是清楚得很，他抬起头来瞟了我一眼："不对啊，我之前就说牛家村不让车过，是谁说不会出事让我开这条路的？还说出了事情他负责的？"

车里忽然安静下来，和车外的嘈杂喧闹一比简直静得可怕。

司机吃下一颗定心丸，继续说道："又是谁刚才瞎指挥让我给劲儿走心的？"

人们看向我的目光已经不是针尖了，而是子弹！

司机用两根指头夹出一支烟，叼在嘴上，还没点燃就说道："所以呢，现在到底是谁该去想办法？"

无懈可击的推理链，我竟无言以对。

被三个疯狂的壮汉从车里推出去的一瞬间我领悟到一条至高无上的真理：在大难临头时，人类总是会动用群体的力量牺牲微不足道的小小个体，比如说未开化的原始部落会用一个活生生的族人来献祭，祈求神灵保佑整个族群，又比如说一车开化的现代文明人知道我都吓蒙了什么都做不了，还是毫不留情地把我丢到车外，以换得他们暂时的安宁，所以，生活在群体底层的人严重缺失安全感是非常正常的一件事儿，没有话语权决定了他们可能是献给天灾人祸的第一批活人祭。

好了，故作高深的连篇废话就此打住，我得先对付眼下的险情，不然我这条小命就交代在牛家村了。

LOST ON
JOURNEY

第十三章
英雄降世

我究竟能有什么办法对付聚集过来的村民呢？抱着视死如归的决心，单枪匹马地冲上去跟他们拼了？不行，旁边还有小孩子看着，太过血腥的画面对小朋友的心理健康多不好。

难道要声泪俱下说着"这次不是故意的下回肯定不敢了"之类的话恳求他们放过我？呸，我堂堂七尺男儿，当然不能这么丢人！

我立在车门前，村民手里抱着各种生活用具，黑压压地向我逼近。我不知该怎么形容他们的眼神，总之很像是南美洲雨林里的食人族盯着迷路的游客就对了。

事已至此，还有什么好说的，我是个男子汉，更是个聪明人，所以……

"开门啊，开门啊，你们放我进去啊。"我转过身拍打车门，大声求着车里的人，"我上有老下有小的，你们不能这样啊！"

车门后的乘客纷纷往后退去，一双双冷漠的眼睛转向别处。

门上出现一层黑影，逼人的寒气袭进背上的每一块肌肉，我转过身，里三层外三层的村民把我围住了，他们铁一般冷硬的脸庞透出杀气。

惊恐的我全身都在打摆子："你们……你们想……想干吗？"

打头的一个村主任模样的老汉手里握着锄头，开口说了几句方言："哩动唔列墙，本得噜闹啦。"

我上下牙直打架，话都说不利索，只好用手指在耳朵边画圈："大爷，你说什……什……什么?"

老汉指了指倒塌的墙,重复了一遍刚才的话。

他们真的是从南美洲空运过来的吧,这跟土著语差不多的话只有神仙才听得明白!

老汉向前迈进一步,怒声咆哮,口水全喷在我脸上:"唔列墙,噜塔到!"

"好好好,钱,钱是吧?"我豁出去了,权且按自己的理解来吧,"我有钱,可以给你们。"

赶忙拿出钱包,也顾不得是多是少了,从中胡乱摸出一沓,以臣子向皇帝献上贡品的虔诚姿势把钱递上去。

老汉脸上的怒火消去一些,他身后吵吵闹闹的村民也安静下来。

我吁了一口气,有句话说得真好,有钱能使鬼推磨。不就是逮着机会敲诈钱嘛,既然能用钱解决,还算是什么事儿?

"早说不就好了吗?"我直起腰,脸上堆起套近乎的笑容。

哪知老汉用力一扬手,打翻我手里的钞票,那些粉嫩粉嫩的百元大钞飘飞在泥巴地里,周围的村民竟然没一个转头去看的。

我的膝盖又弯下去,脸上的媚笑瞬间转苦:"不是,你们不要钱,说的话我又听不懂,到底要我怎么办啊?"

"噜列墙!"老汉大吼一声,举起锄头靠得越发近了,村民全跟在他身后,手里的各色家伙向我压来。

"你们别乱来啊,现在是法治社会,杀人是犯法的,"我几乎要崩溃了,"救命,救命啊!"

"莫闹激!"一个中气十足的声音在我身后响起。

村民们停下来,目光全转向大客车。

我不敢确定这是不是陷阱,只好一面注意着身前村民的动静,一面往后看。

那一刻,我看到了英雄。

不管有没有失忆,我都敢保证李成功绝不是个相信英雄的人。要论玄乎程度,英雄这玩意儿足以和命运相提并论,因为英雄总是失败者自我安慰的造物。失败者在会有盖世英雄踩着七彩祥云来拯救自己的幻想中沉沦麻痹,殊不知,全世界只有自己才是自己的英雄。

但是那万分紧急的一刻，我的价值观被颠覆了，我真的看到了英雄。

他身材不高，却极其结实，头戴麒麟盔，身穿黄金甲，高挺着胸膛，斗篷在身后翻飞，手里握着光芒万丈的——平底锅。

等等，平底锅是什么鬼东西？

我就差吐血了，来救我的英雄，竟然是最不可能的那个人。

他是……他是……他是牛耿！

颠覆我价值观的英雄怎么就是牛耿呢？他可以是司机，是大伟，是车上任何一个人，可偏偏他是牛耿，是这个我看不上瞧不起一路上都在排挤的土老帽。

牛耿拉开车门，从车上跳下来，目视前方，往后挥了挥手："老板，上车，这事儿交给我。"

语调那叫一个大义凛然。

"你真的……行……行吗？"我嘴唇还在哆嗦。

"上车吧。"牛耿目光如炬，与对面打头的老汉直直对视。我知道，武林高手交战之前必先试探对方的气场，牛耿和村民之间的气场之战已经开打了。

"兄弟，"我强压住内心的惶恐，拍拍牛耿的肩膀，由衷地说，"保重！"

说完，我跳上车。

"大哥你这腿是抽筋还是咋的？"坐在门边的售票员问。刚才动手把我推下车的三个青年里面就有这小子，现在见有另外一个人出来背锅了，对我的态度立马转了一百八十度。

我定然不会告诉他我被吓到两腿发抖，止都止不住。

"妈妈，他们不会要打架吧？"窗边有一个小姑娘大声道，"哥哥就一个人，肯定打不过他们。"

全车人早就料到了接下来将会发生暴力事件，让这个五六岁大的孩子点破，所有人都沉默不语，生怕发出一点声音就被当作出头鸟推下车去助阵。

"小孩子瞎说什么，过来过来，别看，有什么好看的。"女孩的妈妈抱起孩子坐到车的另一边，她自己的眼睛还是忍不住往这边瞅。

车外,太阳偏西,寒风萧索,牛耿背对我们站在一众村民面前,并不高大的身躯坚如磐石。

除了老汉之外,所有村民似乎被牛耿的气场所震慑,全都往后退了一两步。

我和车上所有人都屏气凝神,看着车外这场即将来临的巅峰决战。有一个不规律的敲打塑料声一直响在耳旁,我别过头看了看,原来是司机放在方向盘上的手一直在哆嗦,和我的双腿一样。

这孙子,竟然比我还怂。

老汉又冲牛耿喊了一句听不懂的方言:"列噜墙。"

这回,牛耿没再多废话。他往脚边唾了一口,抬起坚毅无匹的腿,熟稔地使出凌波微步,运气在身上形成金钟罩铁布衫,右手作势要舞出降龙十八掌中的见龙在野,左手上的微光明显是九阴真经的内功功力。

寒风越来越急,牛耿一步一停,距离世外高人般的老汉越来越近,他们要交手了!

全车人的心都提到喉咙眼,胆战心惊的我甚至忍不住闭上眼睛,不敢再看下去……

"唔样嘘好。"

"啫?"

"唔一样一嘘好。"

"哈啦多瓦。"

又是一连串唱山歌似的方言传过来,其间还夹杂着哈哈大笑声。

怎么回事? 不应该是武林高手比画拳脚发出的"嘿哈嚯"吗? 怎么能打得笑起来? 难道说他们是互点了笑穴?

低着脑袋的我睁开眼,第一眼看到的是那个售票员,却见他满脸惊骇,大张着嘴巴,像是有人塞了一个透明的球在他的牙齿间。

他见到了什么,给吓成这副模样? 我连忙抬起头,往窗外看去。

牛耿热情地扶着老汉的手臂,低声说着什么,老汉笑得满脸褶子更深了,握着牛耿的手连连点头。他们身后是欢天喜地的村民,刚才还凶相毕露的脸上此时全都挂着笑容。

我的嘴巴也一样合不拢了。

　　牛耿指了指我们这边，跟老汉说了句话。老汉又点了点头，转过身跟村民说话去了。

　　"这是什么功夫，如此厉害?!"我僵硬的嘴巴好不容易才吐出一声惊叹。

　　牛耿兴高采烈地跑回来，拉开车门，朝车里喊道:"大家快下车吧，跟我一起去村里吃饭!"

　　车上没人动，一个个全没反应过来。

　　"哎呀，走吧都走吧，"牛耿往外招手，"没事了，我都跟牛家村的乡亲说好了，大家先吃点东西，老乡们招待。"

　　"真没事儿啦?"司机从驾驶座上起来，走到车门前。

　　"真没事儿，大家都饿了，我们去吃农家菜。"牛耿又恢复了傻愣愣的乡下小哥样，刚才那种大侠范儿不知跑到哪个国度去了。

　　"那，我们走吧。"售票员也站起来，肚子随着他的动作发出咕嘟的一阵响。

　　见有人打头，饥肠辘辘的乘客们一一跟着下了车，走在最后的是背吉他的大伟。

　　"老板，你咋还不下车呢?"牛耿站在门边说。

　　"我，我可不去!"我使劲摆着手，胸膛里脆弱的小心脏还没从刚才的战事里平静下来，而且要我马上就跟一帮刚才还吹胡子瞪眼的人坐在一张桌上吃饭，我可做不来。

　　用小手机在网上查了查，牛家村的人讲的是一种叫"湖溪话"的方言，这种音调像是歌曲一样的方言现在只有很少的人会讲了，而且只分布在湖北西部的一些偏僻乡村，难怪整车人除了牛耿没一个人听得懂。

　　我独自坐在空荡荡的车上，想装作一点都不在意，眼睛还是忍不住往村口瞟。牛家村的村民在村口摆了三张大桌子，车上乘客围坐在桌前吃得热火朝天。他们虽然不懂村民们讲的湖溪话，不过有牛耿这个临时翻译在，很快两拨从没见过的人就亲得跟自家兄弟似的，车上那个一语道破天机的小姑娘现在正牵着两个小男孩的手，给他们上语文课，教他们说普通话呢。

　　"喊!"对这种行径我极为不齿，毕竟不久前整车人都被吓得快要尿裤子了。

辣子鸡的香味顺着风飘进车里,令我不争气的肚子一阵痉挛,我赶紧吞下一口唾沫。

不是,吃饭就吃吧,干吗坐在上风口吃,存心刺激我是吧?

"老板?"牛耿站在车门口,探出个脑袋。

"你有什么事儿?"我冷冷地问道。

"吃点东西吧,"他的脑袋下多出两只手,手上端了个大海碗,辣子鸡的味道就是从碗里飘出来的,"村主任的老伴儿给你煮的,叫我给你送来。"

我连吞三口唾沫,弄得嘴巴里干得如同嚼了一块海绵。

"村主任叫我给你道歉,说刚才吓着你了。"牛耿嘿嘿一笑,端着碗走上车,见我待着没动,趁机把碗放在我手上。

热汤的温度透过瓷碗,传到我冰凉的手上,让我全身都泛起一阵暖意。我低头往碗里看去,橙黄色的面条泡在碧绿的青菜汤里,上面铺了一层火红色的辣子鸡丁和几根小葱,扑鼻的香气瞬间占领我每一个脑细胞。

这等尤物摆在眼前,再不动手那真是圣人了,肠子都快要饿瘪的我哪儿还控制得住,抓过筷子呼噜噜地吃起来。

"嘿,你吃慢点,老板。"坐在我身前的牛耿笑眯眯地说。

面条太香了,我慢不下来。浓郁的小麦味混着热辣的鸡肉味,征服了我所有的味蕾,碗里的热气在我的眼镜上铺起薄薄的一层雾,我顾不上擦镜片,仍是大口大口地吃面。

面条在牙齿上嚼碎,沿着喉咙滑进食道,又滑进空虚的胃,全身都是这股熟悉的味道。

熟悉的味道?

我又夹起几根面条放进嘴里,嚼碎,吞下肚。

是的,味道很熟悉。

怎么可能? 我绝对是第一次来牛家村,怎么会吃过村主任老伴儿煮的面?

我抬起眼睛,眼前铺满水雾的镜片上有几个画面,很快,静止的画面活动起来……

LOST ON
JOURNEY

第十四章
仁者无敌

宽敞的办公室里,昂贵的厚窗帘留了条缝,城市的灯火从缝隙里透进办公室,在我脸上留下一道光。

已经是午夜,还没下班的我站在窗前,望着窗外的不夜城,心情焦灼。在我身后,废纸团从垃圾桶里满出来,堆成一座小山。

再有两天就要给客户和公司董事会做活动策划的展示了,我却对这个活动一点思路都没有。我低头看了看握在手里的玩偶,那是一个卡通形象的灰狼,头上戴了顶破毡帽,夸张的大嘴巴开到耳根,仿佛是在嘲笑我。

在窗前站了快半个小时,还是一点灵感都没有,我把灰狼玩偶往墙角一扔,坐回办公桌前,对着桌上乱七八糟的策划稿揉搓头发。

在省级展览馆开独家漫展,并推出新一代嘻羊羊和狼太灰玩具,这是我升任 CEO 以来公司接到的最重要的一单业务,所以董事会没让企划部那些小年轻接手,由我亲自出马策划活动。我想把漫展做得不落俗套,让参加的客户对我们公司推出的新品有一个很棒的印象,可是活动策划书弄了两个星期都没有完成。

我对自己那颗灵光的脑袋一向很自信,这一次灵感便秘是因为高层管理的位置坐得久了,生锈了吗?

抬起手在电脑里输入几行字,重读一遍发现连语句都不通,我恼火得一拳砸在桌子上。

糟了,我居然什么都做不了,再这样下去我看策划书不用写了,直接写辞职信算了。

咚咚咚,门口传来敲门声,一听那紧凑的敲击节奏我就知道来的人是谁。

"进来吧。"我无力地说。

"哈喽!"她从门外跳进来,年轻姑娘特有的活力让办公室似乎都明亮不少。

"你怎么来了?"

"来看看你啊,这么晚了,还不下班,"曼妮手里拎着个不锈钢饭盒,目光扫到墙角,"咦? 狼狼怎么丢在地上了?"

她捡起我刚才扔到一边的狼太灰玩偶,脸上有了些愠色,走到办公桌前放下饭盒,把玩偶摆在我眼前,还仔细地让没有生命的玩偶保持稳坐的姿态。

"是你扔的吧?"曼妮用质问的语气说。

我还在揉脑袋,打发她道:"别闹了,妮妮,我正烦着呢,你先回去吧。"

见我蓬头垢面的狼狈样,曼妮不作声了。

我装没看到她,继续在电脑上敲敲打打,可灵感的源泉像是让人加了个马桶盖,还顺手上了锁,怎么都打不开。

"你知道我为什么总让你把小狼狼带在身边吗?"曼妮在办公桌前坐下来,口气同往常一样活泼,并不因我对她的糊弄态度而生气。

"为什么? 提醒我这是我们公司出品的金牌产品?"我眼睛没离开电脑屏幕。

"No,no,no!"曼妮摇摇手指,"成功,你没看过喜羊羊和狼太灰的动画片吗?"

我差点笑了:"我一天到晚忙得跟狗太灰似的,哪儿来的时间看动画片?"

"那你一定不知道,"曼妮捂着嘴偷笑,"在动画片里啊,狼太灰是一个很衰的角色,它狼生最大的愿望就是吃上一顿涮羊肉,每天都想尽了办法进羊村去抓羊,可是喜羊羊和它的小伙伴们每次都用各种办法把狼太灰整得很惨。"

"喊,"我不掩饰自己的鄙夷,"这种骗小孩的故事我更不可能去看了。"

"什么骗小孩的,"曼妮嘟起嘴,"告诉你吧,每一次狼太灰让喜羊羊给打败了,都会在最后大喊一声……"

她举起手放在嘴边,做出振奋的表情:"我——还——会——回——来——的——"

我被她逗笑了。

"然后到了下一集,狼太灰又乐呵呵地跑回来琢磨各种办法进羊村去抓羊,从来没有屈服于它不断失败的命运。"曼妮握起拳头,"所以,狼太灰整个狼生都在失败,它还能一次一次地重新站起来,你个小小的策划书想了几天没想出来又算什么,一次不行再做一次,大不了最后漫展失败了,你大喊一声'我还会回来的',重新来过就是!"

"好香浓的鸡汤!"我会心地笑道,心里确实舒服多了。

曼妮又从挎包里拿出一只白色的玩偶,放在桌上,紧挨着我那只狼太灰玩偶:"喏,在我这里,失败的狼太灰终于抓到喜羊羊了。"

看着摆在眼前的一对玩偶,还有曼妮灿烂的笑容,我肩上的压力顿时消失了,干劲重新回到身体里,加在灵感源泉上的马桶盖松开,露出一条细缝。

曼妮打开不锈钢饭盒的盖子,把一份热气腾腾的面条推到我面前:"吃完夜宵就好好加油吧,我们的大 CEO!"

辣子鸡面很香,我吃了一块鸡肉,抬起头疑惑地道:"你在哪儿买的? 石家庄好像没有辣子鸡面这种南方小吃。"

"谁说是买的,"曼妮见我喜欢吃,笑得更开心,"住我家楼下的张阿姨从广水老家带来的辣鸡酱。知道你喜欢吃辣,我就煮了面条,给你放一层辣鸡酱,怎么样,好不好吃?"

"好吃,真好吃。"我一张脸都埋在饭盒里,喝干净最后一滴汤。

放下饭盒,我捏了捏手指:"好了,开工!"

"等一下,"曼妮拿起桌上的一对玩偶,说,"你以后必须把这两个小家伙随时带在身上,提醒自己要像狼太灰一样永不言弃!"

说到最后她握起一只拳头,做出加油鼓励的样子,然而画面到了这里突然消失,我回到牛家村村口,手里端着一个只剩下最后一点面汤的碗,面前是不停挥手的牛耿。

"老板？老板？你咋就愣住了？"牛耿紧张地说。

我推开他不停乱晃的手，擦掉蒙在眼镜镜片上的雾气，转过身急急忙忙地从手提包里翻出那两个玩偶。先前我认为自己是个童心未泯的人，才会走到哪儿都随身带着两个小孩子玩的东西，原来这是曼妮给我下的一道"命令"。

"你身上带两个洋娃娃干什么？"牛耿惊诧地问。

我眼神发直，说不出话。刚才出现的记忆片段带给我的信息太多了，现在，我除了知道玩偶的来历，也弄清楚了我最好奇的问题——李成功是做什么的。

答案是，他是某个玩具公司的首席执行官。

那么昨天在机场的时候我的猜测没错，李成功果真是个成功人士。如此一来很多问题都一目了然了，比如说他为什么回趟家身上会带那么多现金，又比如说他为什么能在大通饭店门口迎接妻子女儿，身边还有个助理陪着。

不对，还有个问题没法解释：半夜在火车上抽烟的时候，我回想起曾经的我是个找不到工作的失败男人，一家人住在潮湿窄小的老房子里，在厕所里躲着抽烟都能影响到孩子，怎么看都跟公司高管搭不上边儿。

难道这背后有什么阴谋？难道我失散多年的父亲打拼出一个商业王国，最后临终前终于找到了我，出于歉意他铁了心要我继承他的家产？

"老板，你又咋了？"牛耿弓身靠近我，巴掌正要往我脸上招呼而来。

我及时挡住他的手，轻声一笑："牛蛋。"

"嘿，你咋知道我小名叫牛蛋的？"牛耿惊喜地道。

"谢谢你。"我低声说。

最后的问题现在找不到解答，我没有浪费时间深陷其中，此刻回过神来，我心里头很感激牛耿，也很感激存在记忆片段里的曼妮，在我最需要帮助的时候是他们站出来，端给我一碗面，带给我一道光。我不是一个孤独的只能自救的英雄。

谢谢，这个我千般挤对万般看不起，还总嫌他给我带来各种麻烦的糙木头，乌鸦嘴。

"嗨，谢啥！"牛耿不好意思起来，揉着后脑勺的头发，"又不是我煮的面，要谢，咱们谢谢村主任他老伴儿去。"

我抹抹嘴，站起身，经脉舒畅了，辣子鸡面条带来的温暖窜遍身体的每一个角落。

"好了，牛蛋你告诉我吧，"问题回到重点上，"你用了什么招式，让牛家村的人对我们的态度转变得这么快？"

"说到这件事，我都差点忘了，"牛耿猛地跳过来拿过我手上的空碗，又拉起我的手臂，"我们可不是白吃乡亲们东西的，咱们得抓紧时间帮牛家村砌墙去！"

"啊？砌墙？"我一时如堕五里雾中，"别急，我想先弄明白，你怎么听得懂他们讲话，你老家不会就是牛家村吧？正好你也姓牛。"

"我老家在河南，"牛耿提到老家特别来劲，"我以前在温州打工的时候有个讲牛家村话的工友睡我下铺，跟我感情可好了，我俩天天在一块儿，所以我多少听得明白牛家村话。"

"那你和他们说了什么？怎么忽然就要我们砌墙呢？"

"因为牛家村没有能干体力活的男人了。"

"嗯？"我大惊，听着怎么像我们误闯了《西游记》里的女儿国？

"我一下车，那个打头的村主任就说要我们帮他们把墙砌好，我问怎么回事，村里的人呢？"牛耿望着窗外，慢慢道，"老村主任告诉我，这个村子里的壮年男人为了挣大钱，都去大城市打工了，一年也回不来几次，留下的都是些老弱病残。老板你是不知道，咱们撞倒了人家一堵墙，就凭他们自己是根本没法修好的，所以刚才才那么着急……"

原来，牛家村是个留守村。

"嗯，你这么一说，我好像想起来了，"我摸着下巴，沉声道，"围住我的村民还真没见一个壮年男人。"

"是啊，唉……"一向没心没肺的牛耿这下也流露出些许怅然。

"你能不能帮我个忙？"我放下手转向牛耿说。

"啥？"

"代我给他们说一声对不起。"我惊讶地发现，自己竟然对那些吓得我差点尿裤子的村民满怀歉疚。

是一种真真切切的歉疚，像小时候做错了什么事伤害到最在乎的人一样,内心总想赶紧做点什么去弥补自己的过错。

傻笑又回到牛耿脸上,消极情绪果然在他心里头待不了一分钟:"哈,要说你自己给村主任说去,等咱们帮他们砌好墙,要说啥都行。"

之前我还疑问牛耿是用什么厉害功夫化干戈为玉帛的,现在知道了,很简单,不过四个字:仁者无敌。

现实生活有时候比梦境荒诞得多,比方说,我做梦都想不到我会沦为一个搬砖的,而现实是,腊月廿九下午,我在牛家村村口的一块空地上,身上换了一件当地村民穿的旧衣服,两手端着一摞砖,气喘如牛地往前走着。

"老板,加把劲。"牛耿肩上背了一麻袋的砖头,两脚踏着小碎步,就差摇头晃脑扭一支秧歌了。

"给点劲儿,走点心。"他身后是客车司机,叼在嘴上的香烟一亮一亮的,手里提着两桶水泥。

"你们……等……等我。"我手里的砖似有千斤之重。

牛耿和司机已经走远了,远远地给我留下一句:"老板,你慢点来,我们先把砖给大伟那边送去。"

不行了,我一屁股坐在地上,才来回了三趟就体力不支,早知道刚才就不应该打肿脸充胖子接搬砖的活,跟大伟一块儿轻松地砌墙不就好了吗?

歇了一会儿,从眼前的一摞砖里抽出两块,我又抱起剩下的砖向村口走去。

远远地看见砖墙已平地而起,大伟带着售票员和另一个年龄稍大的大叔,正往砖头上抹水泥。

"都搬了这么多,够了吧?"我把怀里的砖往旁边的砖堆里一倒,蹲下身喘着粗气说。

"够? 还差得远嘞。"司机扔掉烟头,从我旁边走过时鄙夷地看着我,"一看就是城里娇生惯养的,干点体力活就不行了。"

"谁娇生惯养了? 哎,你说谁娇生惯养的?"我不服气道,"走走走,咱们接着搬!"

"哎,这就对了嘛。"司机笑道,他的激将法得逞了。

我们向着空地走出了老远,才发现牛耿没跟上来。

"你发什么呆呢？走啊，搬砖去。"我回头催促道。

"我在想，我们这样几块几块地搬，得搬到啥时候才能砌好一堵墙？"牛耿挠着后脑勺说，"如果能一次性把砖都运到村口来，然后我们几个人集中力量一起砌墙，肯定很快就完工了。"

"那能有什么办法？"我说，"你还能凭空变出一辆货车？我们总不能拿客车运砖头吧？"

说后一句话的时候我斜着眼睛瞥着身旁的司机，他还真中招了，急道："不行，不行，要是拿客车运砖头，公司不宰了我才怪嘞。"

"行了，快走吧，别想一些有的没的。"我转过身，当先往前走。

牛耿不知道哪根筋搭错了，在后面拍拍手，大喊一声："嘿，我想起来了，牛家村里真有辆拉货的车。"

"村子里能有货车？不会是你现场给我们造一辆出来吧？"我揶揄道，回过头再看时牛耿已经跑没了影。

"他上哪儿去了？"我问身旁的司机。

司机抽着烟，一副事不关己的样子说："我咋个晓得嘞？刚低头点了杆烟，他就跑不在咯。"

我真觉得这家伙是让尼古丁给蒙了心，牛耿离开的时候他居然都不知道问一声。

没等我说点什么损人的话，牛耿又原路跑回来，冲我们招招手："老板，快过来，我找到货车啦！"

"你还真想原地造车啊？"我将信将疑地回头走。

牛耿在前面带路，仰着头显得十分得意："一会儿你就知道了。"

他带我和司机穿过村口，往村子深处走了不远，就见村主任在一间小平房前面对我们挥手。牛耿快步走上前去，和他讲了两句我们听不懂的湖溪话，村主任笑得脸上的褶子都能夹核桃了。

后来换成村主任带路，牛耿走到我们身边来。我低声问他："你们刚才说什么呢？"

"我叫村主任带我们去找车。"牛耿神秘地说。

说不定这表面上看着像贫困村的地方是真人不露相，家家户户私底下都藏着什么宝贝呢，我心里想。

村主任没有带我们走多远,其实就是从他家的前门绕到后院。

木栅栏刚推开,牛耿就兴奋地叫起来:"快看,那就是我们的货车!"

我和司机两人扭头望去,一架装了四个轮子的机械怪兽横在眼前,长长的无车顶货厢直接与驾驶座相连,驾驶座前面又是一个方方正正的引擎箱,最引人注目的自然是引擎盖上那根高耸的排气管,应该是很久没用了,斑斑锈迹附满整个车身。

眼前的古典机械残破美惊得我倒抽凉气。"原来你找到的车,"我苦笑道,"是拖拉机啊?"

"对!"牛耿颇为自豪地回道。

要是换做半天前,我一定会盛气凌人地对他吼道:"对你个头啊,这拖拉机破成这样,能走出村主任家的后院吗?"

可是我吃了教训,知道牛耿别看外表呆愣愣的像个傻子,其实还是有点见识的,所以现在我没急着回去搬砖,问他道:"你打算怎么办?"

司机可就没我这么有耐性了,长叹道:"从娘胎里出来我就没见过这么破的拖拉机,我还是回去提水泥吧。"

"别动!"牛耿大声道,两只眼睛认真地盯着前面的拖拉机。

我和司机都被他吓一跳:"你要发功了?"

"这辆拖拉机,我觉得还有救。"牛耿转过身,凝重的神色如同准备上手术台的名医,"走,跟我回车上拿我的袋子。"

拿了牛耿的蛇皮袋,司机没跟着我们回来,兀自留在村口拎水泥,他打死都不相信牛耿有能耐让那台旧得可以直接送废品站的拖拉机起死回生。他不来就差了人手,于是我和牛耿就把大伟叫了来。

"我们去干什么啊?"大伟一路上不解地问。

"去做一项秘密任务。"背着大蛇皮袋的牛耿捂着嘴笑。

在村主任家后院,大伟见到拖拉机,也是愣了半晌。"你不会是叫我帮忙修拖拉机吧?"他惊愕地说。

"答对了。"牛耿解下肩上的袋子,想学城里的小年轻打个响指,结果笨拙地捯到了手指头,疼得他跳了半天。

"好了,趁天还早,咱们快点开始吧。"话虽这么说,我却对着破拖拉机一筹莫展。牛耿的蛇皮袋子里除了黑漆漆的平底锅还装有什么宝贝，能让一堆旧铁动起来？

牛耿对我和大伟的疑惑视而不见，径直向前面的拖拉机走去，蹲下来开始有模有样地做各项检查："运气真好，引擎没坏，能发动，轮胎也没漏气，不然补轮胎就得花一整天。你们俩快来给我打下手，先把螺丝刀和扳手递给我。"

"哪儿有你说的这些玩意儿，"我讥诮道，"要不要我去隔壁村的五金店买来啊？"

"不用不用，哪有那么麻烦，"牛耿的脑袋埋在引擎箱里，手往身后随意地指了指，"我那袋子里，都有的。"

"你这大行李袋里除了平底锅还有什么？炒菜铲？"我说着走到放在地上的蛇皮袋前，随手一提。

刚用力的那一下让我险些扭到手腕。

"我说，你这袋子里是装了金箍棒吧，这么沉？"我拉开袋子拉链，里面的东西让我眼睛发直。

同时，我想到在火车站碰到的大马，还有他那件移动橱柜似的大衣。

比起大马，牛耿的蛇皮袋毫不逊色，里面大到安全帽，小到针线包，应有尽有，此外还有各种厨具餐具，以及一整套的五金工具豪华套装，不亲眼所见完全不敢相信，这简直就是机器猫那只万能口袋。

我在袋子里挑拣着牛耿需要的工具，感叹道："牛耿，你真的是去长沙讨债吗？我看你差不多是搬家了！"

一旁的大伟脸上也流露出钦佩的神色，对牛耿开着玩笑："你带这么多东西，都可以随便找个路边开个维修摊子，肯定赚钱。"

"说不定把别人欠你的钱都赚回来了呢。"我笑道，拿起螺丝刀和扳手递上前。

我们的玩笑话牛耿都当成是在夸他，一面修理拖拉机一面傻笑个不停。

他的动作很麻利，要我们递工具的指令越发勤了："镊子，砂纸，防冻蜡，快，马上就可以开拖拉机啦。"

我和大伟默契配合，从袋子里选出他要的东西。

"嗯，我要用千斤顶，看看悬架有没有问题。"

"千斤顶?"我和大伟面面相觑,维修工具随身带也就罢了,千斤顶这种神器都能带在身上?

"千斤顶在哪里啊?"大伟最先从惊诧里回过神来,低下头去翻找。

"就在袋子里,平底锅下面。"

"平底锅下面?"我也弯下腰往袋子里看。

"哎呀,就是烧烤架旁边,那儿还有一个铁罐子。"

最后,我和大伟把千斤顶递给忙碌的牛耿时,不可思议的神色还没有完全从脸上褪去。

LOST ON
JOURNEY

第十五章
大伟的梦

过了很久，我还时不时回味当时的场景，甚至无聊地做了一个角色转换，把自己假想成牛家村的村民或是在断墙边忙碌的乘客，尤其是那个不愿意相信奇迹的司机。

他们靠人力从空地上运来砖头和水泥，累得气喘吁吁，这时候忽然听见村里传来一阵突突声，心里一定在想谁家的收音机坏了吧。

突突声响个不停，所有人都停下手里的活儿，直起腰往声音传来的方向张望。他们最先看到的是大伟，他帅气的脸庞上波澜不惊。

"哈，我就说嘛，"司机摇摇头，"那堆破铜烂铁要是修得好我就把手里这块砖给生吞了。"

没等司机叹完气，牛耿开着拖拉机转出村主任家前门，开到了大路上。我坐在副驾驶座上，亲眼看见村民们全都露出惊叹的表情。

在他们眼里，扶着拖拉机方向盘的牛耿不是一个身穿干瘪羽绒服满脸黑油的乡下小子，而是骑在威武白马上的英俊王子，那一刻，我相信村里所有大龄妇女都重新找到了初恋的感觉。

咳咳，扯远了扯远了，回到拖拉机上。

在那之前，我还真不敢相信貌不惊人的牛耿会有如此一双巧手，各色工具放在他手上就像画笔放在达·芬奇手上，机修不再是一个沾满污黑机油的脏活儿，而是一种艺术创作。

"嘿,你小子不赖啊。"我热切地捶在牛耿的胸口,由衷地赞道。他只用了不到一个小时,就让拖拉机引擎发出力量感十足的突突声。大伟爬上驾驶座试了试,踩下油门,拖拉机动了起来。

牛耿一脸油污,手上握着扳手直乐呵:"我挤奶的时候,那些奶牛可比拖拉机难伺候多了。"

虽然锈迹斑斑的拖拉机不会让人觉得赏心悦目,但至少跑起来了,而且前进的速度还不慢。村民和乘客们振奋地欢呼起来,老村主任抬起手直揉眼睛。司机留在砌了还没有他的腰那么高的墙旁边,看看拿在手里的砖头,又抬头看看向这边驶过来的拖拉机,暗自庆幸刚才自己发的誓没人听见。

有了拖拉机的帮助,砌墙工作的效率提高了五倍不止。所有男乘客跟着来到空地把砖和水泥搬上拖拉机的货厢,砖头运到墙边,所有人又集中力量一起砌墙。前前后后用了没到两个小时,一堵崭新的砖墙就屹立在牛家村的公厕前。

牛耿驾驶拖拉机拖走废料。村里的妇女给我们端来山泉水,我觉得我们像是凯旋的英雄,在接受百姓的景仰。

村子里有一个简陋的澡堂,我们在里面洗了个舒服的热水澡,换好衣服出来,村里人已经给我们张罗好晚饭了。

我看太阳已经快沉下山头了,心里不禁有点急,席间不断低头看手表。

"别急,"牛耿坐在我身旁,嘴里大嚼水煮土豆,"我给村主任说了你着急回家看女儿,村主任说吃完饭他开车送我们一段,不过只能送到武汉。"

武汉全天都有去长沙的车,我放宽了心。

"那其他人呢?"我往四周看了一圈。

"我那车啊打火器出了点问题,死火啦,走不了啦,"司机凑过来说,我注意到他手上夹的烟杆是村主任抽的那种旱烟,"所以得等到明早公司派人来修,今晚只能在这里待一晚上。"

我看他分明是想在牛家村混烟抽吧。

倒是牛耿放下土豆,直起脖子,笑道:"嘿,还真死火啦!"

跟我们一起搭拖拉机走的,还有大伟,他说他的家就在武汉。

拖拉机在夕阳下出发的时候那个可爱的小姑娘带着她的学生来送我

们,两个牛家村的孩子挥着小手,笨拙地用普通话大声跟我们道别。

"再现,唔们会想泥们的。"

稚气未脱的小嗓音,穿透冬天冰冷的空气传进我们的耳朵,我全身抖了一下,说不清是因为冷,还是因为别的。我在想,当那两个孩子的父母从所谓的大城市打工回来,发现自己的孩子学会了几句普通话,会做何感想。

"老领导,停一下。"我跳起来,往前面的驾驶座喊道,喊得很大声才盖过引擎声。

拖拉机停住了,我拎着手提包跳下拖拉机,来到那两个村里的孩子面前,拿出包里的两个毛绒玩具,放在他们手里。

我一时语塞,不知道对他们说什么,最后只是摸摸他们的头,学着狼太灰的神态说:"我还会回来的。"

孩子们被我逗笑了,笑容天真烂漫。我对他们挥挥手,回到货厢上,拖拉机喘息着重新出发。

"修拖拉机的时候我就想,村里的人为什么都想着往大城市跑呢?"牛耿头靠在货厢两边的铁栏上,眼瞳里映着傍晚蔷薇色的天空,"老板,你说家乡的天空那么蓝,空气那么好,没有雾霾,没有毒牛奶,人们为什么都不留下来建设家乡呢? 村主任告诉我,现在地都荒了不少,一些男人回来探亲,好些孩子都不认识他们。"

牛耿抛给我一个现代社会学家都讲不透彻的问题,没来由地令我想到《史记》里面的一句话,我说了出来:"天下熙熙皆为利来,天下攘攘皆为利往啊!"

"啥,啥,啥,你说的都是啥?"牛耿别过头,费解地问,"啥鸡鸡当当的?"

坐在货厢尾的大伟笑出了声。

"具体地说,就是哪儿有钱,人往哪儿跑。"我在牛耿身边坐下来,"大城市机会多,钱多,人们当然愿意进城,不然在乡下守着那一亩三分地守一辈子?"

"我还是不太懂,"牛耿嘟囔道,"就算人们在城里挣了大钱也不见他们回家乡。"

"那是城里的好日子过惯了,谁还回去过苦日子,"牛家村一劫后,我对牛耿有耐心得多了,"你当初为啥不留在乡下,而是要跑到广州去打工?"

"我当初那是要证明给我爹看,证明我能干大事儿!"牛耿直起腰说。

"得了吧你,你看你干了什么大事?"我善意地笑道。

我和牛耿都没注意到,坐在另一旁的大伟这时目光低落,浅褐色的眼睛里一片黯然。

牛耿跟我杠上了:"我在大城市里可是学了一身本事的。"

"嗯,这倒是,"我点头表示认同,"你修拖拉机的手艺就棒极了。"

"哈哈哈。"牛耿笑得两只小眼睛眯成两条线。

或许是太阳照了一整天的缘故,空气不再冷得刺骨。暮色的帷幕从天上缓缓下落,好似有人存心要遮住大地上的一场舞台剧。拖拉机拖着我们走过茶树田,走过薄雾缭绕的杨树林,走过寂寥无人的荒野,有短短的一会儿,我忽然觉得自己像是没见过外面世界的乡下青年,怀着憧憬忐忑的心情,走向一道未知的门。

是牛耿打断我的思绪。他坐到大伟身边,用胳膊肘撞撞他:"你个大城市来的,弹个琴给我们听听吧。"

"那叫吉他。"我接了一句。

"哎呀,随便叫啥啦,"牛耿挥挥手,"大伟,快弹一首大城市的歌呗?"

大伟笑了,笑容里却有掩饰不住的疲惫:"我不属于大城市,其实,我也不知道自己属于哪里。"

"你怎么说话跟老板一样,神神道道的,我都听不懂。"牛耿捋着头上的破帽子说。

大伟沉默着,放下背在背上的琴包,取出装在里面的吉他。

从在火车上见到大伟的第一面起我就发现他将这把吉他视为珍宝,牛耿连碰都不能碰一下,当时我就很好奇,他的吉他该有多么贵重,上面很可能有猫王或者鲍勃·迪伦的亲笔签名。

结果我又想错了。大伟手里的吉他很普通,甚至还有些寒酸陈旧,音箱上有几块地方掉了漆,露出面板的木头,琴弦也松了两根,不管怎么扭弦轴都拧不紧。在音乐学院的学生宿舍楼,这种进阶级的民谣木吉他随处可见。

牛耿小心地伸出一根手指,拨响一根弦,这回大伟没有阻止。

琴弦震动,音箱里传出悠扬的吉他声,只一个音,却穿透风声和拖拉机嘹亮的突突声,传到我的心里。

大伟娴熟地扫了扫琴弦,十根修长的手指在弦上跳起舞蹈,完成了一个漂亮的独奏,然后他闭上眼,唱了一首老歌:

> 该不该搁下重重的壳
> 寻找到底哪里有蓝天
> 随着轻轻的风轻轻地飘
> 历经的伤都不感觉疼
> 我要一步一步往上爬
> 等待阳光静静看着它的脸
> 小小的天,有大大的梦想
> 重重的壳裹着轻轻的仰望
> 我要一步一步往上爬
> 在最高点乘着叶片往前飞
> 小小的天,流过的泪和汗
> 总有一天我有属于我的天
> 任风吹干,流过的泪和汗
> 总有一天我有属于我的天

这首歌的名字叫《蜗牛》,我在大学的时候听过,原唱者是齐秦和许茹芸,不过我对创作这首歌的人知道得更多。1997 年他在写《蜗牛》的时候还是个向音乐公司借沙发睡觉的穷小子,一心做着"总有属于我的天"的美梦。听着大伟用沙哑苍凉的嗓音唱出《蜗牛》,我不经意间想起那个小眼睛、下巴微仰一脸不服气的歌者。

只是大伟把《蜗牛》唱出了另一种味道,我听得出来,他不是一只背着壳坚定不移往上爬的蜗牛,而是望着树顶独自叹气的失败者,只有对命运妥协的人,才会唱出这种无奈的悲伤感。

"你是不是很久没回家了?"我轻声问道。

大伟停下拨弦的手指,不无诧异地看着我:"你怎么知道?"

"从你的歌声里听出来的,"我回道,"我感觉得到,你很想家。"

"老板,你真神,这都能听出来,"牛耿在一旁竖起大拇指,"我咋啥都听不明白？就觉得好听。"

我白了牛耿一眼："你别多话。"

大伟抱着吉他，目光放在膝盖上，长刘海垂下来，我们看不见他的眼神。

半晌，他才缓缓地说："八年，我有八年没回过家了。"

我只是笑了笑，没有说什么。牛耿瞪大眼睛，目光在我和大伟之间游移。

"给我们说说吧，你经历了什么？"我轻描淡写地说，仿佛只是在问大伟中午吃了什么。

大伟的手指又动了起来，随意地拨动吉他弦，轻悠的木吉他声犹如在为将尽的白昼奏一曲安眠乐。

"我很小就迷上了音乐，小时候最大的梦想就是成为一个民谣歌手，开一场盛大的演唱会，"大伟抬起头，说起梦想时他的瞳孔深处有光芒掠过，"我认为自己很有音乐才华，也一直在努力实现梦想，我弹断的吉他弦连起来有几十层楼高，有一次练歌练得太久，嗓子几天说不出话。"

"难怪你唱得那么好听。"牛耿说。

"谢谢，"大伟露出真切的笑容，"读到高三，我爸不再同意我唱歌了，他要我埋头读书，考上一个好大学。我不愿意，那个时候固执的我一心只想扑在音乐上，后来我和我爸大吵了一架，我背着吉他离开了家，去大城市闯荡。离开家的时候我发誓一定要在我爸面前开一场演唱会，告诉他我当时做的一切都是对的！"

大伟的琴声从轻柔转为激烈："可是来到了大城市，才发现实现梦想根本不是那么回事，我自以为是的那点才华在专业音乐人眼里根本一文不值，有太多歌写得比我好、唱得比我好听，还比我努力的年轻人排着长队等待音乐公司的一纸合约，我算什么呢？我那点卑微的梦想又算什么呢？"

吉他曲的节奏越来越急，我从中听出了不甘。

"一切都和我想的不一样，一切！"大伟声音有些哽咽，"八年了，我不知道我当时的决定到底是对还是错。"

接下来大伟的讲述带给我的不只是听到耳朵里的故事，而是在心里放映的电影，跟那些失去的记忆回到眼前一样。

我看到一个男孩立在火车站拥挤的人潮中，头发短而精神，肩上背着一把旧吉他，右手紧紧攥着一张硬座火车票，好似攥住了自己的全部未来。他的眼睛里盛满雀跃的光彩，或许心里也在对自己嘶吼："混得不好我就不回来了。"

男孩来到大城市，租住在阴冷潮湿的地下室，因为每晚唱歌弹琴太吵而被刻薄的房东怒斥……

他每天早上都会去音乐公司的写字楼前排队，只为了向经纪人递上自己制作的一张小样，而那些傲慢的经纪人从来不把新人放在眼里，一到办公室就把手里的唱片小样扔进垃圾桶，所以每天下午男孩都会去写字楼的垃圾堆看看，如果没有早上自己送出的唱片他就会高兴地跳起来……

在大城市里待了半年，终于有一家音乐公司愿意跟他签合同，他兴奋得泪流满脸，一连两晚没睡着觉……

可是对于他这种新人公司不可能花多大精力来培养，跟他签约只是因为他的一首歌打动了音乐总监。为了低价弄到那首歌的版权，公司和他签了一份拿走他一切权利的霸王合同。短短一个月后，他那首民谣的词曲创作人变成了一个成名已久的歌手。

男孩愤怒地提出解约，拿走他作品的大公司求之不得，在那些道貌岸然的老板和经纪人眼里，名和利才是一切，什么音乐梦想，都是笑话。男孩也曾想过通过法律来寻求公正，可是高额的诉讼费让他望而却步……

音乐上的开销早就让他入不敷出，房租拖了几个月没交了，为了养活自己，男孩想到去酒吧卖唱，却只有一家偏僻的小酒吧肯接纳付不起舞台使用费的他。每天凌晨，他在简陋的舞台上轻轻唱着安静的民谣，台下听众寥寥。即使有的周末酒吧人多，也全都是自顾自地喝酒，醉酒的人大声嬉闹，甚至有好几次，喝醉的社会青年跳上舞台，抢下他的话筒，要亲自演唱一首《爱情买卖》……

最后，当一个煤老板的老婆提出要包养男孩时，他毅然扔下话筒，从此再也没有回那家酒吧去。至今他都记得丢开话筒时，他正在唱一首赵雷写的新歌《开往北京的火车》：

> 开往北京的火车，一路沉默
> 开往北京的火车，我还快乐

这样下去不是办法,这只是暂时的快活
但却是两个极端,从快活开进了失落
…………

男孩开始在大城市的各个街头卖唱,午后的公园,傍晚的步行天桥,深夜无人的地下通道,他最爱唱的就是这首《开往北京的火车》:

我已觉得很累了,有谁在等待我
开往北京的火车,今夜我就要回家了
…………

有很多素不相识的路人停下来听他唱歌,也有人会往他身前敞开的琴包里丢下一两块零钱,等到曲终了,人们也就散了。

还记得吗?大伟说过,跟在他身边的那把木吉他比他的命还重要,当时我还觉得不可理喻,现在才算是明白一点:他独自一人在陌生的城市里坚守自己的梦想,能给他带来些暖意的,只有身边这把旧木吉他,以及心里尚未冷却的梦。

吉他和梦,比他的命还重要。

"怀揣着梦想在大城市里跌跌撞撞,我早已身心俱疲,"大伟抬起头,天空中最后一缕夕阳照在他有棱有角的脸上,明暗不一,"有一个跟我一样,除了梦想一无所有的朋友在最后分别时说他认命了,梦想这东西只是命运给的海市蜃楼,只有很少很少既努力又幸运的天才才能够让它成真。"

吉他声消失了,除了拖拉机不倦的突突声,一切归于平静。看着怀抱吉他万念俱灰的大伟,我心绪低沉。

天空彻底暗了,黑夜毫不留情地侵占了白昼的领地。

大伟说得没错,光怪陆离的大城市并不是幸运女神的老家,那些在高楼大厦之间站稳脚跟,种出硕果的光鲜人物毕竟只是少数,在他们脚下,是万千个大伟这样的失意者。

人生本来就有很多事情是徒劳无功的。

"我忽然觉得，人们都向往的大城市是一座坟墓，"大伟说，吉他声又响起，听起来只感觉冷清，"这座坟墓埋葬了太多人的梦想，让我们这些人看清灰暗的现实，让炽烈的心冷却下来，苟且一生。"

我没有讲些什么心灵鸡汤来鼓舞大伟，因为我知道那些类似传销广告的东西没有半点作用，如果一个人被无情命运揍得毫无还手之力，能撑住他站起来做出还击的，不是旁人无用的言语，而是胸膛里那颗余热尚存的心。

牛耿忽然站起身走到大伟身边，暮色里依稀能看到他的笑。

"回家吧。"牛耿说。

大伟转过眼睛，摇摇头，自嘲地说："当初还想着要在我爸面前证明自己呢，可是现在我混成这个鬼样子，哪儿有什么脸回家？"

牛耿收起笑容，道："我不明白，为啥不应该回家？家就一个，不管你混成啥样，家都是家。"

大伟望着立在远方的群山苦笑："我该怎么对我爸说？说我失败了，现在灰溜溜地逃回来了？"

"你就说，爹，我错了！"牛耿抓着脑袋想，"要不就是，爹，我没错！"

如此严肃的时候这个笨蛋是来搞笑的吗？大伟轻声笑了笑算是回应，颇为无奈地摇了摇头："我，说不出口，我太让他失望了。"

"那你告诉我，你这次回家是为什么？"牛耿拿出那股让我头疼不已的牛脾气。

大伟低下头，避开牛耿的目光："就想回来看看我爸，看看我的家人是不是都还好。只是偷偷地看一看，看完我就走。"

他又说，在外面闯荡的那几年，家里给他打去很多电话，他从来没敢接过，只因他害怕听到父亲的责骂，害怕听到家里人疼惜地说："实在过得不行，就回家吧。"

在他看来，那不是来自亲情的爱，而是一种怜悯。

"你看你这话说的，我可不同意，"牛耿急了，像是谁抢了他的平底锅似的，"我在农场挤奶的时候就发现，那些小牛在外头受了委屈，让别的牛给欺负了啥的，都会跑回牛圈里，往老牛身上一蹭就全好了。家是啥？家就是咱们的牛圈啊，老牛才不会嫌弃小牛没本事在外面受欺负，只要小牛归圈，老牛那暖烘烘的肚皮都是它的。"

牛耿的比喻难登大雅之堂,我有种不祥的预感。

"你爸,你的家人,都是在牛圈等你回去的老牛啊,"牛耿继续滔滔不绝地说,"你有钱没钱,开不开得起那个啥唱歌大会,在他们眼里你都是一头很久没有归圈的小牛崽子,每头老牛,都只盼着你回去,除此之外他们什么也不求。"

再往下说可能得搬出牲口家禽界的其他动物来了吧,我连忙站起来,想要止住口不择言的牛耿。

可是我这副距离出厂日期已有三十六年的老身板儿比不上大伟那年轻小伙子的,他快我一步站起身,抬起通红的眼睛。

"老板你咋了?"牛耿茫然地看着我。

这小子乱打比方,骂了别人不说还把人家的父亲、家人都给捎上,现在快被人揍了也不知道。我向前一步,想要挡在他和大伟之间,同时嘴上不停说好话:"你知道的,牛耿脑子里少根弦,说话不好听,别生气别生气。"

大伟已然伸出手……

"咱们萍水相逢的也是缘分,何必呢。"嘴上这么说,我已不抱希望了,牛耿眼看是少不了挨顿揍了。

"谢谢你,牛蛋兄弟,"大伟亲热地拍着牛耿的肩,"你让我想通了,我现在该做的,是回家。"

"是啊,走!我们一起回家!"牛耿哈哈笑起来。

大伟抹了抹泛出泪光的眼睛,手臂挂在牛耿的肩膀上,两人像是好了几十年的亲兄弟一样,摇摇晃晃地大声唱起歌来:"有钱没钱,回家过年,原来我想衣锦把乡还。有钱没钱,回家过年,家里总有年夜饭……"

他们唱着唱着嫌不够劲儿,牛耿又拉过我,不停地做手势要我跟他们一起唱。

这分明不按常理出牌啊,牛耿那粗鄙的比喻谁听了都应该火冒三丈,偏偏刚才还垂头丧气怀疑人生的大伟听进去了,对此我还能说什么?只能说传染病不只有禽流感和"非典",还有二百五综合征!

LOST ON
JOURNEY

第十六章
初遇女骗子

隆冬的夜空比浓墨还要黑，只不过是晚上八点光景，金水河畔的居民区里已经冷冷清清不见几个人了。老旧的居民楼鳞次栉比，有些窗口亮着，传出足球赛或是黄金档苦情剧的声响，当然最吵的还是打开水龙头冲刷碗筷的哗哗声，有些窗口没有灯光，像一只只闭紧的孤独眼睛。在这里，武汉浓缩成一座小市民的城市。

三个人走过横跨金水河的步行桥，脚步不快，一对推着糯米鸡摊车的老夫妇很容易就超过了他们。

三人中走在最后的是一个身背吉他的帅气男孩，他犹豫不定地走着，右手握着吉他包的肩带，指节因为用力而发白。走在最前面的是一个土气的年轻人，黑黄的脸上挂着笑，他身上的行李最多，可是他的脚步最轻快，似乎前方有一样他极为期待的东西在等着他。排在中间的人年龄是最大的，衣着样貌和另外两人截然不同，他戴着高档眼镜，头发梳得一丝不苟，全身的衣物从上到下都是名气响亮的大牌货。

无论怎么看，这三个人都像是从不同的世界来的，他们之间不会有什么交集，可是命运就是那么有趣，一趟意外百出的旅途硬生生地把三人糅成一团。

这就是我们，如果某个真人秀节目要给我们做出场介绍，我想文案一定是这样的——寻找梦想八年没有回家的音乐男孩大伟，身背百宝袋远赴长沙讨债的平底锅青年牛耿,以及自以为是成功人士的失忆叔叔李成功。

这组合,简直是太醒目了点。我想着想着不禁笑了出来。

牛家村的村主任晚上七点多送我们到达武汉,拖拉机不让进市区,正好大伟说他家就在江夏区城郊,我们就在江夏和村主任道别。分别的时候牛耿硬是把他的千斤顶送给了村主任,说是牛家村的青年如果以后想开了回到家乡,这千斤顶可以帮他们修不少东西。

下了拖拉机,我们又徒步走了半个多小时,当看到金水河时大伟的神色复杂起来,我们知道,他家就在附近了。

过了桥,走在后头的大伟第三次停住脚步,说:"我有点心慌。"

继"尿急""看天色快要下雨了""恶犬出没"之后,这是大伟想出的又一个蹩脚的理由。

牛耿还真信了,他回过头,纳闷地看着大伟说:"有什么心慌的? 回个家都觉得慌?"

"不是,你不明白,"大伟局促地道,"我已经八年没回家了。"

"八年没回家又怎么样?"牛耿急道,"不管多久没回家,家都是家,不会变的。"

我站在一旁始终没说话,因为不知道说什么,而且还有点想听听牛耿又能讲出什么令人捧腹的笑话,没想到他倒是讲了句正理儿。

不管多久没回家,家都是家,不会变。

大伟吞了吞唾沫,像是即将面对一个大挑战,他又拽了拽琴包的肩带,寒风拂过,吹乱了他的长发。

"我们走吧。"他拍拍牛耿的肩。

"走嘞!"牛耿也学着大伟的样子,拉紧肩上的蛇皮袋,平底锅的握柄在他脑袋上连敲了三下。

我们一路走到一条窄巷子前,大伟带着我们往巷子里一拐,就看到了距离巷口不远处的一处小院。

小院只是一楼的住户在房门前开辟的小空地,在空地边缘插上几块木板就算是隔出院子的木栅栏。大伟在巷口深吸几口气,才缓步向小院走去。

看样子这就是他八年没回过的家。

牛耿想跟上去,被我拉住,我朝大伟的背影努了努嘴,意思是不要去打扰他和家人久别重逢的时刻。

"老板你躲在这儿干啥？咱们又不是贼。"牛耿问道。我用鼻子长出口气，跟牛耿打暗语，不过这明显是白费力气。

"嘘，"我只好以更明确的方式告诉他，"别出声，大伟回家了，我们在一边看着就行。"

"为啥咱们不跟过去呢？"牛耿的榆木脑袋还不开窍。

我没好气地说："那是别人的家事，你瞎操什么心？"

"哦哦。"牛耿反应过来，学着我的样子，两手扒着墙壁，探出个脑袋。

大伟一步一停，终于走到那一栏"木栅栏"边上。从他身后看过去，我们看不见他脸上的表情，但我知道，他一定是用一双浸着泪水的眼睛，打量着那无比熟悉的小院子。

八年了，或许院子里的摇椅换了新的，盆栽也多出几盆，种在门边的花也凋谢得不成样子，可是那棵陪着他弹吉他的老槐树没有变，那条他曾经坐在上面写曲子的石凳没有变，从屋里透出来的昏黄暖光也一如从前。

传来门合页转动的吱呀声，一个并不高大的身影出现在房门前，因为逆光，看不清他的模样。

大伟无意识地退了一步，门前的人向他那边转过头，他又退了一步。

"钟伟，是你吗？"沙哑苍老的嗓音，接连喊了两遍，"钟伟，是你回来了吗？"

"是我，爸，"大伟泣不成声，"我回来了。"

每次回想起这个细节，我都觉得心里的某个地方传来一阵微颤。从大伟的父亲出现在门前到他呼喊大伟的名字，中间只隔了稍纵即逝的两秒钟，这么短的时间内他不可能看清是谁站在他家院外，更何况大伟八年没回过家，八年时间足够让一张年轻的脸多少带上点风霜，可是这个平凡的父亲却能够立马认出是自己的儿子回来了。

三千个日夜里，这个疲惫的父亲不知道有多少次看到院门外有人影闪过，不知道有多少次走到门口张望，也不知道有多少次失望而回。所以，他才能第一时间就知道，是自己的儿子回来了。

屋门前的人影走下台阶，向傻站在院外的大伟走来，光影下，我只看得清一副稍显佝偻的身躯。

他走到小院的栅栏前,推开一道矮门。

"进来吧,外面冷。"他的话语里有不易察觉的颤抖,"你妈在屋里煲了鱼汤,快进来喝吧。"

我同样不知道,大伟的父亲在这漫长的离别岁月里会不会预想过同儿子重逢时该做些什么,说些什么。我只能感觉到,重逢的时刻到来了,他不用多说什么,只是一句"外面冷,进屋喝汤",就道出了所有道不尽的想念。

"爸,对不起。"大伟终于大声哭出来,来到矮门前拥抱自己的父亲。

"回来就好,回来就好。"粗糙的手轻拍着儿子的后背,笑意涌上眼角的皱纹,"回来就好。"

大伟的妈妈是什么时候从屋里出来的,他们一家三口在一起拥抱了多久,大伟有没有拿起他的吉他为他的父母唱一首歌……我和牛耿都不知道,我拉着牛耿,快步走上来时的路。

"老板,你急什么?"牛耿小跑着跟在我身边,"大伟说不定要请我们去他家喝鱼汤呢!"

"别人一家人好不容易团聚了,你跟着瞎凑什么热闹,快走,晚点就没有去长沙的车了。"

"哦,对对对,"牛耿连连点头,"我们急着赶车,那改天再来喝汤吧。"

其实我是骗牛耿的,武汉发往长沙的长途客车全天二十四小时都有。之所以急着走,有一小部分原因的确是不想去打扰大伟独享家的温暖,另一个很大的原因是,我也想家了。

大伟回家这一幕,往我空白的记忆区里重新灌输了家的概念,嗯,家是不会变的。

晚上快九点的时候我们到了客车站,春运期间,即使都这么晚了车站还是人声鼎沸,购票窗口前排了老长的一队人。

我和牛耿挤到队伍后面,这时,我觉得肚子里空荡荡的,饿得难受。

在牛家村吃晚饭的时候我因为担心赶不上车,没吃多少东西,这会儿饥饿感一上来便难以止住,嘴巴里满是渴望食物的唾液。

"老板你是不是饿了?"牛耿见我不停咂舌头,开口问道。

我抿着嘴点点头:"嗯,还真有点。"

"其实，我也饿了。"牛耿又露出他招牌式的呆笑。

我举目四望，看到车站口摆了不少小吃摊子，乳白色的蒸汽漂浮在寒冷的夜色里，远远就能闻到一股蒸食的香气。我指着站口对牛耿说："哎，我在这儿排队，你去那边买点吃的呗。"

"不用买，我包里有老多方便面了，我俩泡碗面吃吧，"牛耿半转过身，把他的大包横在我眼前，"还有面包、烧饼什么的。"

我敲了敲他的脑袋："客车站是你家开的啊？哪儿来的开水给你泡面吃？去买几个热包子什么的，我请你吃。"

"原来你想吃包子啊，早说嘛，"不等我掏钱，牛耿已经往车站外边走去，"别掏了，算我请你。"

我继续排队，与购票窗口的距离缩减得不快也不慢，排了二十分钟，我来到窗口前，顺利买到两张到长沙的票。

手里攥着油墨还没干透的客车票，我的心终于踏实下来，只要坐上半个小时后出发的客车，睡上一觉就能到家，也该给这趟旅途画上句号了。

"前面买好票的你站那儿发什么愣？后面的人还等着买票呢！"排在我后面的有个大嗓门冲我吼，我回过神，原来是我挡住了购票窗口。

"不好意思，不好意思。"我连声道歉。这跟牛耿待一起久了，脑子也变得不太好使。

等我从窗口退出来，才发现个问题：牛耿买几个包子买了这么久都没回来。

我顿时有点着急，往车站门口走去。那些小吃摊子距离车站不超过十米，只要不是碰上孙二娘被做成了人肉包子牛耿早就该回来了，那傻小子不会叫人贩子给拐骗了吧。

走出车站，我伸长脖子四处找寻牛耿的身影。

还好，大蛇皮袋子和一截露在外面的平底锅握柄像一面旗帜，让我很容易就找到了那个矮小的身影。

客车站前有个不大的广场，一堆人围在广场边缘，不知道在干什么，牛耿就站在人堆边上，脑袋往里探着正看得起劲儿，估计人群中间是个耍猴卖艺的，才能吸引这么多人的注意。

我紧走几步来到他身边，拉了拉他的衣角："看什么呢，票买好了，马上发车，我们去候车厅吧。"

牛耿回头看了我一眼，却没跟着我走，反而把我拽到他身边："欸，你过来，你看看。"

"干吗呢这是？"我不解地问，不等我反应过来，牛耿已经推着我走到了人群中间。

这么一来我算是弄明白了围成一圈的人们在看什么了。

地上坐着一个灰头土脸的长发女人，身着炸了线的暗紫色旧棉袄，一看就是几年前老掉牙的款式，她的头一直低着，眼睛深埋在脏乱的头发里，身前的地砖上写满了歪歪扭扭的粉笔字。我低头看了看，内容是她的孩子现在躺在手术台上，等待医疗费救治。

还没看完我就毫不掩饰地大笑出声，现如今这骗子的素质有待提高啊，一段微小说写得没什么创意也就不说了，几句话连语句都读不通顺，就这水平还想骗取人们的同情心？我差点就被她逗得笑掉大牙了。

李成功是个思维活络的人，善于联想，写几个粉笔字装装可怜就想骗钱的女人让他想起昨天在石家庄机场，那对骗他座位的夫妇，以及夫妇俩带给他的教训：防人之心不可无。

听见我的笑声，长发女人终于抬起眼睛。我低下头，轻蔑地与她对视。

一碰到我的目光，她就条件反射地低头理了理耳边的头发，露出半边白皙的脸，看她模样绝不会超过三十岁。

我又笑了一声，嘲讽道："哎，小妹妹，你要出来骗人好歹有点职业精神吧，你看你这小脸白得也不像差钱的人，要是丐帮知道了他们的 VIP 会员用这么老土的招数骗钱，肯定羞得抬不起头来。"

我一通话说完，女人激动地抬起头，眼睛里噙着泪花，声嘶力竭地说："大哥，我不是个骗子，我女儿现在就在手术台上躺着呢，真的，我真的是走投无路了，你们只需要等我两个小时，我家里人就把钱送来，我到时候一定还给你。"她从衣兜里摸出一张淡蓝色卡片，"你要是不信的话，我把我的身份证……"

"身份证押给我是吧？"我打断她说，"你以为我不知道，做张假身份证不超过五块钱，公共厕所里这种野广告跟治淋病一样多。你这招太过时了，不知道怎么骗钱上网查一查好不好？丐帮也得跟时代接轨才行。"

我感觉有人在拍我的肩,回头一看,是牛耿。

"怎么了?"我皱起眉问,我这边儿损骗子损得正爽呢,打什么岔?

牛耿同情的目光都放在女人脸上:"老板,我觉得像是真的。"

"真的个屁,你是嫌傻子太少骗子挣不着年终奖了是吧?"我大声说。这种把戏牛耿都能信,真的只能说他不长脑子。

我敢确定,如果牛耿碰上那对骗座位的夫妻,一定会笑得如同脸上开出一朵花,对他们说:"别客气,别客气,你们坐。"我就奇怪了,世上咋就不缺傻子呢?

没想到牛耿却不听我的,伸出手把我推到一边,从蛇皮袋子里掏出他那只形似内裤的钱包,将里面的钱全拿出来,大气地递上前:"快拿去救你女儿吧。"

一眼就能看出牛耿手里的钱不多,薄薄的几张,不会超过一千块。不用说,定然是他举报大马和那娜得到的奖金。

我急忙拦下牛耿:"你是真傻还是装傻啊?骗子要钱你就给?"

不想牛耿这一伸手就收不回来了,刚才还坐在地上的女骗子见了钱就跟打了鸡血似的,跳起来一把抓住牛耿的手,我用劲拉都拉不回来。

"大哥,你行行好吧,我真的不是骗子。"她两眼通红,一边夺牛耿手里的钱一边哭着求我。动作一大,她另一边被头发遮住的脸庞露了出来,有一条惊心动魄的伤疤从额头直到嘴角,说明出来骗钱之前还是做了点准备工作的。

"松手!你骗不了就明抢了是吧?"我怒声咆哮,两手抓住牛耿的手往回拉。

女骗子的手抓得死死的,脸上全是泪水:"大哥,大哥,你发发慈悲,我求求你,救救我的女儿,我女儿只有五岁。"

"鬼才信呢。"我使上很大劲都拉不回来,明显那女人是铆足了劲要抢钱了。

她用着力气,嘴里还不停地念叨:"我女儿要是不做手术就什么也看不见了……"

看来真是职业惯犯,抢骗兼通,越是这样我越不能让牛耿挨骗:"你马上松手,听到没?再不走我打110报警了,你这是公共场合抢劫,最少要判十年的知不知道?"

我的恐吓起了作用,女骗子一听要坐牢,恋恋不舍地松开手。

我低头朝骗子唾了一口,拉住牛耿的手臂把他带到人群外。

"我看着她不像假的……"牛耿在我身边嘟囔道。

"你个傻子,"我定下脚步,"这种骗子就骗你这种不长心眼的老实人。"

牛耿也停下来,不服气地大声说:"可我看真的像真的。"

"什么真的像真的? 你不知道身份证能造假啊? 你看不出来她化了妆吗? 你凭什么相信她?"

我俩越吵越激烈,身边的围观群众有不少转过脸来,饶有兴致地关注着新的热闹。

牛耿才不管周围的目光:"我刚才买东西的时候,掉了十块钱,就是人家捡起来还给我的。"

我表情夸张地笑了:"这招也太拙劣了吧? 她就不能在地上放十块钱然后自己捡起来再拿给你?"

"可是我看她真的不像假的。"牛耿说不过我,却丝毫没有妥协的意思。

"你告诉我她哪儿像真的?"我不耐烦了,话没说完就拖着他往候车厅方向走。

他挣开我的手,站在原地仿似两脚生根,语气无比坚定:"眼神!"

眼神? 牛耿你是看表情辨真假之类的扯淡电视剧看多了吧,从眼神就能看穿别人说没说谎。

我两眼凑近牛耿,指着自己的眼珠子:"你说我在想啥,你看出来我在想啥了吗? 我在想牛耿真是个资深大傻子。"

对我的嘲笑牛耿权当没看见,他回头看了看坐在身后的女人,转过脸略带恳求地道:"咱们帮帮她吧,她真的很可怜。"

这小子自己挨骗还不够,还想拖我下水?

"不多说了,车要开了,走吧,"我试着做最后努力,伸手去拉牛耿,哄小孩似的柔声说,"总得回家过年吧,走吧走吧,哎呀,走啦。"

牛耿往后退了两步,避开我的手,收起脸上的恳求,说话声提高了八度:"我说你这人怎么这样呢? 你帮帮她怎么了? 我们都是人,谁不会遇上点过不去的坎儿啊? 我们应该帮帮她。"

牛耿一呵斥,周围看热闹不嫌事大的人竟然还鼓起掌来。老实说,这时候我有点呆住了,感情说我不帮骗子而且还不让你牛耿上当就不是人了?

"你的意思是,我不帮她就不是人了是吧?"我瞪圆了眼睛说。

"你这么有钱帮帮她怎么了?不应该啊?"牛耿不依不饶。

"我的钱都是我自己挣来的,她好手好脚的在这儿骗钱我凭什么帮她?"我手指着牛耿,"行,'人间自有真情在'是吧,你不走我走。"

撂下一番话,我转身大步向车站走去。什么事儿啊这是,周瑜打黄盖,一个愿打一个愿挨,我是吃多了才在中间保护黄盖的屁股,两头不讨好不说,还当着众人闹了个大笑话。

"老板,你等一下。"

没走几步,就听见牛耿大声叫道。

看来这小子不是不明事理,而是脑子运转得有点慢,需要几分钟好好理理才想得明白。

我停下来了,背对着他说:"想通了就快点跟上来,要发车了。"

身后传来窸窸窣窣的脚步声,我满意地笑了笑。

随即,一个椭圆形的东西挡在眼前,鼻间还闻到一股茶叶的味道。

"我没找到包子,只有这个,"牛耿在身边满怀歉意地说,"将就吃吧。"

"再见!"我夺过挡住眼睛的茶叶蛋,改口道,"哦,不要再见了!"

客车驶出车站停车场,车站前的道路上行人多,车速提不起来,绕过广场边缘时我往窗外望去,路灯下,恰好看到牛耿把手里的钱交到那个女人的手上,对方感激涕零,拿出一张扑克牌大小的卡片递给牛耿,然后转身快步离去。

看热闹的人们作鸟兽散,只剩牛耿孤零零地站在原地,垂着头看着女人给他的身份证。

"一千块钱买一张假身份证,"我转过眼睛,耸耸肩,"笨得冒油了,活该被人骗。"

"小伙子,你小声叨叨个啥?"坐我旁边的壮汉回头,撇着嘴说,"谁笨到冒油了?"

怎么老是碰上这种自己找不痛快的人?我没心思跟他多纠缠,潦草地道:"不好意思啊,我背台词呢。"

"嘿,还是个演员? 我怎么没在电视上见过你?"壮汉来了兴趣。

我没再理他,摸出小手机想打个电话给美丽,告诉她我明天就到家了。

手指在键盘上摁了半天,小手机的屏幕怎么都亮不起来。

"怎么这时候没电呢?"我懊恼地把手机塞回衣兜。

"兄弟,你一定能见到很多大明星吧?"旁边的壮汉纠缠不休,"徐峥,徐峥见过没? 我可喜欢他了,能帮我整张签名照不?"

我站起身,转移到司机附近的空座位上,远离那个四肢发达的低龄儿童。

"师傅,这车什么时候能到长沙?"一坐下来我就问司机道。

"很快的,"专心开车的司机随口道,"大概半夜一点多吧。"

我抬起手看看表,现在没到九点。还有最后几个小时就能回到家了,不管到时候能不能找回什么记忆,先好好睡一觉再说。身心俱疲的我想着想着就跌入了深沉的梦乡。

"哎,好,快到站了啊!"

不知睡了多久,只听见梦里有人在大声呼喊,听着像是开车司机的声音。这么快就要到站了? 我感觉并没有睡多久,这车开得还真是快。

"大家拿好自己的行李准备下车,进站了。"

脑子里有一部分意识醒了,我那副充满倦意的身体却不愿意醒来。好吧,再睡会儿,干脆我等着最后再下车。

"抱歉,抱歉,拿好行李,抱歉啊!"

把我们送到站了为什么要说抱歉? 司机兄弟你也太客气了点。我想睁开眼睛,眼睑上却犹如挂了哑铃,怎么都抬不起来。

"先生,先生,请醒一醒。"这回耳边出现了一个女声,同时肩膀上传来摇晃感。

眼睑上的哑铃让人拿掉了,我睁开眼,看见一个车站的工作人员,她身后站着客车司机。

"哦,人都下完了,抱歉,我马上下车。"说着我往窗外看去。

外面的三层建筑、街道还有广场怎么似曾相识?

"这里是长沙?"我回头问,长沙和武汉什么时候搞的两城同步化? 把客车站都建得一模一样。

工作人员回头和司机对视一眼，司机低下头歉疚地回我道："真是很抱歉啊先生，国道上有个桥坏了，正在抢修，去长沙的所有车都回来了。"

"什，什么？"我怔住了，"就是说，我们又回武汉啦？"

司机点点头："是的。"

"那什么时候能走？"我站起来急切地问，"今晚能走吗？"

工作人员回道："这个我们也不太清楚，如果明天桥修好了应该就可以回去，但今晚肯定是走不成了。"

她话说完，我下意识地回头看了看，空荡荡的车上只有我一人。

不过不好说，如果有个黑黄脸的衰神从后排座位跳出来也说不定，因为只有他在，才可能发生这么倒霉的事儿。

"先生，如果没什么行李落在车上的话可不可以先让一下，"工作人员见我四处找寻，委婉地说，"现在我们要做车厢清理了。"

没有衰神跳出来，我没记错的话他根本没上这辆车。

"唉……"我重重地叹了口气，重重地拍了拍前排座位以示不满。服务态度一流的工作人员赶紧低下头，连连说："真是很抱歉。"

算了，也怨不得他们，只怪我自己点背。我提起手提包，走下车去。

LOST ON JOURNEY

第十七章
生活与手榴弹

南方的冬天气温可能不如北方那么低，可是南方多雨，如果遇上一个下着丝丝冷雨的冬夜，那感觉就像是在巨大的冷库里有人不停地对你撒冰碴子。

不巧的是，除夕前一天，我从返回武汉的客车上下来，就碰上这么一个冷雨冬夜，从天而降的寒冷紧附在皮肉上，犹如一根刺入骨髓的尖刺，怎么甩都甩不掉。

走了没几步心里就直呼受不了，路上的桥坏了，今晚肯定是没车走，赶紧找个旅馆先住下吧，明天再说。我打定主意，把冻僵的双手凑在嘴边，一边往手上呵气一边在客车站附近找寻旅馆。

几个裹着厚实衣物的路人匆匆经过我身边，我听见其中一个说老婆肯定在家里煲好了汤等他，他得赶紧回去。

听了这话，我心里泛出一阵凄凉的苦涩。每个人都有家，每个人都想赶紧回家，可是我李成功想回家过个年咋就这么难。

目光扫过车站附近的旅馆招牌，令人眼花缭乱的霓虹灯妖冶地闪着。我抽抽鼻子，往其中一个牌子走去，在一派"任君爽旅社""浪朗宾馆""小妹多酒店"之间，这个名字叫"霞芳招待所"的住处至少稍微显得低调而清新。

走到招待所门口，我的手放在推门的把手上，还没用力，我又收回手来。

门口旁边的房檐下站了一个人，两个大包放置在脚边，他两只手紧紧交叠在胸前,藏在袖口里,头上的棉帽湿漉漉的,护耳棉放下来包住耳朵,可是在寒冷的雨夜里这没有多大作用,他仍是被冻得瑟瑟发抖。

我走到屋檐下和他并排站在一块儿,他发现了我,却没有说话,只是用眼睛盯住我。霓虹灯下,能看清他冻得通红的脸。

我没试着从他的眼神里找寻什么,只是默默地站在他身边。右手伸到内兜里,摸了半天也不知道自己在摸什么,事后想想,我那时候应该是想摸烟出来抽吧。

男人之间无言以对时,抽烟是化解尴尬的最好方式。

"给了多少钱?"问这话的同时我两眼望着灯火稀疏的武汉,冬雨和长江的水雾浮在这座喧闹的城市上,看不真切。

牛耿的双手从袖口里抽出来,他低头看着两只握得紧紧的拳头,淡淡地说:"所有的都给了。"

"别人给你送回来了吗?"我问。

牛耿抽抽鼻子,没说话。

我忽然很想笑,不是幸灾乐祸的笑,也不是对牛耿发出的嘲笑,而是无奈的苦笑。坚持自己的一番好意,甚至不惜与我决裂,最后结果却是遭人欺骗,被骗得身无分文,在冷雨里站了大半夜。想到这些,我都替牛耿感到无奈。

"欸,你不是会看人眼神吗? 怎么样,别人的眼神真不真?"我又道。

牛耿的头埋得更低,捩着开线的衣角。

"说话啊你,我不让你上当的时候不是说我不是人吗? 现在你说说谁不是人?"

"你不是走了吗?"牛耿抬起头,翘着下巴做出还击,"咋又回来了?"

这话还真问住我了,他是让人骗,我是背到家,我也好不到哪儿去。我吐出口气,肺里的温暖气息刚喷出口就化成白雾,倒也跟抽烟似的。

"我愿意,你管得着吗?"我往牛耿那边探了探身,挑衅地说,"我就想回来看看骗子是不是真把钱给你送回来了。"

牛耿扁了扁嘴,自知说不过我,只好移开眼睛。

语言上压倒牛耿反而让我有种畅快感,回不了家的郁闷这下淡了点,我乘胜追击:"你这样的傻子活该被人骗,知道吗?"

"我愿意,你管得着吗?"牛耿转过头,硬气地说。

"嘿,你还嘴硬?"我与牛耿倔强的目光对视。

"骗了才好呢,"牛耿理直气壮地说,"骗了说明没人病,没人病更好。"

说句真心的,牛耿这句话结结实实地触动了我,不管他是自我安慰还是跟我抬杠。我看得出,他在受骗以后心里的那种简单质朴仍然没有变,女骗子的行径没有扑灭牛耿的善良,这才是最幸运的。

我怎么替牛耿操起心来了?这小子不就是在牛家村救过我一次吗?萍水相逢出手相助我就得拿他当结拜兄弟?

我仰起头,看着夜空里飘下的雨点在闪耀的霓虹光里浸染成各种颜色。别不承认了,从石家庄的机场到武汉的客车站,两天一夜,牛耿已经让我有一种感觉:有他和我一起经历这趟倒霉之旅,还不算太糟。

这矫情的想法绝不能让牛耿知道,不然他得嘚瑟上天了。我又呼出一团白气,摇摇头轻声道:"我怎么又落你手里了?"

牛耿脸上倔强的表情转为无辜。

"行了,"我支起手肘碰了碰他,"冲你祝愿别人平安无事这句话我请你吃饭。"

牛耿转过脸,不敢相信地上下打量着我,嘴角下撇,"我,我,我"了半天"我"不出一句话,两只拳头松开来,我看见他右手手心里攥着一张揉成纸团的车票。

是我给他买的那张开往长沙的票。

"去长沙的路上有一段桥断了,开过去的车全都回来了,"我在手提包里翻找钱包,"所以今晚我们得在武汉待一晚,明天再想其他办法回去。"

"就是说我没跟你一起上车也没啥影响嘛,反正都要回来的。"牛耿笑了,我很好奇他的脸是用什么做的,表情能切换得如此之快并且如此自然。

"是,你最厉害了,"我心不在焉道。感觉有点不对劲,两个玩偶送给了牛家村的孩子,包里很空,没剩多少东西,怎么翻了半天没摸着钱包呢?

"老板你东西是不是丢了?"牛耿凑过来想要帮忙。

"闭上你的乌鸦嘴。"我赶紧说,这时我想起在客车站掏钱买了车票,钱包就顺手放在大衣口袋里了。

又在全身上下都摸了一通,还是没找到。牛耿好奇地盯着我:"你是不是好几天没洗澡了,浑身痒?"

我没空接他的话茬,摸完身上又去翻了两遍手提包,嘴里喃喃自语:"不会吧,钱包不能丢吧。"

"你钱包是不是丢了?"牛耿从来就不肯安静地在一边待着。

我停下手,直起身面无表情地盯着他:"你要说丢,那肯定是丢了。"

牛耿脸上真就笑出一朵花来:"我这嘴还真神。"

我理了理衣服,从裤兜里摸出仅剩的一把零钞,对着牛耿扬了扬手:"走吧,还等着捡了钱包的人给咱们送回来吗?"

牛耿拎起他的行李,乐呵呵地跟在我身边,似乎我丢了钱包只是无关紧要的一桩小事。

记得之前我用巧克力来比喻生活,说生活就像你不知道拿到什么口味的巧克力,现在我决定收回这个甜美的比喻,说这种话的人对生活的愿景太过美好了些,实际上,生活就如马里奥·普佐在《最后的教父》一书里说的:"生活是一箱子手榴弹,你永远不知道是哪颗送你上西天。"

从踏进霞芳招待所的那一刻起,我扎扎实实地体会到这句话说得一点都不为过。

招待所的柜台设在二楼,有一条狭小逼仄的楼梯通上去,不过在一楼门口处就有写明各种房型和房价的牌子,我和牛耿站在牌子前。

"标准间是六十块钱,我现在只有八十块了,咱们俩随便开一个标准间就凑合一晚上了啊。"我指着牌子说。火车站、客车站这类人流量极大的交通枢纽附近如果能有房价低于一百块的旅店那简直可以说是找到了良心商家,不过房间好坏可想而知。

不管怎么样,标准间怎么也会给安排两张床,我和牛耿现在困得站着都能睡着,能躺在不淋到雨的床上就足够了。

牛耿的眼睛把房价牌从头看到尾,最后挠着耳根说:"都太贵了,要不睡车站吧,钱留着赶路。"

要是人多手杂的车站可以睡我还拖你来旅社干吗?玩潜规则吗?我可不想明早起来身上的衣服都被小偷撸了去。"哎呀,你别说了,别说了。"我朝楼梯上走去。

"太浪费了,乱花钱。"牛耿在身后说。

"别说了你。"我这句略带呵斥的话才让牛耿老实地跟在我后面。

来到柜台前,一个中年妇女坐在台后嗑着瓜子看电视,见我们上来只是爱理不理地招呼一声,两只眼睛始终不离电视屏幕里的《还珠格格》。

我敲敲柜台的桌面,说:"我们开一间标准间。"

"六十块钱一间。"妇女吐出瓜子壳说。

我转头对牛耿道:"你身份证给我。"

拿过身份证递上去,妇女接在手里,在小燕子大闹皇宫的间隙低头瞟了一眼。"开两间房要两张身份证。"她的目光又回到电视上。

"不是,我们就开一个标间。"我解释道,低头数出六十块钱。

妇女的注意力终于从小燕子身上移开,她转头看着我们,诧异道:"就开一间?"

"是,就开一间。"我回道。

"你们两个大男人开一间?"妇女站起来,脸上的表情犹如看到皇阿玛和福尔康来开房。

"对,开一间。"我说。有什么好惊讶的,谁家的标准间不是有两张床?我和牛耿又不玩龙阳断袖,一人睡一张床不就得了?

"不是,你们两个男人啊!真的就开一间吗?"妇女的诧异之色已经不止是看见皇阿玛和福尔康开房了,仿佛都看到了后续的故事。

"对,开一间!有什么问题吗?"原谅我的迟钝,那时的我还是不懂有什么好惊奇的。

牛耿在一边打着哈欠,也催促道:"快点吧,困死了。"

妇女不再有什么疑问,低下头给我们填写开房手续,只是把钥匙递给我们时,凝在脸上的表情已经由诧异转为鄙夷。

每个人都有爱的权利,每个人都可以选择自己爱的是谁,以什么样的方式去爱,所以爱情是一件美妙的东西,可以跨越性别,可以超越一切。我并不反感同性之间的爱情,那是他们自己的选择,即使我们自己不是柜子里的人,也应该对爱情的权利保持尊重。

但是,我打开房间里照明的电灯泡,看到房里只摆着一张单人床,一床打着补丁的被子胡乱叠成一团放在床头,那一瞬间我理解了给我们开房的中年妇女为什么会有那么丰富的表情,并且还在最后递钥匙的时候露出鄙夷之色。我想保持风度,却还是情不自禁地骂出来:"我靠,一张床啊!"

爱情是美好的,但是假装以爱为名来满足龌龊的欲望就会令人恶心,如果我早知道这家宾馆的标间只有一张床,我宁愿睡车站也不会坚定地跟牛耿开一间房。

包都没放下,我转身走出房间,沿着走道回到柜台前,怎么着也得给我们加张床吧,没有床打个地铺都可以。

灯早已经关了,柜台里一片漆黑,台上放了个"客满"的提示牌,中年妇女看完电视剧,回房睡觉了。我站在台前,手在桌面上敲了敲,还喊了两声,也不见有人出来。

眼看是找不到宾馆的经营者了,我想着回房间看看,能不能想点别的办法。

走到房间门口,牛耿已经脱掉外衣钻进被窝里。他躺在床右边,露在外面的手拍打着左边一人宽的空位:"老板睡这边吧,地儿大。"

也只有他觉得地儿大了,那么小的床面可能翻个身就会掉床底下去。

"这怎么睡啊?"我环视了一圈,这间房间的简陋程度跟那张床相得益彰:脱落的墙皮耷拉在墙上;水泥地面上有几个刺眼的大坑;墙角摆了个电视柜,一台面上生了锈迹的旧电视放在上面;天花板上坠下一颗电灯泡,悬在半空,发出浑浊低暗的光。

"凑合着睡吧。"牛耿翻个身脸朝向侧边,不一会儿就打起响鼾。

我走进房里,放下手提包,从里面翻出两只手机和充电器,在电视柜旁边找到一个电源插座,拿起充电器对着一比,插座上的插孔是倒"八"字三眼孔,我要把充电器插进去除非把平行的插头也掰成倒"八"形。

得了,我不奢望在这儿充电了。脱下风衣往衣架上一挂,就听啪的一声,衣架的挂钩掉在地上。

床上睡着的牛耿动了动,嘴里支吾了几句梦话。

六十块钱有地方住已经算不错了,我安慰自己,捡起衣服放在椅子上,打算去卫生间洗洗脸。

刚一推开卫生间的门,刺鼻的异味冲鼻而来,那是夹杂了消毒水、粪便和发霉的毛巾的味道,引人作呕。我屏住呼吸走了进去,扭了扭洗手池上的水龙头,只有几滴掺了铁锈的黄色的水淌出来,洗手池旁立了一杆淋浴喷头,我的手指头刚碰上喷头下的水阀把手,那个布满黄锈的把手就掉了下来,滑进长了苔藓的便池里。

纵使我早已经做好心理准备,也想不到会住进如此破旧的房间。这哪是什么宾馆?分明是在公共厕所里摆了张床。

卫生间墙壁上有一面裂了缝的镜子,我转眼看了看狼狈不堪的自己,喟然叹道:"李成功,你造的什么孽啊!"

LOST ON
JOURNEY

第十八章
一夜惊魂

今晚是肯定没法洗脸刷牙了,我索性破罐子破摔,学着牛耿凑合着睡吧。走出卫生间,牛耿直挺挺地躺在床上睡得正香,不过他不管怎么翻来覆去,总是在左边给我留下一块一人宽的空床位。

好意心领了,不过我是不会和一个大男人挤一张单人床的。

还好,房间里有三把木椅子,年月太久远的缘故,椅子的漆面都发黑了。

我才不管它黑不黑,走过去把三把椅子搬到墙边,并排挨在一起,拼成一张小床,被子就拿大衣临时顶替一下。

置弄小床的时候牛耿喝了一句:"空座啊大哥。"

"什么?"我转过头。怎么他没睡着,躺在一边看我搬椅子啊?

"要不要羊肉?"牛耿又道。

"什么?"我大声问,这才回过神,"神经病啊说梦话,羊肉卖没了。"

"老板你应该吃点大葱,"牛耿在梦里咂咂嘴,"壮阳。"

我的小床铺好了,脱下全是脏泥的皮鞋:"吃吧吃吧,所有大葱都是你的,给你好好壮壮阳。"

"还是吃鸡吧,"牛耿吸了吸口水,"服务员给这边上盘鸡。"

"吃吃吃,吃完大葱吃鸡。"我往身上盖好大衣,摘下眼镜准备躺下。

木椅子不结实,动作一大就吱吱呀呀响,牛耿被吵醒了,眯着眼睛坐起上半身,转头看见了我。

"老板你咋睡那儿呢?"他擦掉嘴角的口水,说,"你快睡到这儿来,被窝都给你暖热乎了。"

三把椅子只够撑住我的上半身,我的双腿还落在外面,过不了几个小时天就亮了,凑合凑合吧。"你睡床,我就睡这儿了,别说了。"我头靠在硬邦邦的椅面上。

"你那儿睡不着,你快过来。"牛耿还在招呼我。听这口气我想到了妖娆的风尘女子挥着粉红手绢,娇声娇气地道:"大爷来玩啊。"

能把牛耿想成女的,真是造孽,我紧了紧盖在身上的大衣:"我就睡这儿,你别闹了,快睡觉。"

"你放着床不睡,你睡那儿……切……"牛耿缩回被子里。

要不是你丫的先脱光了霸占着床我会沦落到睡椅子吗?我刚想损他几句,就听到椅子底下传来咔的一声细响,同时我心里咯噔一下。

一眨眼的工夫,不等我从椅子上起来,脑袋底下的木椅哗啦一声全散架了,盖着大衣的我摔倒在地。

这一下摔得可不轻,左边脑袋直接撞在冰凉的水泥地面上,疼得我直叫唤。

这么大的动静自然又把牛耿弄醒了,他看着地上的我,居然带着责备对我说:"就说你那儿睡不了你还不信。"

我站起身,从地上捞起一块碎木头,握在手上才发觉椅子的木料潮湿得可以拧出水来。

"这下摔了吧,我说什么来着……"牛耿兀自喋喋不休,我转头,眼睛里的火气可以烤干三把椅子了。

牛耿见了我的眼神,识趣地躺回去:"呃呵呵,随你的便吧。"

坏了一把木椅,睡椅子是行不通了,两张窄小的椅面只够撑住我的腰部以上,屁股和腿没有支撑,要这么睡一晚上明早非得落个腰椎间盘突出不可。

我紧紧抱着风衣,坐到椅子上,坐了一会儿觉得无聊,才是半夜两点多,等到天亮还有好几个小时,漫漫长夜没法睡觉必须得想点法子度过去。旧电视机就在此时落入我的眼睛。

电视机旧了点,摁下电源键倒也还有反应,等屏幕全亮起我才发现,所谓的反应不过是一片雪花点。我刚从电视机前退回来坐好，懒得再起身去关，就这么对着满屏幕的雪花发呆，脑袋刚才被地面撞到的地方传来隐隐的痛。

雪花点四处跳跃，仿佛有催眠作用，我两眼对着屏幕，不知不觉就进入一连串的幻梦。

在梦境里，我还是我，却是一个不成功的李成功。

我拎着简单的行李站在火车站前，深秋的季节，凉意深深的风吹过脸庞。"长沙"两个大字在我身后的高大建筑上发出红色醒目的光，见多了悲欢离合，萧索秋风在这火车站前也就不过如此。

进站口处的电子牌上显示开往石家庄的火车已经进站，我捏了捏手里的车票。离别的时刻不管怎么拖终究是来了。

"就送到这儿吧。"我回过身，故作轻松地道。

半个月前，我投出去的求职信终于有了让人高兴的回应，河北一家规模不大的玩具生产公司愿意录用我作为他们的营销策划，但工作地点是在石家庄，意味着我和妻子孩子将两地分居。

只有两个人来送我——我的妻子美丽和抱在她怀里的果果。那时候的果果才刚刚学会叫"爸爸""妈妈"，乳牙还没长齐的小嘴总是把"爸爸"叫成"发发"。

七年前，美丽的面容还没来得及染上洗衣粉和油烟的痕迹，她看着我，眼眶有些红了。

"你看你，我不就是去石家庄那边工作嘛，又不是不回来了。"我想多说点什么宽慰她，自己的嗓子却有点哑了。

"嗯，这家公司很有潜力的，好好把握机会。"美丽强颜欢笑地说。果果趴在她的肩头，戴着顶我妈给她织的虎头帽，饶有兴致地看着火车站的灯火。

"别忘了我说的，等我给你们娘俩买套大房子，带吸烟室的那种，我抽烟就不用躲着果果了。"我去揉果果婴儿肥的小脸，"对不对啊，宝贝。"

果果露出天真的笑容，叫我"发发"。

她开口的那一刻，离别的不舍像刀子一样刺进我的心底，纵使我再怎么坚强,眼底的泪水也汹涌而至。

美丽看出来我极力控制的情绪,她伸出一只手,放在我的手心里。"去吧,火车要开了。我会照顾好咱妈和孩子的,你照顾好自己。"她温柔地说。

没有留恋的矫情,没有多余的话语,没有给我加油打气,只是提醒我火车要开了,简单的温柔却比任何鼓劲都要有作用。

因为美丽比任何人都清楚,我有多么想要成功。

我和美丽是高中同学,我们是彼此的初恋,大学时我学的是金融她学的是师范,大学毕业后半年我们就结婚了,我们俩住在她妈妈留给她的老房子里,不久后迎来了我们的爱情结晶。

我有一个舅舅是市民政局的干部,我大学还没毕业他就联合起家里亲戚来劝说我考公务员,说进了事业单位,以后的生活就稳定了,人这一辈子不就是求个稳定吗?我拗不过,而且我和美丽过早结婚又逆着家人的意思,所以我没有反对舅舅的建议,毕业后的半年我也认真准备了各种大大小小的公务员考试,最后在舅舅的运作下,我成为市民政局社务科的职员。

夫妻二人一个是事业单位公务员,一个是小学老师,在别人看来这样的生活平静而安稳,拿着不痛不痒的工资,存着不多不少的钱,换套不大不小的房子,按部就班地过完一辈子。谁不是这样呢?

只有美丽知道,我心里还燃烧着曾经的梦想:我要成为一个成功的经商者。这个梦从高中就开始燃烧,进入大学后更是烧得一发不可收。

可是,"梦想"两个字在很多人看来等同于"不成熟",有梦想的人在很多人眼里就是个只会白日做梦的另类。

所以,在社务科上了一个月的班,我回家来用试探的口吻告诉美丽我准备辞职,而美丽的回答不是"你疯了吗"而是"去吧,我陪着你"。那个时候,我就打定主意去做个幼稚的另类,即使最后一败涂地,也没什么好害怕的。

我的决定把我舅舅气得差点吐血,当即宣布跟我断绝亲属关系。那顿疾风骤雨的晚饭中,美丽在餐桌下紧紧握着我的手。

火车信息显示开始检票了,我和美丽并肩走到进站口,我忽然停下脚步。

"怎么了?车就要开了。"美丽奇怪地问道。

"我很好奇,为什么那天我说我要辞职的时候,你说我终于提出来了,难道你一直在等我辞职吗?"我看着美丽说,这是困扰我已久的问题。

美丽浅浅一笑,转了个似乎毫不相干的话题:"成功,知道为什么高中的时候我那么喜欢你吗?"

"因为我长得帅?"我开玩笑道,其实我清楚,我的相貌长得急了点,高三那会儿曾经有小一届的学弟误把我当成老师。

美丽轻轻地拍了我一下,说:"我之所以会喜欢你,是因为你是个有梦想的人。"

"哦?"

"那个时候每个同学都在为语文数学费尽心思,但只有你每天都会挤出时间阅读巴菲特和沃尔顿的传记,研究《微观经济学》,你说你将来一定会成为大公司的CEO,别的同学还以为CEO是某个英语等级测试。"

我笑了:"你不觉得我那时年少轻狂吗?"

"嗯,是有点,"美丽也笑着说,"不过认真对待梦想的李成功,才是最帅气的。我曾经也是个花痴的小女孩,就喜欢这样帅气的男生。"

美丽的心思早熟,她不会轻易说出这样煽情的话,而正是这句话,在初到石家庄的那三年一直响在我的耳畔。

踏上长沙开往石家庄的火车,七年时间如白驹过隙,七年间的画面在我眼前一闪而过。

在玩具公司的头三年我没有周末和假期,全身心扑在公司的营销工作上。第三年,我当上了营销部主管,在我的努力下,公司的业务走出了华北,从生产路边卖的劣质玩具的小作坊成长为正版玩具生产商。第五年,公司进行资产重组,我进入董事会,公司的业务已扩张到全国,顺利和几个大型动漫公司达成战略合作,独家生产它们的周边产品。到了第七年,我正式出任公司首席执行官,这个时候我的公司已经把业务扩展到北美和欧洲,成为中国的"孩之宝",李成功也成了玩具生产业的"打工皇帝"。

比起在音乐路上无功而返的大伟,我要幸运得多,没有什么比亲手实现梦想更美妙的事情了。

电视剧里常演,一个失忆者苦苦追寻他的记忆,最后在机缘巧合下脑袋撞到什么东西,把失去的记忆全给撞回来了。我想不到这种被编剧用滥了的狗血剧情也会出现在我身上,从椅子上摔下来的那一下着实摔得不轻,而此后回到我脑海里的记忆是失忆以来最多的一次。

我是得谢谢那把散架的木椅,将七年来的记忆重新塞回我的脑子,原来我所拥有的成功并不是从天上掉下来的,原来自己的每一滴汗水都是浇铸在成功上的铁水,这么想来,我还真有点喜欢曾经那个把牙齿咬碎都不放弃梦想的李成功了。

一阵呼呼声打断我的思路,我回头看去,牛耿平趴在床上抱着枕头已经开始睡第三轮了。

去石家庄的前三年我睡过比这条件更糟糕的房间,现在又嫌弃什么呢?不就是跟个同性挤一张单人床吗,有什么好怕的?我横起一条心,脱下穿在身上的外套和西裤,决定好好养足精神,天亮了要神清气爽地回家。

站在床边推了推熟睡的牛耿,把他推到床的一侧,背朝着我,看床位稍微空敞了点,我关上灯钻进了被窝。

真暖和啊!有种冰天雪地站了半天后猛地扎进温泉里的感觉。

牛耿还是背对着我,应该是睡熟了,除了鼾声不见别的动静,我侧过身也背对着他。唉,跟男人一起睡也没啥嘛,早知道这么舒服我早钻进来了。

一天的旅途早已磨光了我的精力,刚才又找回那么多记忆,我的脑袋沉甸甸的,几乎是刚沾上枕头就迷糊了。

躺着躺着,身上感觉有点冷,冷空气仿似全灌进了被窝里。我睁开眼一看,盖在我上半身的被子不翼而飞。

原来是牛耿往他那边翻了翻,从侧躺变成趴着,半条被子都让他卷走了。

"我说你是王八啊喜欢趴着睡。"我费了老大劲儿把被子拽回来。

安稳了没多久,牛耿又翻了过去,这次我全身上下的被子都让他卷走了。

我只好故技重施,这回我用的劲儿大了点,抢过来大半条被子,可是被子连着牛耿的身体,把他也带了过来。我还没在被子里多捂会儿,一条赤裸的手臂就搂住了我的脖子。

是牛耿侧过身,到我这边来抱住了我。

这还了得!我对他大声"哎"了几声,往后推了推,牛耿才收回手臂。

得了，就这么睡吧，我闭上眼，忽然觉察到屁股像是被什么扎了似的微微刺疼。

不对！有状况！我伸手往后面摸了摸，就摸到一团毛茸茸的东西和一根条状物。如果牛耿不是把毛线球和火腿肠带进了被窝，那一定是……我回身惊恐地看了他一眼，只看到一张表情舒坦的脸。

我翻身跳下床，打开灯，大喘着气推牛耿的肩："醒醒，你醒醒。"

牛耿睡得跟死猪似的。

"你醒醒啊！"我手上用力捏住他的鼻孔，他呼吸不过来，这才睁开蒙眬的眼睛。

"天亮了吗？"他眯缝着眼睛四处看。

"你有病吗？"我紧皱着眉道，"睡觉不穿衣服的啊？"

"光着睡舒服。"牛耿呢喃道。

光着睡得分场合好不好，回家抱着老婆睡暖炕随你怎么睡，现在可是我们两个男人挤一张小床。我在床头的柜子上找到他的蓝色内裤，捡起来丢在他脸上："什么条件啊玩裸睡，穿上穿上。"

"习……习惯了都。"牛耿不情不愿地说。

"快穿上。"我态度强硬。

困倦的牛耿眼见拗不过，只好抬起腿，把内裤往屁股上一套，腿刚放下又睡过去了。

我揉了揉酸涩的眼睛，回身关掉灯，躺回床上，牛耿平躺着睡得还算安稳。我长出一口气，这下该可以踏实地睡上一觉了吧。

事实给了我一记沉重的下勾拳，这个多事之夜的高潮才正要开始。

牛耿脖子以下是睡安稳了，不想他的嘴巴和声带开始加入折磨我的战团。

我背对他睡了不到十分钟，就听见一阵震耳欲聋的响声，睡梦中我还以为是打雷打进了房间，惊得从床上坐起来。

等我细细去找雷声的来源，才发现是牛耿大张的嘴巴。我"啧"了一声，用手肘推推他的肩膀，他的嘴巴闭了闭，鼾声小了下去。

我睡了不到十分钟，耳边又响起一阵牛噪。我睁开眼，往身后耸耸肩膀，牛耿感觉到外界的动静，从他嘴里发出的奇怪声音又消失了。

这回我等了半分钟,确定牛耿彻底安静了才闭上眼。

"啾啾"的声音猛地响起,犹如轰炸机从天上丢下炸弹,我浑身抖了一抖,惊醒过来。

我又轻轻动了动手臂,牛耿那边再次悄无声息。

脑袋里浓厚的困意让我的眼皮难以抬起,再不睡估计我就快精神休克了。牛耿没让我等太久,我仅仅是回个头,耳边又响起老鼠啃床腿的尖声。

大冬天的哪儿来什么老鼠,是牛耿在磨牙,他那磨牙声时而如同嚼碎骨头一般令人毛骨悚然,时而又像用尖指甲划黑板似的让人浑身起鸡皮疙瘩。

我说牛耿这家伙就是一台天生的播放机,自然界各种稀奇古怪的声响都能从他的发声器官里放出来。

老天可能还觉得这个夜晚不够热闹,牛耿磨牙的同时,从天花板上又传来"乒乒乓乓""嘿嚯哈嚯"的声音,伴随着"梆梆梆"的跺脚声。天花板一响,整个房间就成了高级立体声音箱,没法入睡的我恰巧就处于各种声音的中心。

我怒了,用拳头使劲敲墙壁,大声喝道:"谁大半夜的不睡觉演哪吒闹海啊?要演出去演。"

没有人回应,夜半惊魂的吆喝打砸声也没有停下来的迹象。

这时候,耳边感觉到一阵潮气吹来,牛耿又翻了个身抱住我。此时我真心怀疑这家伙是不是有什么不好说出口的心理倾向。

我推了推牛耿,把他推开,还没把被子盖好,楼上传来"砰"的一声闷响,引起的震动令我们房间的窗玻璃不住抖动,不知是楼上的谁把沙袋砸在了地板上。

我圆睁着眼睛,房间里交织着各种声响,除非自毁双耳,否则别想睡。我脑袋缩进被子里,希望能借此获得片刻的安宁。

被子蒙头,外界的嘈杂声低了些,恰在此时,距离脸很近的地方发出一声清脆的细响。

"噗——"

带着悠长的余音和经过发酵的大葱的臭味,绕梁三日不绝。

猛地掀开被子,我那颗因为困意而迟钝的脑袋终于意识到刚才听到和闻到的是什么东西。

我竟然近在咫尺地经历了牛耿的废气排出工程！

一个鲤鱼打挺，我跳下床，牛耿那个屁还萦绕在我脸侧，久久不散，不管我怎么扇风吹气，鼻子里都徘徊着腐烂大葱的恶臭。

头顶上又是一声"砰"的闷响传来，窗玻璃又开始止不住地抖动。

我低头看看睡得比死猪还沉的牛耿，又抬头看看天花板，心想我和牛耿斗智斗勇了半个晚上都拿他没办法，不如先去楼上解决那群闹海的王八，等楼上消停了再回来收拾牛耿这家伙。

打定主意，我拿起大衣披在身上，带着不破噪音终不还的气势，推开门走出去。

我只是想好好睡个觉，这是你们逼我的！

爬上楼梯，我找到发出各种声响的房间，当我站在门前时还能听到门里传出粗重的"嘿咻"声。这里面如果是一对饥渴难耐的小情侣，那他们一定不是来开房的，而是来拆迁的。

我在门板上重重地拍了拍，房内的各种怪响停了，但是没人来开门，我料想是在慌里慌张地穿衣服吧。

我又用力地拍了拍门板，只拍到第三下，听到一个开锁扣的声音，随后房门大开。

最先从门里伸出来的是一把亮晃晃的砍刀，类似于《水浒传》里面梁山好汉常使的那种朴刀，刀口横在我的眼前，走廊的灯光落在上面，闪出一道寒光。

我吞了口唾沫，转眼看向刀面后的人，那是个剃着板寸一脸凶相的男子，身上的背心印着几个字，"聚义堂武术队"。

"干吗？你有事儿啊？"拿刀男子上下打量着我，似乎对我刚才的敲门举动颇为不满。

他说话的当儿，我往他背后的房间里看了看，只见床上坐着个虎背熊腰的光头大汉，半边脑袋上刺了文身；门边还倚墙靠着个络腮胡男子，手里握着一柄铁杆银枪，一双环豹眼狠狠地盯着我。

这哪儿是什么武术队，分明就是武松、林冲和泰森的跨时代组合，和他们比起来，牛耿比小猫还温柔。

"看什么看,你有什么事儿?"门口的拿刀男向我逼近一步,他手里的朴刀离我的喉咙更近了几分。

箭在弦上,这种时候我要是说错话,我就成王八了。

"欸,这里不是223房吗?"我退后一步,假装在看门牌号,同时做好开溜的准备。

拿刀男眼里的凶光更盛:"这是216,麻烦长点眼。"

"哦,那真是不好意思,"我连退三步,"我敲错门了,晚安。"

说完转身跑下楼梯。只听身后传来一声"有毛病",随后是重重砸上房门的巨响。

还好我机智,顺利逃离虎穴,我边跑边擦汗,贴身穿的衣服都湿透了。

战战兢兢地走回我的房间,牛耿侧着身睡在床上,被子裹住半张脸,呼吸声均匀,我脱掉鞋和大衣,掀开被子钻进去时他哼都没哼一声,然而我对这一时的平静不抱太大希望,鬼知道等会儿他又会发出什么声响来折磨我。

到时候再说吧,我侧身背对着他,趁他没动静睡得一时是一时。

时间已经很晚,睡意很快泛起来,就在我将要进入沉睡状态时身上的被窝动了动,又把我弄醒了。

我做好拽回被子的准备,等了一会儿,被子仍是踏实地盖在身上,随即听见背后的牛耿翻身下床,趿着鞋去卫生间。

咳嗽声,吐痰声,冲水声,关门声逐次响起,我努力用枕头埋住左边耳朵,留一只耳朵对外就不觉得那么吵了。

牛耿走回来进了被窝,他不再打鼾磨牙放屁,床似乎变宽了不少,他也不再抢我的被子或者靠过来搂搂抱抱,过了两分钟,楼上的跨时代组合也消停了,全世界在一瞬间安静下来。

为了睡眠而苦战的我终于等来了这片刻的安宁,苦难的旧社会人民等来了解放军就是我此刻的心情吧。

不经意间,房里响起一阵悦耳的电子铃声。

谁大半夜的打我的手机啊,我心里抱怨道,不管了,明天起来再看,实在困得没力气了。

电子铃声响了几下,我猛地睁开眼,不对,我的咬果手机和小手机都没电了,因为房间里的倒八字插孔也没法充电,没电的手机是不可能打通的,这么说，此时此刻扰人睡梦的铃声来自牛耿的手机？

他的蛇皮袋子里有烧烤架、平底锅、内裤、钱包和一堆稀奇古怪的东西，但我真就没见过手机。

说不定他藏在衣兜里呢，我闭上眼准备接着睡，铃声在这时候停住，灯亮起的同时牛耿接通了电话。

"姐，你就不要再劝我咯，那个人真嘞很烦。"

嗯？牛耿啥时候会讲四川话了？而且学起女性的音色来还挺像的，俨然就是个四川的辣妹子嘛。

"我每天吃啥子，喝啥子，穿啥子，通通都给他汇报一遍，我活得好累哦。"

我的眼睛闪电般地睁开，这次睁得足有硬币那么圆。

躺在我身边的人不是牛耿，是一个陌生女人。如果不是牛耿做了瞬间变性手术或是我们的标准间被人强行霸占这两种可能性极低的情况，那么就只有一种解释——我进错了房间，又上错了床。

才出虎穴，又入龙潭！霞芳招待所根本不是一家正经的旅店，而是卧虎藏龙的龙门客栈。

LOST ON JOURNEY

第十九章
捉奸风波

和我同睡一张床的女人脸朝另一侧和她姐打电话，刚才应该也是睡蒙了才让她上床下床的没发现我。

我用最小的动作往床下移动，听见女人对着电话说："哎，他不是叫嚣着要捉奸么？ 我喊他抓，抓，抓个喘喘。"

捉奸？ 你先别这么肯定啊小妹妹，我上错了你的床，就算你本来没奸现在也有了。

"他咋可能找不到我嘛，我不管躲在哪个边边角角，他肯定给我抓出来。"

趁女人侧身打电话，我已经把上半身从床上撤下来，现在正在缩回两条腿。

"哎呀，我走的时候打电话，"女人激动地说，"他在旁边偷听，我故意把这个旅馆的名字、房间的号码强调了一遍。"

身体和腿都顺利地落下地，我捡起地上的皮鞋搂在怀里，往门口爬去。

"我长得像范冰冰又不是我的错，他为啥子天天说我像狐狸精嘛，人家在我柜台买东西，和我多说两句话，他说我勾引人家，我咋个勾引人家了嘛。"

我断断续续地听出个大概，这女的是长得太漂亮，又找了个疑心病晚期的男人，现在正设法向她的男人证明清白。不过我说小妹妹你这是何苦呢？

这种一天到晚疑神疑鬼的懦夫男人蹬了不就完了吗？

"笑死人了，反正我安眠药都准备好了，他要是找到我，再跟我闹，我就把安眠药吃了。"

真是烈女啊！用生命证明忠贞的人不多见了。我手脚并用爬到门边，慢慢站起来拿起放在桌上的大衣。

"我跟你开玩笑嘞，我傻呀，咋可能真吃安眠药嘛。"幸好女人一直是侧向床的另一边打电话，没发现我，不然我跳进硫酸池里都洗不清了。

我留在房间里的东西都拿上了，现在就身在门前。

"我才二十多岁，活得好好嘞，哎呀，晓得咯，放心吧，拜拜。"

女人挂了电话，脑袋藏在被窝里，没发现我。留给我的时间不多了，必须赶紧打开门离开这是非之地。

可是手刚搭在门把手上，一阵急促的脚步声就从门外传来，不用多想，女人的老公找上门来了。

眼下避无可避，可是要真不躲避就等着跳硫酸池吧！我往门边一窜，躲进窗帘里，这里离门近，只要那对冤家夫妻注意力稍转，我就可以趁机溜出门去。

"砰"的一声，有人从外面把门推开了，走进屋里来。我透过窗帘往外看，我的个乖乖，仿佛看到了一头待宰的肥猪。

那男人浑身圆得像个球，腆着肥肚子，两侧脸颊上的肉都快垂到第四层下巴上了。

"哟，来啦，"刚挂断电话的女人回头见到门口的男人，四川话切换成甜甜的普通话，讥诮道，"我说你是神探吗，这么快就找来啦？啊？"

转眼一看女人，浓眉大眼鹅蛋脸，还真有点范大美女的韵味。眼前这对男女搭配落差比尼亚加拉大瀑布还要壮观，别的不知道，我只能断定，前来捉奸的猪头佬一定很有钱。

女人掀开被子跳下床，绕到她老公面前，拍拍他的肥脸："福尔摩斯啊你？"

"老婆你别误会，我不是来捉奸的。"猪头佬看房里只有他老婆一个人，松了口气的同时赶紧赔笑脸，全然没了推开门时的那种汹汹气势，"我就是来看看你，你一个人在外面我不放心。"

说到最后他哭丧着一张脸，要说他马上跪下求原谅我都不觉得过分。

"你是该不放心了，"女人估计没少吃无端被怀疑的苦，这会儿就想让她老公难受，媚笑道，"我这屋里藏着一大帅哥你知道吗？又英俊又潇洒又有钱，关键是还有气质。"

小妹妹我求你别说了，你屋里真藏着来路不明的男人了你知道不？

"说气话了不是。"猪头佬笑着说。

女人收起笑容："别不要脸啊，谁跟你说气话呢？"她又揪起猪头佬的肥耳朵，拉他走到床边："睁大你的狗眼好好给我看看。"

她不顾猪头佬杀猪一样的哀号，装模作样地大声呼唤："奸夫，奸夫，出来啊。"

她老公耳朵吃疼，叫得跟挨了刀子似的，还不忘恳求道："老婆，小点声，小点声。"

女人得理不饶人，正想着各种法子开损："欸，我那奸夫呢？刚才还脱光了衣服跟我躺床上呢，现在咋不见了？"

我咬着牙关，大气也不敢出一口，真想告诉她刚才真的有人和你躺一张床上，只是你睡傻了不知道而已。

"老婆，消消气，哪儿有什么奸夫？"猪头佬一张肥脸皱巴着，开始求菩萨似的作揖。

女人已然入了抓奸的戏，非得把她的奸夫找着不可，跑到衣柜前拉开柜门："奸夫，奸夫你在柜子里吗？"

衣柜里当然空无一物，女人还不死心，抬起手去拉顶上的柜子："奸夫是不是在上面呢？"

猪头佬也没有拦着的意思，上面的柜门拉开他还踮起脚往里看了看，见没人才安下心："一般也不会爬那么高的。"

"那不一定，万一是只猴呢？"女人拍拍手，走到卫生间打开里面的灯。

"老婆，咱们回家，不闹了。"猪头佬借机走过来，眼睛往卫生间里打量，被女人一把踹了进去。

窄小的卫生间连只蟑螂都藏不住，猪头佬环顾了一圈，还低头去检查洗手池底下："哪有人，这里面根本就没人。"

"哦，没有人呀，"女人转过头，"哟，床底下呢。"

她走到床边,掀掉被子,嘴里低声念叨:"掀开看看床单底下。"

不是,我说小妹妹你差不多得了,你这不是在证明自己的忠贞,而更像是在抓你老公的奸情啊!我怀里抱着全是泥污的皮鞋,全身僵硬地站在窗帘后,冷汗直往外冒。

从卫生间出来的猪头佬走过去,真的掀开下面的床单:"好的,掀开看看。"

女人板起脸,手掌拍在她老公脸上:"可以啊王小宝,叫你掀你还真掀啊?"

自知不占理儿的猪头佬触电一样丢掉床单,在一边立正站好:"那我就不掀了。"

"你不掀哪儿行啊,你不掀怎么能证明我的清白呢?"女人扬扬手指,"掀开,掀开。"

"老婆,我到底是掀还是不掀呢?"猪头佬快要哭出来。

"你掀不掀?"女人两手叉腰胁迫道,"不掀我吃安眠药了啊!"

女人一句话说完转身就去床头拿药品,猪头男连忙拦住她:"哎,我掀,我掀。"

他肥脸上带着不易察觉的得色掀开床单,还自作主张地抬起床板:"你看,没有,什么也没有。"

看到这里请容许我收回刚才的推论,猪头佬不一定很有钱,他和他的"犯病病"真是天生一对,谁也没找错谁,这俩活宝要是能上春晚舞台一定能演一出精彩的小品,力压冯巩牛群赵本山都不在话下。

女人撩撩遮在眼前的头发,忽然一指门边:"哟,在那儿呢!"

"哎呀哪儿?"猪头佬跟着紧张起来,往旁边一看,脸上的肥肉松弛下来,"嘿嘿,开玩笑。"

女人还不肯罢休:"窗帘后面呢!"

说完,她向着我这边走来,猪头佬在她身后放下床板:"哎呀老婆,你就歇一会儿吧。"

小妹妹你就要踩着地雷了知道不?

她走过去一把拉开我旁边那扇窗户的窗帘,还假装在窗台上找了一会儿,猪头佬到她身边恳求,找到空隙往窗外望,见外面没有阳台,这才更起劲地哄老婆。

躲在这边的我和他们只隔了一个电视柜，必须得想办法转移，可是房间就这么大，我现在跑出门去不被抓住才怪了。

"那边还有条窗帘。"女人说着真朝我这边走来，我立时有种定时炸弹要倒数到最后三秒的感觉。

所幸猪头佬在电视柜前终于拦住了抓奸抓到亢奋的老婆，两人在柜子前停下脚步，女人抱起手臂，似要看她老公有什么表示。

"我错怪你了，我错怪你了。"猪头佬又是作揖又是自扇耳光，下手还真重，啪啪响，"我错怪你了，我不是人，你是清白的。"

女人见自己的老公都开始自残了，露出一丝心软的神情。

我从他们身后的窗帘下慢慢移出来，从外往内推的房门背后还有能立下一个人的窄小空间，我转移到门后去，等会儿这俩小品演员直接走出门，有很大概率不会发现藏在门后的我。

如意算盘还没打完，立在门后的一杆衣帽架就把算盘砸碎了。

门和墙角形成一截三棱柱空间，很小，我和衣帽架挤在一块儿根本不够站。

"不要那么早就下定论嘛，"女人挥挥手，"这个帘儿都没看，你怎么知道我是清白的？"

猪头佬去拉女人的手："不看了，不看了。"

"万一奸夫就在这个帘儿后面呢？"女人话虽这么说，还是任她老公拉住自己的小手。

这要是拉开跟房门紧挨在一起的窗帘，躲在门后的我立马就会暴露，没辙了，我试了试身边的衣帽架，没怎么受过潮的实木，应该还算结实。

接下来我做了一件自己想来都觉得丢人丢到姥姥家的事儿：里面穿着红色的裤衩和背心，外面披着件大衣，犹如同时模仿超人和蝙蝠侠的神经病，抱着双沾满泥巴的皮鞋，抓着衣帽架的分支往上爬。

我刚爬上中间的分支，女人就掀开了窗帘，还耀武扬威地晃了两晃："奸夫就在这儿呢。"

帘后只有空荡荡的窗台，猪头佬见这间房最后一个能藏人的角落都被翻出来了，深深地松了口气，全身肥肉很明显地往下一沉。

"你看你看，没有嘛。"他走上前又拉住老婆的小手，在手上轻抚，"老婆别生气了，咱们回家吧，回家多好……"

我发誓，我是真的不想打扰这重归于好的一对傻鸳鸯，可是我一只手抓在衣帽架上，另一只手还得紧紧抱着怀里的皮鞋，攀爬的动作难免别扭，没控制住屁股，重重往门上撞了一下，我连忙伸出抱鞋的手去拉正要转动的木门，手上的皮鞋就从臂弯里掉了下去。

那一刻，我的心裂成了八块，惊得脑袋都要炸了，我相信一对正在恩爱中的小夫妻看到从天而落的脏皮鞋时，受到的惊吓指数不会比我低。

猪头佬从地上捡起我的皮鞋，捧在手里端详了一小会儿才反应过来这是什么。

这是男人穿的皮鞋！

他们夫妻二人拉开挡住衣帽架的门板，看到的情景先让女人发出一声惊呼。

只见一个男人下半身只穿了条红色裤衩，两条腿毛旺盛的双腿蹬在衣帽架上，上半身的贴身背心外还披着一件斗篷似的大风衣，如同一只被扒光了毛的蝙蝠，双手捧着一只皮鞋，无神的两眼居高临下地俯视着他们。

夫妻俩瞪了我很久，我觉得应该由我先说点什么来打破尴尬。

"我说我走错房间了，你们信吗？"我认真地问。

猪头佬低头看看他老婆，他老婆无辜地回视着他，最后他垂下眼睛掂量掂量了手上的皮鞋，似乎在心底确认什么。

"可以把我的鞋还给我吗？"我又认真地问，"我先回去睡觉了，谢谢。"

猪头佬抬起头，两只小眼睛放出令人胆寒的精光，抬起手一甩，皮鞋向我飞来。

"哎呀！"

一直以来，睡觉睡到自然醒都是牛耿人生里最舒坦的享受，这天，在武汉客车站附近的霞芳招待所，睡饱了觉的牛耿自然醒转，只感觉通体舒泰，伸个大大的懒腰，全身上下的骨头都酥麻酥麻的，别提有多爽了。

他左右找了找，身边似乎少了点什么。半坐起身喊了两声"老板"，没人应答。

见房里没人，他又往卫生间里看了看，也没人在里面。

"怪了，人呢？"牛耿挠了挠屁股，走下床穿好衣服，两手对着水龙头捧了点水，对着镜子随便搓了两把脸，顿觉神清气爽。

睡了个好觉，每天都是美好的。

牛耿打开门，在房间门口的长椅上发现一个人，那人光着腿，身上裹了件长风衣，头倚在长椅扶手上，无声无息的，不知道是睡着了还是断了气。

牛耿走近一看，惊叫起来："嘿，老板，你咋睡这儿呢？"

不用猜了，睡在房间门口的人不是跑到旅社里来蹭床位的流浪汉，而是我，李成功。

我花了六十块钱开了间房，虽说是最便宜的标准间，好歹也是个睡觉的地方，结果，我却像流浪汉似的躺在走廊长椅上挨到天亮。

没别的原因，全是拜跟我一起开房的牛耿所赐。

"我说这起来看不见你，还以为你去买包子吃去了你。"罪魁祸首牛耿接着咋呼。

其实我只是闭着眼，压根儿没睡，既然牛耿跟个没事儿人一样，我看是得起来和他说说理了。

我从长椅上坐起，两手握成拳头放在膝盖上，保持这个姿势坐了一会儿。

牛耿没有觉察到暴风雨已然临近，还在那儿讲废话："你咋睡这儿来了？你说你，屋里有床你不睡，还……"

"我怎么会睡在这儿？你猜我怎么会睡在这儿？"我冷冷地打断他的话头。

牛耿有了新发现，弯下腰，脸凑近我的脸："老板，你脸咋肿成这样？"

他竟然还好意思问？要不是猪头佬的老婆摆出吞安眠药的架势赌咒发誓说她根本不认识我，要不是我逮住机会跑出门去，要不是我急中生智跑上楼敲了聚义堂武术队的房门，要不是猪肉佬追我的时候扔来的皮鞋正好砸在来开门的"武松"脸上，让我的驱虎吞狼之计得逞，我估摸着你牛耿现在不是在问我脸咋肿成这样，而是来给我收尸了。

这一切糗事我是不会说出来的。牛耿，有些事儿咱们得好好聊聊。

他却不识趣地揪着我被皮鞋砸伤的脸不放："肿成这样，去找家诊所瞧瞧吧。"

"你管得着吗?"我站起来,和身材矮小的牛耿一比,我立马找回高高在上的感觉。

"你昨晚上哪儿去了?"牛耿还看不出来我的冲冠怒火。

"你管得着吗?"

"你怎么了?"他无辜的模样装得还真像那么回事儿。

我指着自己的鼻子,一步步朝他逼近:"我怎么了? 要不是你裸睡、磨牙、打呼、放屁,我能跑出去吗? 你还问我怎么了?"

"我,我……"牛耿在我的压迫下往后退。

"说吧,你是干吗的?"我怒火冲心,都不知道自己在问什么。

牛耿愣了愣,嗫嚅道:"没干吗啊。"

"你是……"提起这些我给气得话都说不全,"你到底是干吗的啊?"

牛耿挠挠脑后,想起了什么,笑了:"我是挤牛奶的,我给你说过的,老板。"

我歇斯底里地吼道:"你是老天爷派下来惩罚我的吧? 你说飞机下来飞机就下来,你说火车道上塌方就塌方,我好不容易坐个客车把你给甩了,居然还能调头开回来,我发现你是千年一遇的妖精啊!"

"我也没你说得这么神啦。"牛耿还不好意思起来了。

"你搞清楚点,我不是在夸你。"我加大嗓门,"你昨天不是送了钱给骗子吗? 你不是个好人吗? 你不是'人间自有真情在'吗? 为啥昨天晚上我敲了整整四十分钟的门你不给我开门? 没听见还是咋的?"

"我听见了!"牛耿回道。

我扁了扁嘴,嗓门尽力小点:"听见了你不给我开门?"

牛耿又露出一脸褶子的笑:"我以为是做梦咧,正梦见吃火锅,隔壁来了个装修队,'咚咚咚'直敲墙,吵死了都,原来是你啊……"

这理由要换别的任何人说出来我肯定会给他一个大嘴巴子,偏偏从牛耿嘴里说出来我还真就信了。

既然信了还能说什么,我黑着脸喝了声"闪开",推开他走进房间。

我的眼镜、西裤、衬衫和外衣叠放在木椅上,我拿起来胡乱往身上一套,顾不得什么形象不形象,此时此刻我的黑眼圈跟熊猫眼差不多,脸上还肿了半边,这鬼样子也不需要讲究形象了。

牛耿绞着手指,踱到正在穿裤子的我旁边,有了点认错的态度:"不好意思哦老板,别生气了,我真以为是在做梦呢,别生气了。"

"是的,做梦,"我系好皮带,狠狠地道,"梦见吃火锅是吧,你咋不接着吃呢? 起来干吗?"

"起来赶路去长沙,"牛耿回道,"你那儿只剩下二十块钱了你说咋办咧?"

我都被你气成这样了结果你还惦记着我的二十块钱? 能不能要点脸?

"拿去送给骗子! 拿去吃火锅! 总之你离我远点。"我戴上眼镜,手心碰到肿得老高的脸颊,疼得我倒抽凉气。

见我龇牙咧嘴的,牛耿靠近一步问:"你昨天晚上是不是让人给打了?"

"你管得着吗? 你离我远点!"我挥手作势把他赶到一边去。

"请问是李成功先生吗?"门口响起一个清脆的女声。

"都说了离我远点……"话没说完,我意识到好像有别人来了,回头一看,正看见一张似曾相识的脸。

"李成功,哈,我可算找到你了!"站在门口的年轻女孩说。

她穿着深蓝色的工作制服,眼睛红红的布满血丝,见到了我她脸上挂起如释重负的微笑。

我想起来,昨晚在回到武汉的客车上,就是她态度很好地不停向我道歉。此时她站在门口微微喘着气,手里拿着一只鼓鼓囊囊的钱包对我说:"你的钱包落在我们客车上了,你点一下,看钱少了没有。"

我赶紧接过来,刚一入手就知道的确是我的钱包,错不了。里面的钞票、身份证、银行卡、照片一样不差,连七个钢镚都没少一个。

"没少没少,"我感激地握住年轻女孩的手,"真是太感谢你了。"

"没少就好,"女孩捂着快速起伏的胸口,疲惫之色浮在脸上,"你不知道,这一晚上我把附近所有的旅馆都找遍了,可算找到你了。"

"太感谢了。"让牛耿和一旅社的奇人异士给虐了一晚上,再面对这么个热心的女孩,我只感到心里的暖意似火山爆发。

"没事儿,这是我们分内的工作,"女孩摆摆手,"我得回去上班了,你注意点,别再丢了钱包。"

说完她转身就要走下楼梯去。我忽然想起了什么，叫住了她："哎，我想问一下，你们的长途车能走了吗？"

"不行，桥还没修好，如果你们赶时间的话可以去坐轮渡。"女孩的回答伴随着她小跑的脚步越来越远，最后消失在楼下。

我低头看看手里失而复得的钱包，心里难免有万千感慨，人间还真是自有真情在。

牛耿走到楼梯口张望，见好心的女孩跑远了，回头乐呵道："你看，我就说还是好人多吧，你还不信。"

"闭嘴，是你捡了钱包给我送回来的吗？"我瞪了他一眼，"人家挨家挨户找我的时候你吃火锅吃得正欢呢！"

听说过国防力量的建设必须要海陆空三位一体，可是谁听说过从石家庄回趟长沙也要天空、大地、河流都来一遭？概率如此之低的事件偏偏就让我给撞上了。我坐在轮渡船头，望着滔滔的江水，心里感慨万千。

这一路来我也算是尝尽了各种交通工具的滋味，飞机、火车、长途汽车、轮船，甚至还包括马车，知道的人说我是过年回家，不知道的人还当我是跑到哪个荒郊野岭去盗墓的。

早晨的阳光洒在江面上，裂成细碎的光点，随着江水起起伏伏。这天是大年三十，人们都在家里包饺子贴春联，享受浓郁的年味儿，而我却顶着一张瘀肿的脸和一颗失去记忆的脑子，独自一人坐在船头吹着凄冷的江风，当时我就打定主意，等所有的折腾都结束了，如果我运气好能找回全部记忆，我一定要把这趟旅途记录下来。

这个故事的开头是我坐在机场，突然就眼前一黑，等恢复正常后发现脑子里蒙了一团浓雾，很多至关重要的记忆都被遮严实了，随后，从石家庄机场开始，我遇上了一个随身携带着平底锅和千斤顶的家伙，这家伙是我回家路上挥之不去的阴魂，给我带来百般麻烦千般不爽，却也在万般紧急的时刻出手救了我。

我默叹一口气，我说的这个家伙正坐在轮渡舱里，可怜的小眼神满怀歉意地盯着我，在轮渡码头我给他买了张船票，打那时起他这样的眼神就没变过。上了船，见我一直处于气头上，他没敢靠过来。

被一个眼神盯得久了，我心里一阵阵犯怵，回头看了看发出眼神的两个孔，我马虎地挥了挥手，随后不再看他，眼睛转到船舷外。

一阵拖沓不决的脚步声在身旁响起，伴有摩挲蛇皮袋的沙沙声。

牛耿站在我身旁，见我没有和他聊天的兴趣，只好自己呆站在旁边。

我虽说没看他，但感觉得到他一直在用眼角偷瞄我。过了半晌，他没话找话地道："老板，你看这黄河水多黄。"

他出声的时候我正在做深呼吸，听了这话一口江风差点没把我给呛着，我扭头看看他，确信他不是存心开玩笑才说道："大哥，不懂别乱说好不好？这是长江。"

在牛耿的概念里，或许河水是黄的就是黄河吧。这回他不再搬出一套歪理邪说来反驳我，低头看着手指，道："老板，昨天晚上我睡觉太死，你别在意啊，那……船票的钱我先欠着你，等我到长沙要到债之后就还你。"

"没多大点钱，不用还了，"我收回放在江面上的目光，望着他说，"你现在身上一分钱都没有，还得去要债吗？"

"要！"牛耿口气坚决地说，"没钱才要呢，而且那也不是我一个人的钱，还有三个兄弟等着我拿钱回去过年呢。"

我记得牛耿在飞机上就告诉我，他有两个弟弟一个妹妹。"你家里人都指望着你拿钱回去，得等到什么时候？"我问。

出乎我意料的，牛耿摇摇头："不是我家里的人，是我的三个工友。"

"你们奶牛场都发不起工资了？"

牛耿的目光变得惆怅："是啊，三头马的毒奶粉事件一出来，全国的牛奶场都受到牵连，人们都不买国产牛奶了，老板想给我们发工资也没钱发。"

前不久，举世震惊的三聚氰胺奶粉事件的确是狠狠地捅了全国的老百姓一刀，原先说到"中国制造"，人们顶多会戏谑一句山寨货，质量不好。三头马事件出来，"中国制造"瞬间成了要人性命的毒物，处在这个风口上，即使有一些良心奶商也是无辜中枪，谁都认为喝国内产的牛奶那就是老寿星喝砒霜——嫌自个儿活得太久。

牛耿说，发不出工资的老板手上除了几张借条啥都不剩，他们下面挤奶的没办法，只能要来借条，亲自去找打欠条的人要钱，后来又愁没有路费，就把奶牛场的牛拖去卖了，这才凑够一人从石家庄到长沙一个来回的钱。

听他说完,我有点同情他,并且对他这趟长沙之行心感不妙:在这个诚信给利益让步的时代,想找债务人要钱可不是牛耿想的这么简单的。拿着一张欠条找上门去别人就会乖乖还钱那是上古时代的传说,如今人们借钱的时候是孙子,要求还钱的时候他们就摇身一变成了大爷,借条这种东西只在闹到上法院时才能起那么点作用。

我的语气软下来:"你借条给我看看。"

牛耿的手从脖子口伸进去,在他的贴身内衣里摸了一会儿,摸出一张皱巴巴的纸,带着他特殊的体味。

我接过来一看,还以为是哪个小学生写的语文作业——那就是从作业本上扯下来的一页纸,上面简略潦草地写了借款事实,最精彩的地方是在借条结尾,债务人写道:如若到期不还,天打五雷轰。落款人:老陈。

我轻声咳了咳,以掩饰自己的无言以对,这借款法律关系的成立不是发个毒誓那么简单的,要是老天和五雷有用,法院岂不是成了摆设? 还有,如果债务人不是姓老名陈,牛耿你就算诉到最高法院也要不回来钱。

可是看着牛耿望向借条的热切的眼神,这张没用的废纸上承载着他对新生活的全部希望,我实在不忍心告诉他真相。

"那只有祝你好运了。"我把借条还给他,又从钱包里摸出两千块钱,"呐,拿着吧。"

牛耿推开我递过来的钱:"不用了,老板,我还欠着你汽车票、船票和住旅社的钱呢。"

"那些都是小钱,别提了,"我说,"你没钱,上岸怎么坐车去长沙?"

牛耿一听我的话,露出难堪的脸色,仍是逞强道:"没事儿老板,我有办法,你别管了。"

"你能有什么办法,再去向警察举报通缉犯?"我退了一步,"行了行了,算我借给你的,那个老陈还你钱了你再还我。"

听我这么说,牛耿才慢吞吞地接下我的钱:"那我到了长沙要到债之后就还你,谢谢你,老板。"

我忽然又想起一个问题,问道:"在石家庄的时候,你举报马乌力罕得了一千块钱的奖励,加上你们卖牛的钱,就算飞机票你没去退也不至于身无分文吧,怎么从派出所出来还跟我说没钱了,要搭我的车?"

我话没说完,牛耿的脸紧张得皱起来,他左右看看,像是个逃犯似的竖起食指对我"嘘"了一下:"小声点,这事儿不能说。"

"什么事啊? 这么神神秘秘的?"我疑惑道,"被抓的是马乌力罕又不是你。"

"哎呀,老板求你别问了,我答应过别人不能说的。"牛耿急得额角冒汗,"你再问我就从这船上跳下去。"

无关紧要的秘密牛耿藏不住,说到这个事儿他却能以死相逼,看来真是有什么难言之隐。

"好了好了,我不问了,你可别跳下去弄脏了长江水。"我表示理解,低头去收拾钱包。

牛耿见我不再抓着他的秘密不放,松了口气。

可是我千不该万不该,不该对他放松警惕。

LOST ON
JOURNEY

———————

第二十章
再遇女骗子

———————

卡包的拉链有一半没拉上，里面的两张照片露出一半。牛耿从刚才的窘迫里恢复过来，一看到照片，"嘿"了一声，黑手伸过来，把我的钱包夺了过去。

"你干什么?"我愣了。

"这是啥?"他把照片拿出来，钱包还给我。

"你还给我。"我从船头站起身，过去抢照片。

"我看看，这不是你女儿吗？你在飞机上看过，"牛耿翻着曼妮和美丽的照片，"下面这张是你老婆吧，怎么跟你女儿长得一点都不像?"

"关你什么事，你拿过来。"见我走过来，牛耿往船舱里跑。

"不对，这不是你女儿，和你长得一点都不像。"牛耿高举着两张照片，"这是谁啊?"

"你管得着吗?"我不悦道。牛耿已经跑到船舱里，拉上铁栅门，我被隔在门外，抓不到他。

"你先说是不是你女儿。"他拿曼妮的照片对着我。

"不是! 你拿过来。"

"不是女儿，肯定也不是老婆，"牛耿对着两张照片来回看，抬起头坏笑道，"那就是小三儿?"

"你知道什么是小三儿吗?"我从铁栅间伸手去抓照片，牛耿一手抵住门,一手将照片拿远。

牛耿大声道:"小三儿就是你情人,我当然知道。"

轮渡船上的其他几个乘客对着我俩窃笑,丢脸真丢大了。

牛耿把美丽的照片还给我,仔细看着另一张:"我咋觉得你情人不如老婆好看。"

"什么情人不情人的,别瞎说。"我瞅准时机,手伸过去差点就要抓住曼妮的照片。

牛耿反应迅速,手往回一撤,恰在这时,一阵猛烈的江风吹来,照片从他手指尖滑落,乘着风往船舷外飞去。

照片在狂风里上下飘摇,犹如一片落叶,最终落入奔腾的江水,曼妮的笑容沉浮在暗黄的江面上,渐渐离我远去。

我呆望着消失的照片,一阵怒火攻心,推开铁栅门,火冒三丈地向牛耿冲去。

话说什么来着,对于牛耿这种人千万不能给他一点脸,你给他一寸阳光他就能毁灭整个银河系。

我还没抓到牛耿,他蓦地往岸边一指:"老板你快看!"

"看什么?"我知道他玩的把戏,他是想转移我的注意赶紧开溜。

然而牛耿没跑,直到我抓住了他背在肩上的蛇皮袋,他都站在船舷边往岸上远眺。

岸上有什么能让牛耿都顾不上躲避,我好奇心上来,在他身边顺着他的目光看去。

轮渡即将停靠的岸边有一道缓坡堤岸,坡上是一个河鲜市场,现在正值早市,市场上人不少。

"你别想耍花招,"我用威胁的口吻道,"你弄丢了我的照片,我跟你没完。"

"你快看像不像那个女骗子!"牛耿直指靠近码头的摊位,一个身影蹲在摊位旁边挑选着什么。

在牛耿的提示下,我的目光聚在那个身影上,那人正对着我们这边,有一头蓬乱的长发,身上穿的暗紫色衣服跟武汉客车站前那个骗子穿的一样。轮渡船越来越靠近岸边,当她抬起头跟摊主讨价还价时,我看见她的侧脸上有一道长长的伤疤。

"哈,真是那个骗你钱的女人!"我肯定地说道。

我话音刚落,牛耿就扯着嗓子大喊起来:"骗子! 女骗子!"

很好,牛耿的呼唤成功引起了女骗子的注意,她转头看过来。

"别跑!"牛耿喊得没完没了,女骗子的脑袋可比他的灵光多了,她拿上刚买好的东西转头就跑。

只能说,耿直厚道的牛耿一定没听说过打草惊蛇的故事,女骗子本来没想跑的,现在不跑也得跑了。

"你就不能等船靠了岸,离她近点再喊吗?"我真想拍他一巴掌。

牛耿回头看我,吐出舌头:"对不起,控制不住就……"

船头刚好靠了岸,我拿起手提包,大喝道:"还等什么,拿起行李追啊!"

轮渡靠岸的地方是坐落在长江边上的一座小镇,叫永安镇,穿过摆早市的堤岸就是永安镇的主街,除夕当天,街上人山人海,喜庆的人们放鞭炮舞狮子,好不热闹。

牛耿跑在前,我跟在后头,人群中只能隐约看到女骗子时隐时现的暗紫色身影。

"别跑!"牛耿怒喝,他腿劲好,跟骗子的距离逐渐拉近,我就不行了,才没追出多远就气喘得跟拉风箱似的。

女骗子转个弯,跑进另一条大街,有个舞龙队在道路中间表演,两旁的人行道上挤满了看热闹的人,牛耿和我一前一后地拐过来,女骗子早已没了踪影。

"哪儿去了?"我喘着粗气问,我们俩在人海里艰难地前行。

"那边!"牛耿忽然大叫,指着右边的一条小巷口,女骗子就站在那里,似乎在确定我们有没有跟上她。

见到我俩穿过拥挤的人墙,她转头钻进了巷子。

等我和牛耿跟到巷子里,她已跑到巷子的另一头,可是她并没有跑远,而是停在原地见我们来了才接着跑。

出了巷子,是一条商业街,人不多,铺面都关着。意想不到的是,女骗子正站在街对面等我们呢。

这骗子也太嚣张了吧,存心逗我们跟她玩猫捉老鼠的游戏吗?

牛耿脾气上来了,干脆把手里的行李包和肩上的蛇皮袋往地上一扔,脚步如飞地追上去。女骗子闪身消失在街对面的一个巷口,解除了负担,身轻如燕的牛耿也很快追了进去。

这下可苦了我,仅仅提着个手提包我都累得快吐血,牛耿扔在大街上的行李也不能视若不见,只好捡起来全挂在自己身上。他那百宝袋可不是一般的沉,身负千钧的我只能慢慢地走过街,钻进巷口。

穿过一条脏乱的巷子,我来到一块堆满生活垃圾的空地,围在四周的是红砖楼房,只有五层,又脏又旧,左边有一栋拆了一半的房子,碎砖块堆的有两层楼高。我不敢相信,这废墟一般的地方还能住人。

楼上传来一阵动静,我抬头就看见正对面那幢楼的第四层闪过一个影子。

"站住!"我背着牛耿的行李,跑上楼梯。

那条布满裂缝的楼梯在我的脚下微晃,我大喘着气爬到三楼,实在是没力气了,停下脚步歇一会儿,反正女骗子就在楼上,除非她长出翅膀飞走,否则她跑不掉。

可是,牛耿呢? 他跑得这么快,现在跑哪儿去了? 没时间多想,我闻到一阵苦味,像是附近有人在熬药。

我喘匀了气,提起脚往上走。踏上通往第四层的楼梯,鼻间的苦味更浓。

不会是女骗子下的迷药吧? 难道失踪的牛耿是中了迷药的毒? 想到这儿,我有点紧张。

走到四楼,空气中的苦味都有点刺鼻子了。右手边有一道虚掩的门,门里似乎有人声,苦味就是从那里飘出来的。

我没有犹豫,推开门走进去。

我来到一户人家。

门后是个简陋的厨房,墙壁和天花板被油烟熏得发黑,叠放在水池旁的餐具干净而整齐,仔细一看只是几只破碗和木筷,其中一只大碗里盛着一条半个巴掌大小的鱼;这里看不到任何用电的厨具,一只开个小口的铁桶里烧几块煤就算是灶台，变了形状的铁锅在铁桶上咕咕作响，苦味就是从里面传出来的。

厨房通往内室的拉门留了个小缝，我在其中看到一只稚嫩的小手，握着笔在写着什么。

抑制住心脏的剧烈跳动，我走上前，拉开门。

出现在我眼前的是一间狭窄的客厅，一群瘦小的孩子坐在客厅里，我快速数了数，共有九个。

孩子们年龄都不大，不会超过十三岁，他们聚精会神地在身前的画板上涂抹，每一张小脸上都洋溢着平静安详的幸福，我敢说除了婴儿，我从没有在哪个孩子脸上见到过这种真正沉浸在幸福中的表情。我拉开门的动静只让其中的三个孩子抬起头来看我。他们对我笑了笑，又回到自己的世界里。

在客厅对面，牛耿站在角落，出神地看着孩子们，现在又抬起头看我，他两眼通红，脸颊上有两道泪痕。

我没看错，牛耿的脸上真的有流过泪水的痕迹。

牛耿，这个百年一遇的缺心眼，竟然会流泪。

在他身边，紫色的身影蹲在地上，手里端着瓷碗，正在喂一个小女孩喝药，厚厚的纱布缠在小女孩的眼睛上。

"老师，好苦啊！"小女孩喝完最后一口药，吐吐舌头。

她的老师，那个被我们当作骗子追了两条街的女人温柔地说："老师知道，给你剥一颗糖放在嘴里，就不苦了。"

她剥了颗奶糖，放在孩子的嘴里，刚刚叫苦的小女孩像是得到最珍贵的奖励，含着糖开心地笑了。

女老师收起碗，背对着我，目光垂在脚下。牛耿抬起手，用衣袖擦了擦眼睛。

看着这一切，不明所以的我不知道说什么，一时间，空气里只有孩子们作画的沙沙声。

"你为什么要跑？"最后，我打破了沉默。

女老师回过头，她的长发在脑后扎成马尾，我能看清她脸上丑陋的伤疤。她直视着我说："不把你们带到这里来，你们是不会相信我的。"

LOST ON
JOURNEY

第二十一章
中大奖了

女老师有个好听的名字，叫辛晴。三年前她从美术学院毕业，来到这座长江边的小镇，成为曙光小学的一名老师，在这里她遇上了善良的湖北男孩，吴涛。

曙光小学是希望工程小学，收的都是家里穷上不起学的孩子，另外还有相当一部分是福利院里未被领养的孤儿。吴涛在曙光小学教音乐和数学，他对孩子们无私的爱吸引了辛晴，两个年轻人很快坠入爱河。

曙光小学的学生都是苦孩子，最不幸的却是那些因为先天残疾而被亲生父母抛弃的孤儿，想领养子女的人自然也不会选择这些有缺陷的孩子，大部分残疾孤儿人生的前十八年，注定属于冰冷的孤儿院。

辛晴和吴涛任教的第一年就注意到了这些"上帝咬过的苹果"，他们决心帮助这些孩子，至少让他们悲苦的人生多一丝温暖，多一抹色彩。

"其实他们并不比正常孩子笨。"辛晴把洗好的碗放好，回头看她的学生时脸上挂着自豪的笑意，"我这屋里的九个孩子有的不能说话，有的听力有问题，有的是肢体残疾，但他们的小脑袋里藏着各式各样的天赋。你看那个没有左小臂的女孩，她叫方洁，所有诗词她读两遍就能背下来；她旁边扎辫子的小姑娘，是聋哑孩子，跳舞跳得可棒了；还有这边这个男孩，双腿畸形，可是他二年级就能解六年级的数学题；还有这个男孩阿平，出生时因为脑积水而先天脑瘫，可是他对古典音乐的领悟力让学音乐的吴涛都自愧不如。"

我和牛耿的目光跟随着辛晴,落在这些孩子一尘不染的脸上,落在他们澄澈如水的眼睛里。

"我和我男朋友很爱他们,我们竭尽所能来帮助他们,"辛晴笑着说,"既然没有办法修复他们的身体,那就想办法美化他们的心灵。我们教他们画画,教他们欣赏音乐,让他们乐观地面对人生苦难,哦,对了,我这里还有个孩子——"

她指着坐在墙角的一个男孩,那孩子比其他孩子都壮得多,几乎是个青年。他的注意力始终放在身前的画板上,从头到尾都没见他转一下身,动一下眼睛,仿佛他的世界里除了画板,就只剩一片空白。

"——他叫小宇,快要过十九岁生日了,是我年龄最大的学生,"辛晴望着小宇的背影,慈爱地道,"他没有生理残疾,可是他不会跟周围的人交流,在他的眼里其他人都是不存在的。"

"自闭症。"我缓缓吐出三个字。

"对,小宇是个自闭症患者。"辛晴点点头,说,"这种神秘的心理疾病是精神的不治之症,我们也没有钱送他去专门的疗养院,十八岁以后又不能继续住在福利院,我和吴涛就把他接来和我们住在一起。"

辛晴示意我们去看贴在墙上的油画,在裂了缝的墙壁上,贴了不少世界名画的临摹作,有达利的《时间的永恒》、高更的《塔希提少女》、毕加索的《哭泣的女人》,还有凡·高的《星空》。

"天哪,都是小宇画的吗?"我惊叹道。我不懂美术,作为一个只会看画得像或不像的艺术盲,我只能说小宇的作品足以乱真。

"是的,都是他的作品。"辛晴骄傲地说。

或许在艺术行家眼里,那些临摹作品存在许多瑕疵,可是小宇是个未经专业训练的自闭症患者,当美术系的学生在明亮的教室里对着石膏练习透视法时,小宇可能正饿着肚子挤在阴暗的房间里,用廉价的画笔油彩临摹旧报纸上的一幅黑白画。

"我们答应孩子们,等春天来的时候,带他们去江边看油菜花,去写生。"辛晴继续讲她的往事,"后来我和吴涛去给孩子们买新油彩,回来的路上出了车祸,吴涛走了,我的脸也成了现在这个样子。"

说到这些辛晴一直保持微笑,虽然声音有点哽咽,泪水在她的眼眶打转,但始终没掉下来,"那个孩子名字叫羽毛,她得的是先天性视网膜脱落,从出生那天起就没看见过光,而且就算做了手术,眼睛复明的概率也只有四成,后来我跟吴涛约好,等治好羽毛的眼睛,我们俩就结婚。"

辛晴深吸两口气,用力往上翘起嘴角:"我特别想治好她的眼睛,即使吴涛走了我也不愿意放弃,我想带她去看油菜花,带她看小宇哥哥画的《星空》,我觉得我应该撑下去,但是我实在是撑不住了,那天……"

她的嘴角低下来,一串晶莹的眼泪划过脸侧的伤疤:"那天,我碰见你们的时候,身上一分钱也没有,羽毛就躺在手术台上,医院也等到极限了,我想尽一切办法也凑不齐最后那一千三百块钱,我实在是走投无路……"

她哽得话也说不清楚,我身旁的牛耿抽着鼻子,泪如雨下。

"你不相信我是对的,因为我就是个骗子,我这辈子做的唯一的一件错事,就是骗了你们,但是,"辛晴抬起盈满泪水的眼睛,"但是那张身份证是真的……"

我的眼睛湿了,是的,我在哭。

看电影遇到如此煽情的画面我都会跳过去,和很多以高冷自居的人一样,我反感消费眼泪的行径,可是仔细想一想,我们拒绝眼泪,只不过是因为不想暴露自己那颗仍然温热的心,怕它被周遭冰冷的风吹冷了。

所以我该庆幸,听了辛晴的经历,我还会感动到流泪,说明心还没冷。

辛晴老师煮鱼汤的时候我和牛耿待在客厅里,静静地看着孩子们画画。牛耿讲笑话逗得羽毛直乐,我坐在小宇身后,久久凝视着他孤独而坚定的笔尖。小宇画了一幅新的临摹作品,看着像是莫奈的得意之作——《春天》。

"羽毛同学,来喝汤喽。"辛晴端着热腾腾的鱼汤,坐在羽毛身边。

"牛哥哥,你再给我讲一个嘛。"羽毛听到牛耿走开,撒娇道。

"你乖乖喝了汤,我再给你讲。"牛耿笑着说。

"你不许骗我哦,我马上喝完。"羽毛低下头,伸出舌头着急地找寻辛晴握在手里的汤勺。

我走到客厅门边,冲牛耿招了招手,压着嗓子道:"嘿,牛耿,过来。"

"咋了?"牛耿来到我身边,眼睛忍不住往羽毛那边瞟。

"把辛老师的身份证给我。"我说着,摸出自己的钱包。

牛耿"哦"了一声,翻找出身份证。

留下赶路必需的五百块钱,我把剩余的一万七千块现金悄悄放进门边的一只小书包里。

随后往书包里放进辛晴的身份证时,我看了一眼上面的照片,里面的年轻女孩有一张光滑如玉的脸,眼角微微下弯,嘴角轻轻上翘,淡淡的笑容像照耀着花苗的和煦春阳。

"老板……"牛耿嘴唇颤抖。

"嘘,"我暗示他噤声,看看给羽毛讲故事的辛晴没注意到我们,回头低声说,"咱们走吧。"

我原本想就这么悄悄地离开,可是刚走到楼底空地上,就听到身后传来一声稚嫩的呼唤:"叔叔。"

我和牛耿回过头,一个没有左手的小姑娘跑到我们身前。

"叔叔,给。"名叫方洁的孩子递给我一张卷起来的画纸。

我打开纸,上面用蜡笔画了一高一矮两个人,高个子提着手提包,穿着件深色风衣,鼻子上架了一副方形眼镜,矮个子浑身都是行李包,戴着一顶大大的帽子。两个人走在一片沙滩上,背后是正在日出的海面。

旁边还附了文字,是海子的一句诗:面朝大海,春暖花开。

"跟叔叔和哥哥说再见。"站在楼角的辛老师抱起方洁说。

"再见!"方洁挥着手臂,她没有挥健全的右手,而是摆动着只有半截的左臂。可能是幻觉吧,我看到她的左臂上开出了一朵鲜花。

永安镇距离长沙不到三百公里,在路上找行人一打听,我们得知镇上每天都有三班开往长沙的长途车,最近的一班是下午两点发车。

看看时间还早,我和牛耿不紧不慢地走到车站,和广水客车站差不多,这里也是随意找了个公路边就当作是长途车的收发地点。

到了车站还不到一点钟,我俩傻站在路边得等上一个多小时,于是我提议先找个小饭馆吃午饭。

"我吃不下。"牛耿表情低落地回道。

"你还吃不下?"我故作惊讶道,"你不是做梦都在吃火锅吗?"

牛耿垂着眼睛:"我们在餐馆里大吃大喝,辛老师和那些孩子肯定还饿着肚子，一想到这些我就吃不下。"

他的话让我沉默了，走到车站的一路上我都强迫自己不要去想辛老师和那一屋子的孩子，因为只要想到他们，我都会陷入无以名状的无力感，心里有种很想做点什么的冲动，然而自己却是一只蚂蚁，终究撼不动大树。

"别说了。"我低声道。

"哼，等我拿到钱，我就在这地方开奶油蛋糕店，"牛耿忽地挺起胸脯，"我一边开店，一边去曙光小学当老师。"

"你能教孩子们什么，修拖拉机还是挤牛奶？"我抬起眼睛看他。

"这个先不管，"牛耿迈着大步往前走，"总之，我要想办法帮助孩子们。"

我拍拍牛耿的背，点点头："咱们先到了长沙再说吧。"

牛耿的话鼓励了我，留给辛晴的一万多块钱只能缓解他们暂时的窘迫，残疾的孩子们需要更多的目光和关爱，而作为大公司CEO的李成功，是不是应该做点什么呢？关爱残疾孤儿基金会，这是个好主意！

想着想着，我激动得浑身都是劲儿。

"老板，你看那是什么。"牛耿望着前头叫道。

"又怎么了？"我跟着看过去。车站附近的一个小广场上搭了个临时舞台，下面聚了很多人，舞台上除了正在表演舞蹈的年轻姑娘，还堆有不少挂着大红花的家用电器，旁边停了一辆崭新的面包车。

我一看就知道怎么回事儿，这种街头抽奖活动是节庆日必不可少的内容。

"走，我们过去看看。"牛耿拉着我。

"哎，你不是还在想做老师什么的吗？"我被他拉着往前走，心想这家伙思维跳跃得也太快了。

"哎呀，都下定决心了还纠结什么，走，我们去抽两注，"兴奋劲重新出现在牛耿脸上，"走吧，反正车还没来呢。"

也是，还有好一会儿才发车，而且抽奖的地方也不远，那就去玩玩吧，就当打发时间了。我嘴上说"有什么好玩的"，但还是跟着牛耿走到舞台下。

凑热闹的人很多，我俩挤到前面，牛耿对着奖品说明念道："一等奖，面包车；二等奖，笔记本电脑；三等奖，彩色电视机。"

他转头问我："老板，有零钱吗？"

"零钱是有，只是我们没这狗屎运。"我从兜里拿出四张一块钱，他拿着跑到彩票售卖点，买了两张。

看着他走到旁边准备两张彩票一起刮开，我赶紧制止道："欸，我那张我自己刮。"

我都倒霉一路了，怎么着也得测试看看转没转运吧，虽说中彩票这种事儿只在小时候的梦里发生过。

"嘿！中了！"牛耿在旁边大声叫起来。

我还没刮自己的票，眼睛就凑到他那边去："真的吗？中的几等奖？"

牛耿得意扬扬地展示他的彩票，的确是中了，参与奖，奖品是红色喜庆气球一个。

"呵呵，"我干笑两声，指指兑奖处，"去领你的奖品吧。"

牛耿领了一只没打进气的气球囊，鼓着腮帮子在我旁边起劲地吹，他说待会儿如果还有时间，就把吹好的气球给辛老师送去。

"得了吧，气球里面被你吹得全是口臭。"我拿他打趣，漫不经心地刮开我的彩票，心里想着如果我也中了气球要不要去兑换。

听说过物理上的能量守恒定律吗？就是说全宇宙的能量总量是不会变的，这种形式的能量消减了，另一种形式的能量肯定会多出来。后来有些神婆把能量守恒定律改动了一下，说一个人一生的运气也是守恒的，如果某人在一个地方极尽倒霉，那么好运气一定是转移到了别的地方。

我对这种不讲科学的歪理邪说向来都是保持鄙夷态度，直到我刮开涂层，看到下面"一等奖"三个字，才终于有点信了。荒诞的命运有时候就不跟你讲科学。

"我……我中了。"我两手捧着彩票说。

牛耿把气球吹到最大，手指捏着气嘴别过眼睛对我说："快去领奖吧，等我吹好我的气球再帮你吹你的。"

"我中的是大奖，面包车。"

"你中的是玩具面包车吧，那可比气球值钱。"牛耿说完又去吹他那只鼓到极限的气球，上面有个大大的"囍"字。

"不是，是一等奖，可以开走的面包车。"

啪！气球在牛耿嘴边爆炸。"中了啥？"他脸上顶着气球碎片，从我手里抢过彩票。

"嘿！真的是一等奖！"牛耿把手里彩票举到半空，我俩大笑着跳起来。

LOST ON JOURNEY

第二十二章
"智能"面包车

别看永安镇是小地方，抽奖活动的主办方办事效率出奇的高，我们的领奖手续不到一个小时就办好了，主持人扯下挂在面包车上的大红花，拍拍车门宣布奖品是我们的啦。

更出乎意料的是，我竟然会开车！

失忆以后我没在身上找到驾照，但是坐到驾驶座上，打燃火，慢抬离合快换挡，车平平稳稳地驶上了路，一切就像吃饭喝水那么自然。

既然自己有车开，那还等什么长途客车，找准去长沙的路，放好行李，我和牛耿踏上了回家和讨债的最后一段路。

出了永安镇，车开在一条乡道上，午后的太阳斜挂在路旁白桦树的枝头，阳光照进车里，南方的暖意引人迷醉。

开了有两三个小时，面包车穿过原野，穿过山间野道，上了高速路，又下到一条窄小的乡道，车里的温度慢慢升高，昨晚差不多一夜未眠的我不免头昏脑涨。

坐在副驾驶座上的牛耿找各种话题和我扯了一路，这下见我哈欠连连，困得都要握不住方向盘了，忽然道："老板，要不我来开吧。"

"你有驾照吗？"我撑着眼皮瞥了他一眼。

"我在老家开过几年拖拉机。"牛耿避重就轻地回道。

我想都不想就回绝道："那不行！"

"为什么?"牛耿急了。

"开拖拉机跟开机动车能一样吗?"我说,"你来开的话我们永远到不了。"

"你就这么不相信我?"牛耿摆出不服气的样子。

他终于有点自知之明了,我郑重地点点头,道:"对。"

"为什么?"又来了,牛耿又开始钻牛角尖。

我知道跟他没法纠缠清楚,干脆不理他,自顾自地开我的车。困意不受控制地一阵阵泛上来,我又连打几个哈欠。

"你看啊,"牛耿掰着手指,开始算道,"第一,前面只有一条路,咱不会走错的。第二,你昨天晚上没睡好,我睡好了,我开车肯定比你精神。第三,嗯,这第三……"

"接着数啊,第三第四第五。"我擦了擦眼角的泪水,把车速减慢,疲劳驾驶开太快容易出事故。

"第三,你看你这样开很不安全,会出问题的!"

牛耿说得没错,疲劳驾驶确实危险,但是最关键的是,牛耿说会出问题,我心里立马想起因为下大雪而返航的飞机,因为塌方而停在半路的火车,因为撞了墙而死火的客车。他那张嘴俨然就是个诅咒之源。

我转了转方向盘,把面包车停在路边。

牛耿坐到方向盘前面的时候兴奋得直搓双手:"太好了,我早就想开车了。"

他低下头去扭打火钥匙,扭了半天都打不燃。

"车坏了,咱们赶紧回去找他们换,"他义愤填膺,"居然拿假货糊弄咱们。"

"你钥匙扭反了大哥。"我坐在副驾驶座上无奈地道。让牛耿开车是不是有点强人所难了?

换了个方向,引擎才得以顺利发动,牛耿前三次抬离合都抬熄火了,到第四次才终于让车跑起来,可是车在直路上跑得摇摇晃晃,他始终把握不好转方向盘的力度。

"把住了把住了,"眼看车头就要撞上树,我急得大叫,"看路,你行不行啊你。"

"行的,你别紧张,你咋比我还紧张,"牛耿自信满满地说,"我开拖拉机都开多少年了,没事儿。"

"那你能先把手刹松了吗?"

"这玩意儿原来是要扳下去的啊,我说这么个把手挡在这儿碍手碍脚的。"牛耿拉下手刹,车速立马快起来。

"你慢点,发动机转速高了,踩离合提挡知道不?"得亏这条偏僻的乡道上没车也没人,不然早出事故了。

牛耿的司机生涯前二十分钟是极其失败的,好在在我的指导下,他慢慢摸索到开车的感觉,只是有时候遇到急弯,他一紧张就爱打错方向盘。

"往右一点,往右! 往右!"不管我怎么说,他总会转到另一个方向,我着急道,"你不分左右啊你,我们要撞路坎了看到没。"

牛耿转过了弯,不悦道:"哎呀老板你别说话了,坐好行不? 你一说我就紧张。"

见前面路况不错,平坦笔直的大道直通远处的山脚,牛耿也开得平稳,我稍稍安下心,心想抓紧时间睡一会儿,养养精神等下换我自己来开。

"那我小睡一会儿,回个神儿,十分钟以后换啊。"我调斜座位的靠背。

"行,你睡吧,"牛耿挥挥手,"放心,多睡会儿。"

温暖的太阳让全身的皮肤张开小嘴,尽情吮吸着迎面吹来的微风,我感觉很舒服,但心里有一层什么东西碍着,让我不敢睡得太深。

耳朵听见一阵"呼呼"声,像是风声,浅睡的我以为现在还在霞芳招待所,天还没亮。

可是招待所里怎么会有风? 我不记得昨晚睡觉前开了窗户。

我睁开沉重的眼皮,只见身前的大玻璃上有活动的画面。

好大的电视机啊! 我感叹了一句,准备闭上眼接着睡。

不对! 那不是电视机,那是汽车的挡风玻璃,我现在在一辆面包车上,而开车的司机是牛耿。

我坐起来,戴上眼镜:"我睡多长时间了?"

看了看手表,我这一睡就睡了两个半小时,真够长的,外面的天色已是微微擦黑。

打开旁边的车窗,吹进一股牛粪和秸秆燃烧的混合气味,从窗口看出去,外面是一片荒芜的农田,只在远处有些村镇。"这是到哪儿了?"我问道。

回答我的是一阵"呼呼"声,这声音太熟悉了,牛耿昨晚睡在我旁边时就是用这个声音折磨了我大半夜。

我回头一看,牛耿头仰靠在座椅头枕上,两手插在袖口里,睡得正香。

可是面包车并没有停下来,还在保持一个不慢的速度往前跑,有一秒钟,我以为我们中的大奖是某个科技公司最新研发的全自动智能汽车。

当我意识到这辆不超过五万块钱的面包车不带自动驾驶功能时,慌得魂都快飞了。

"醒一醒,"我赶紧去推驾驶座上的牛耿,"醒醒!"

牛耿醒了,咂了咂舌头,惺忪睡眼看着前方:"咋了?"

"你开车的时候睡觉?"我诘问道,"你告诉我你睡了多久?"

"没有,"恍惚的牛耿还不承认,"我没睡。"

"你都在打呼了,还没睡?"

"我没听见啊。"牛耿支吾道。

废话,谁睡觉能听见自己打呼。我刚要说换我来开,眼角就发现路中间有什么东西在动。

我闪电般地回过头,只见前面是一个走在路上的人,车正直直往那人身上撞过去!

"啊——"我大叫起来,睡得昏昏沉沉的牛耿听我一叫,立时睡意全无,也跟着大叫起来。

光叫有什么用啊,再不避开就出人命了!

"赶紧刹车,往旁边打盘子!"

牛耿往方向盘上狠力拍打,面包车喇叭"嘟嘟"叫,行驶的方向一点没变,车速也不见慢下来。

"我叫你打盘子你按喇叭干吗?"

"我在打盘子啊!"牛耿委屈地叫道,两手在方向盘上拍打得更欢。

眼看急刹车都来不及了,我伸手握住方向盘往旁边一推,面包车猛转向路边。躲开了路上的人,却冲上堆在路边的一堆草垛,车头高高翘起,整个车身往旁边的农田里一翻,坐在车里的我们只看到车头前的场景在一瞬间翻转过来。

我和牛耿倒坐在车里,四条腿四只手胡乱地搅在一起。

"你别乱动,别动!"我喝道,牛耿试图抽出他的腿,他屁股一动我的小臂就疼。

"老板,你有事儿吗?"牛耿停下来。

"我被卡住了。"

"卡哪儿了?"

"被你的屁股卡住了,你先起来一下。"

我顺利抽回手,接着慢慢理清楚我们纠缠在一块儿的四肢。

"老板,我好像受伤了。"牛耿揉搓着右腿膝盖,疼得龇牙咧嘴。

我往他那边看,发现他身上没缺哪个部件,并且他那里空间很大,说明车子没撞变形,他完全能够从窗口爬出去。

"你哪儿受伤了?"我问。

"我的脚! 脚疼!"他使劲揉搓膝盖,看来是车撞上草垛时撞伤了膝盖。

"唉,你这个笨蛋,"我恼火地抱怨道,"都是你,我跟你说不让你开,你非要开。"

牛耿膝盖正疼,开口就没好气地顶回我的话:"那我也跟你说了,不让你说话不让你说话,你非得说话。"

"我不说话行吗? 你后来都睡着了。"

"我没睡!"牛耿抵赖,"我跟你说了我没睡。"

"你都打呼了还没睡?"

"我说了没睡就……"

一阵滴水的声音打断了我们的争吵,我警觉地往车后一看,滴水声很快就变成了连续的流水声。

面包车上的液体,那很可能就是……

"老板,是汽油! 快点,这车要爆炸了!"牛耿惊恐地呼喊起来。

"先闭上你的乌鸦嘴,"我把他往车窗外推,"赶紧想办法出去。"

牛耿动作灵活,再加上求生的本能使然,他翻过身,脚在我肩上一蹬,从窗口钻出去。

　　他到了车外不是回头来拉我，而是去拉后座的车门。拉了几下，他又回头向我求助："老板这门打不开，行李拿不出来，你在里面开一下门锁。"

　　"这车都要爆炸了，我还在里面，"他气得我差点背过气去，"你先别管行李，先救人行不行？"

　　牛耿这才反应过来我的命比较重要，回过身，抓住我往外拖，可是他偏偏不抓我伸出去的手，而是拉扯我的风衣下摆。

　　可怜我那件价值不菲的风衣，让牛耿给拉成几条碎布条。

　　"能不能别拽衣服，拖人啊！"我一边自己往外爬一边喊。

　　"要爆炸了，你快点！"牛耿终于抓住我往前伸的手臂。

　　"你闭上你的乌鸦嘴。"

　　有了外力的帮助，我的上半身很快移出了窗口，两腿踏住座椅往外一蹬，总算从底朝天的面包车里钻了出来。

　　"要爆炸了，快跑啊！"牛耿从地上扶起我，我脱掉碍手碍脚的破烂风衣，使出吃奶的劲往前跑。

　　身后传来"砰砰"的响声，车真的爆炸了。

　　来不及找掩体，我和牛耿动作一致地往前一扑，趴倒在地上。

　　在我们的想象中，身后的汽车会先燃起明火，然后火势迅速扩大，最后在"轰隆"一声巨响中火光四射，蘑菇云升上天空。

　　可是这次牛耿的乌鸦嘴神功失效了，实际上什么也没发生，只有一个清脆的声音从面包车那边传来："你们俩没事儿吧？"

　　这是怎么回事？面包车成精了？爆炸以后变成了人？

　　我和牛耿回头一看，是一个穿着旧短袄、皮肤白皙的女孩站在车旁，刚才的"砰砰"响就是她拍打面包车身发出来的。我扶正歪在脸上的眼镜，看过去。

　　"那娜！""大姐！"我和牛耿同时惊呼道。

LOST ON JOURNEY

第二十三章
那娜的故事

群山依然立在远方，牛耿闭着眼开了那么久的车仿佛都没离它们近一点。墨色的夜空里没有云朵也没有月亮，几点寒星零零碎碎地撒在上面，像面包上的芝麻粒。看着星星，我扯下面包的包装纸，狠狠地咬下一大口。

冬夜的原野寂静无声，远处的山林里偶尔会传来几声寒鸦的啼叫，牛耿和那娜在旁边烧起一堆篝火，木头燃烧的特殊香味让我食欲大振。

面包很快吃完，我忍不住对着他俩那边探头探脑。那娜瞥见我的样子，笑道："别急啊老板，年夜饭很快就好。"

傍晚时牛耿差点撞上的人就是那娜，由于路上没有人愿意让她搭顺风车去长沙，她只好独自一人在乡道上往长沙方向走，没想到又跟我们重逢了。

刨除相貌和那口标准的普通话，那娜简直就是个女版的牛耿，两人性情同样真，肠子同样直，想到什么就说什么，而且不管多倒霉，事后在他们眼里都不算事儿，乐呵乐呵就全过去了，当然，那娜的脑袋可比牛耿的要好使得多。我真心怀疑，那娜会不会是牛耿的孪生姐姐，她吸走了全部的好基因，把不好的基因残渣都留给了她的弟弟。

"老板，快过来看看你要加什么料。"那娜对我招呼道，手拿着平底锅在火上烤，里面装着满满一锅的方便面。

牛耿在一旁切干牛肉，"别急，等我这边摆弄好再说。"

两人一唱一和，搞得我像是进餐馆吃饭的客人。

"哎呀，先叫老板过来挑挑口味嘛。"那娜翻炒着锅里的面条。

肚子饿得咕咕叫的我把木墩搬到牛耿的行李包旁边，从里面翻找出各种方便面配料。

"嘿，你这个百宝箱里还真是什么都有。"我惊喜地说。牛耿走过来，从里面拿出一包面粉，等那娜炒好了面他准备做烤饼。

见我找配料，他蹲下来帮我："香辣牛肉，香菇炖鸡，还有金针菇，可以加一点。"

我找准时间低声问他："你跟那娜什么时候认识的？她不会真是你大姐吧？"

"哈，我比你还晚认识她。"牛耿低头找辣椒酱，随口道。

"什么？"

难道牛耿是在和我分开的那几次遇上那娜的？我正要细问，那娜在火边唤道："牛耿，你切好的牛肉给我。"

"来喽。"牛耿丢下我，抱着面粉跑回去。

炒方便面出锅了，那娜先给我盛了一盒子，我捧着手里的炒面食指大动，决定先不管牛耿和那娜之间的渊源，填饱了肚子再说。

"真是太香了！"我嗖嗖嗖地吸着面。按理说方便面这种垃圾食品无论怎么做都是那个味儿，可是无米之炊偏偏就难不倒那娜这等巧妇，她做的炒面口感弹脆，香味浓郁，吃一口就忘不了。

"老板，要吃原味牛肉来这边夹，这儿还有醋。"牛耿和主厨那娜也端起塑料饭盒。

距离新年还有三个小时，在这家人团聚的除夕夜，原本素不相识的我们三人却在荒芜的农田里大吃美味的方便面，想来还真是不可思议的际遇。

"哎！现在要是能来上一口小酒就更美了。"我放下饭盒，叹道。

"你等会儿。"牛耿听我一说，爬到他的包旁边，从中拿出两瓶红星二锅头。

"你太牛了，想什么来什么！"见了酒，那娜比我还兴奋。

"我给人家洗车，人专门送酒的，就给我弄了两瓶。"牛耿又拿出几个果冻，"吃了果冻，拿这小盒当酒杯，来！"

牛耿难得想得周全，形似酒盅的果冻小盒拿来装酒再合适不过。

扒拉完最后几口面，吃掉果冻，又倒上三杯酒。

"来，干杯！"我举起"酒盅"。

"干杯！"

我们仨一连走了三巡，烈酒下肚，身体暖和起来，那娜的脸上飞起两团红晕。

"做梦也想不到，"我说，"在这鸟不拉屎的地方跟你们在这烤着篝火，吃着方便面，这也算是过年了。"

"这就对了，老板，"牛耿微醺，道，"你说要不然你怎么记得住我俩呢？"

"别瞎说，你可是我的福将，我怎么会记不住你。"我搂住他的肩。

"老板，其实我也不是什么福将，"牛耿坐正道，"你说得对，我就是一个乌鸦嘴，真的，可是我还是觉得这个世界上还是好人多，你看，咱这一路上遇到的都是好人，大伟，老村主任，辛晴老师，还有那娜姐。"

"牛耿，你才是我遇到的好人呢。"坐在一旁的那娜接过话茬。

牛耿朝她笑笑，接着说："老板，那我遇到你，就觉得你真不错。"

"你也觉得我是好人？"我低头看他。

"我觉得挺好的。"牛耿肃容道。

"唉，我手底下的员工可不这么想。"我脱口而出。

"为啥啊？你这么成功。"

"我成功吗？"

被酒精刺激的大脑很慷慨地还给我不少记忆，有点晕乎的我都没意识到自己嘴里在说什么，眼睛盯着篝火堆，动态画面从火苗里一帧一帧地跳过去。

我看到自己坐在一张餐桌前，桌对面坐着三个下属，我边切牛排边用各种尖锐的语言斥责他们。

我看到自己捧着电话，火冒三丈地呵斥电话那头的司机，只因为他应该在两分钟前就到达公司楼下接我下班。

我看到自己当着全公司人的面，把文案摔在助理脸上，毫不留情地叫他滚出我的办公室。

…………

　　昨天晚上在招待所，我回想起自己是做什么的，我是一个老板，我一手把一家玩具作坊运作成知名企业，我成功地实现了梦想，然而成功以后呢？当我跳出第一人称，重新去审视李成功，却发现他越来越背离我曾经想成为的那个人。

　　"我就起了个名字叫成功，"我追寻着火里跳过的画面，"作为老板，全公司几百号员工没有一个不怕我，他们在背地里给我起外号，叫我狼太灰。"

　　二锅头犹如打通了我脑袋里的任督二脉，迷雾散去一大半，我看到越来越多清晰的曾经。我的家人，我的女儿，我的爱情，我的人生……

　　"我也不是个好儿子，我爸走的时候我没在他身边。我也不是个好父亲，我到我女儿学校去开家长会，她班主任都不认识我。"

　　我抽抽鼻子，想到了美丽："我也不是个好丈夫，有钱了就背着老婆找了小三，这次回家过年，我计划向老婆提出离婚。"

　　那娜听到这里，嘴动了动，最后没说什么，只是抬起头又喝下一杯酒。

　　我看着跳跃的火焰，继续说："我也不是个好情人，我不能给她任何结果。她怀孕了，我不管不顾拿起行李就走。其实我挺失败的，突然发现我这辈子过得跟这两天一样狼狈不堪。"

　　心里还有一句话我没对牛耿和那娜说，其实，我甚至不是个好的自己，巨量的工作，毫无规律的作息，结果是我脑袋里长了个可能发生癌变的血块，夺走了我至关重要的记忆。

　　是的，我得到一个成功的身份，却换来一个失败的人生。

　　"你对嫂子的感情是真的还是假的？"那娜突然问。

　　我看着她，口吻坚决地说："当然是真的！"

　　她又问："那对小三呢？"

　　我犹豫了一会儿，缓缓道："也是真的。"

　　"这……"牛耿接话道，"这个咋就对两个感情都是真的，那这咋办？"

　　我摇了摇沉重的头："我也不知道。"

　　牛耿挠着头道："那你可得好好想想。"

　　"你们俩想不想听听我的故事。"那娜放下果冻盒。

　　我和牛耿的目光转向她。"对了，你和大马是怎么回事儿？我前天在派出所就很好奇。"我说。

那娜微微一笑，明亮的眼睛望向天空，在她目光所指的方向，组成猎户座的星星闪闪发光。

那娜的父亲是蒙古族汉子，是个铁道维护工人，因为工作的原因他到过全国各地，最后在长沙遇见了那娜的母亲，一个漂亮的汉族女孩。

在长沙生下那娜后，她的父亲调回鄂尔多斯，当上了火车站站长，母亲带着襁褓里的那娜北上，一家三口在大草原的蒙古包里安定下来。

小那娜外貌随母亲，内里的性格却随父亲，鄂尔多斯草原给了她豁达的胸怀，马背上的蓝天白云让她像男人一样坚强。

八年前的那个冬天傍晚，父亲从北京出差回来，一家人欢聚在蒙古包里，那娜给父亲展示她在学校里领到的奖状，母亲在火边熬着酥油茶，微笑地看着父女俩。

沙暴来临的时候全家人正在吃晚饭，虽然广播站早已预报过这场气象灾害，但谁也没想到风沙会突然来得这么猛。

接近十六级的飓风像魔鬼的巨手，毫不留情地掀开草原上一顶顶帐篷和蒙古包，沙尘紧跟而上，淹没了惊恐万状的人。

就在那娜家的蒙古包被掀开的一瞬间，父亲一把抱过身旁的女儿，把她护在身下，母亲赶紧捂住女儿的眼睛，随后，黄沙在两秒钟之内就埋没了父母的身躯。

那娜被埋在黄沙里整整三天，就在她将要放弃生存的希望时，一阵细碎的声响传来，虚弱的那娜连说话的力气都没有，只能看着头顶的沙层往两边分开，一张被草原风吹得通红的脸出现在洞口。

那娜得救了，救她的是草原上的蒙古族护林工，名叫马乌力罕。那娜管他叫"大马"。

大马只会说蒙语，他话少，每次那娜哭闹起来都只会傻笑着想尽各种办法哄她。等那娜身体恢复后，大马就辞去护林工作，带着她离开鄂尔多斯，原因无他，只因为夜里那娜一听到草原上的风沙声就害怕得无法入眠。

离开草原的那一年，那娜十二岁，大马二十四岁。

火车成了他们的马背，铁路成了他们的新家，八年来他们顺着铁路到过全国的每个角落，以沿途收集各地的民俗玩意儿到另一个地方贩卖为生。在旅途中，聪慧的那娜学会了各地的方言，也娴熟地掌握了各种推销手段，而大马巨大的身躯就是他们的货柜。

大马始终把那娜当作自己的妹妹，有一次，他无意中发现那娜只要听着蟋蟀的鸣叫就会睡得很香，于是他就编了一个可以随身带着的小竹笼，每到一个新的地方，第一件事就是去草丛里捉蟋蟀。

那娜渐渐从一个天真的孩子长成亭亭玉立的姑娘，八年的朝夕相处，她对大马的感情早已不再是报恩者对救命恩人那么简单。

"在我情窦初开时我就爱上大马了，"那娜看着星星说，"他是我生命里唯一的男人，他的角色曾经是救命恩人，是父亲，是兄长。在我十八岁那年，我提出来要嫁给他，大马走到远处去抽了会儿烟，回来给我说了一句话。"

"啥话？"牛耿神情专注地问。

"他说，他可以做我的丈夫，等以后我遇到自己真正喜欢的男人，他就离开。"那娜露出一抹凄然的笑，"他真傻，傻得连爱情都不懂，当我爱上他的时候我就知道，往后这漫长的一辈子如果没了他，我连我自己都不是。"

那娜的爱情观简单而刚硬：义无反顾，从一而终。

"你们俩从来都不知道警方在通缉大马，对不对？"我问道。

"不，我们知道的，"那娜回答，"去年我们在兰州火车站附近看到过通缉令。"

"那为什么……"

"你想问我们为什么不躲起来，为什么不去自首？"那娜注视着我，我却找不到她视线的焦点。

我默然点头。

"因为我们不在意，因为我们没有犯任何错。"那娜的回答简单明了，"这是我们的命运，大马是我选择的爱人。"

"那娜姐，对不起，"牛耿低着头，愧疚地说，"是我举报了你们。"

我知道牛耿没听懂爱情的那一部分，但是在事理上他肯定理清楚了。

犯错和犯法是两个概念，命运的沙暴在前天晚上降临，牛耿的举报帮助警方找到了大马，当时我也被怀疑是大马的同伙。当我们在审讯室接受审问时，两个女警在前厅安抚那娜，不管那娜怎么说，没人相信他们是你情我愿的夫妻,在她们眼里,那娜是个被拐离家乡八年的可怜的孩子。

聪明的那娜忽然反应过来,只要自己在警方眼皮子底下,她就是证明大马犯了拐骗罪的罪证,检察官可以指着她向法官控诉大马:这位就是受害人。而无论那娜在法庭替大马说什么话,都可以成为证明犯罪嫌疑人施以威慑胁迫的间接证据。

想到这一层,那娜当即决定逃跑,只有她这个最重要的"证据"脱离警方控制才能救大马。

趁两个女警换班的空隙,她闪身溜出派出所,门外只有一条窄巷道,有一个人影走在巷道里。那娜拼了命往前跑,刚领了奖金走出派出所的牛耿吓了一跳。

巷口有一个大垃圾桶,那娜知道大批警员很快就会追出来,她根本跑不远,于是她跳进垃圾桶,想先躲一阵儿。

可是牛耿知道她躲在哪儿,只要他一松口,警员就会把那娜抓回去。

时间紧迫,那娜来不及多说,她只是看着牛耿,手指举在唇边,做了"嘘"的手势。

牛耿说他从那娜的眼神里看出来,她不是坏人,她一定是有什么苦衷,所以当时他走到垃圾桶旁,帮那娜盖好桶盖。

几个警员追出来,问站在垃圾桶旁边的牛耿见没见到一个从派出所跑出来的女孩,牛耿很确定地点点头,指着火车站的方向,说她往那边跑了。随后是洗脱嫌疑的我走出派出所,看到路灯下的牛耿时,那娜就躲在他身旁的垃圾桶里。

"我应该谢谢你,牛蛋,"那娜对歉疚的牛耿说,"如果不是你,我那时候就被警察抓回去了。"

行李全被警方扣押,那娜身上一分钱都没有,她甚至不知道要去哪里,这时又是牛耿帮助了她。

"警察为啥抓你?"牛耿问钻出垃圾桶的那娜。

暂时脱险的那娜把实情告诉了他,听完她的讲述,牛耿掏出去长沙的路费,放在那娜手里。

"快跑,快跑,别让警察抓到。"路灯下,牛耿内疚得快哭出来,"对不起,是我举报了你们,是我害了你们。"

"你……"看着捧着钱的举报人,惊讶的那娜目瞪口呆。

离奇的命运总是玩出各种把戏,令人应接不暇。

周围又有脚步声传来,牛耿将钱塞进那娜怀里:"快走,快走!"

那娜带着牛耿的钱走了,她没有走远,因为她的爱人还关在火车站派出所里。第二天,派出所出了紧急告示,犯罪嫌疑人马乌力罕将转移至长沙市公安局,因为长沙是受害人那娜的户籍所在地,那娜看到告示,她知道自己该去哪儿了。

"我不敢在火车上待得太久,怕车上的乘警找到我,"那娜捡起身边的树枝,扒拉火堆,"所以很多时候我都在走路,运气好的话能搭上顺风车。慢一点也没关系,等我到了长沙,大马的庭审应该也结束了。"

"你接下来准备怎么办?"我问道。我懂一点诉讼法,知道即使受害人没有出庭,法官也可以根据其他有效证据给马乌力罕定罪,而且最终的审判机关肯定是鄂尔多斯的人民法院。

跟对待牛耿的废纸借条一样,我也没有把事实告诉那娜,我不想亲手毁掉他们的希望。

有希望,就有个盼头,有盼头,糟糕的日子就不会太难熬了。

"我知道大马免不了坐牢,"那娜抬起头,又去看星星,"没关系,等他的判决下来我就不用躲躲藏藏的了,到时候不管关他的监狱在哪儿,我就在附近打工,等他出来。"

星星在那娜清泉般的眼睛里闪动,她最后说:"我只能等他,没了他,我就什么也没有了。"

我的脸有点发烧,如果不是夜色的掩护,牛耿肯定会惊叫:"嘿,老板你的脸咋这么红?"

牛耿还深陷在对那娜和大马的亏欠感中,那娜眨了眨眼睛,又活泼地笑起来,一巴掌拍在牛耿的后脑勺上:"哎呀别想了牛蛋,你没有对不起我们,警方通缉了我们八年,你不举报,我们也迟早会被抓住。"

"那我……"牛耿吞吞吐吐地不知道说什么。

"等大马坐完牢出来,谁也拿我们没办法了,我就跟他一起回草原去。"本该是辛酸的强颜欢笑,那娜却笑得那么真切,她举起果冻盒,"马上就新年了,我们来碰一个!"

"走一个,走一个。"我也举起自己的酒杯,学着那娜的样子拍了拍牛耿。

"来吧。"牛耿捂着后脑勺,似乎放宽了心。

零点的时候,远方的夜空升起几团绚烂的焰火,缤纷的光远远地追过来,落在那娜脸上。

那娜和牛耿都在笑,我没看错。

天亮了,那娜在我和牛耿醒来之前离开了。

"那娜姐上哪儿去啦?"牛耿在昨晚我们野餐的地方找了一圈。

"她走了,去她该去的地方。"我收拾好行装,"我们也走吧。"

"哦。"牛耿走回来,打理好他的百宝袋,跟着我走上大道。我们俩心里都清楚,以后可能再也见不到那娜了。不告而别,在此时是最好的道别。

我和牛耿走在乡间马路上,隔了许久才有一辆车从我们身边跑过去,我们一路走一路伸手打着搭顺风车的手势,走了几公里也没人搭理我们。

两脚走得疲了,我在路边停下想歇一会儿,牛耿昂首挺胸地超过我。

"我说你不累吗?"我慢腾腾地跟在他身后。

"不累,"他气都不喘一口,"放心吧,我相信我们一会儿肯定能坐上车。"

听他那张嘴一说这话,我就猜搭车是无望了:"行行好吧大哥,你这乌鸦嘴能不能闭上。"

"谁乌鸦嘴了?"牛耿侧回脸看我。

"你怎么不是乌鸦嘴?"路上有些碎石,我低头看路。之前肯定有个拖石头的卡车跑过这条路。

牛耿回过身倒着走:"那这回翻车不是我说的啊,我要真是乌鸦嘴的话,我现在就想来一辆车,'咚'那么一下,你说它能来吗? 你说它能来吗?"

"你看着点路,别瞎闹,"我抬起眼睛,就看到他身后是一个丁字路口,一辆皮卡正朝道路的交叉口驶来。

"小心!"我惊声大叫,来不及了……

一声急刹车的锐响,紧接着是几个铁笼子掉落在地的混乱响声,伴随着"嘎嘎嘎"的叫声。

没出车祸——这个故事不会以悲剧收尾,更何况牛耿的命比石头还硬,他能出什么事儿?

那辆往路口驶来的皮卡车碾到路上一块篮球大小的碎石,方向一偏,眼看就要撞到路边的树上,还好司机快脚踩住刹车,皮卡得以停稳在路边,巨大的惯性让堆放在车斗里的鸭笼摔了出来。

我和牛耿对视一眼,我歪着嘴角道:"叫你别瞎说话吧,现在'咚'了没?"

几只鸭笼的门摔坏了,鸭子从笼里跑出来,开皮卡的师傅跳下车,满头大汗地四处抓鸭子。

"咱们去帮帮他。"牛耿拖着我,跑到一地鸭毛的路边,帮着司机师傅逮鸭子。

"牛耿,你不听我劝,乱说话,"我抓着鸭子翅膀塞进鸭笼,"还不快给人老板赔不是。"

"对不起啊老板,对不起。"牛耿一手抓了三只,不停地给师傅道歉。

师傅一心顾着抓鸭子归笼,见有人来帮他也一直在道谢,完全没顾上想我们为什么给他说对不起。

等企图越狱的鸭子都被收押回去了,牛耿还在念叨着"对不起"。

"你们为啥给我说对不起?"师傅扣好固定笼子的尼龙绳,抬起头一头雾水地问。说不准他心里在怀疑路上的石块是我俩摆的。

我和牛耿又对视一眼,回过味儿来——是啊,我们为啥要给别人道歉呢?

"没啥,没啥,"我打了个哈哈,又多问了一句,"师傅,你这车去哪儿?"

司机跳下车斗,拍拍手憨厚地笑道:"去长沙。"

我和牛耿第三次对视,这一次,我们像又抽中了一辆面包车一样欢跳起来。

LOST ON
JOURNEY

第二十四章
终点的考验

中午时分，我们到了长沙。

终于到了分别的时刻，再怎么令人啼笑皆非的旅途都有一个终点。运鸭子的师傅一直送我们到岳麓区追汉北路，这里距离我身份证上的住址很近。

从跨过长沙市地界的那一刻起，我发现自己对这座城市很熟悉，每条街道我都能叫上名字，每幢标志性建筑我都能说出是什么时候建的。

"老板你对长沙真熟。"牛耿赞道。

"是啊，"我说，"我经常梦到这里。"

跳下车，我们跟司机道了谢，目送司机离开后我们回头，刚看到对方就忍不住笑起来。

只见我俩全身都是鸭毛，脸上还有几道烟熏过的黑迹，站在车水马龙的步行街边，俨然就是两只直立行走的野鸵鸟。

"要是我记得我银行卡密码，我俩就去那里换一身行头。"我指着路旁热闹的卖场说。

"不记得密码？"牛耿扯掉挂在眉毛上的鸭毛，问，"你不会是失忆了吧？"

"失什么忆，你韩剧看太多了吧，"我说，"行了，就到这儿了，我祝你讨债成功。"

牛耿想了片刻，才道："老板，你祝你和二嫂早日……不是，我祝你跟大嫂,长生不老。"

"行了,"都最后了牛耿还来逗我笑,"你这乌鸦嘴就别乱用成语了。"

"好吧,那幸福快乐!"牛耿总算想出个靠谱的词。

我从手提包里拿出方洁送给我们的蜡笔画,从中间撕开,将画了身穿风衣的高个子那一半递给牛耿,我自己则留下挂满行李包的这一半。

"拿着,我的画像留给你,你的留给我,"我说,"牛蛋,你是个福将,我祝你永远快乐。"

牛耿收起画,往街道口走去:"老板,再见。"

"再见。"我转过身,与他分别。我不知道他有没有回头,因为我自己没有回头。

带着三分期许七分惶恐的心情,我沿着追汉北路往家的方向走,高档住宅区的别墅群排列在路前方的坡地上,我的家就是其中的一栋。

心里的方向很明确,我带着一身鸭毛,笔直地走向目标。穿过街道、公园和广场,穿过铅灰色的大厦和铅灰色的天空,穿过人山人海和凛冽寒风,我就要回家了。

操纵命运的神灵或许还觉得不够尽兴,于是便在我回家路的终点,给我留下一个最大的考验。

不过我都习惯了,三天两夜的意外旅行,还有什么是李成功应付不了的呢?所以当看到她坐在住宅区大门口的咖啡馆里时,我心里只感觉很平静,甚至觉得她不出现在那里还不正常了。

我推开咖啡馆的门,她一看到我就开心地跑上来,抱住我嗔怪道:"我都在这里等你等了一整天,你手机怎么关机了?"

"手机没电,也找不到地方充,"我轻轻推开她,理了理散落在身上的鸭毛,"我这一路上遇到很多事情,说出来你可能都不信。"

她看着我狼狈的样子,心疼起来:"你怎么弄成这样,脸上怎么还有伤啊?"

"你怎么来了?"我在座椅上坐下。

曼妮在我对面落座时,我看出了她的困惑,她像是面对着一个从不认识的陌生人。从落地窗外经过的行人肯定觉得咖啡馆里的这一幕很离奇:一个全身鸭毛的邋遢男人，对面是一个衣着时尚的漂亮女孩，两个人隔着小方桌相对而坐，久久无言。

"我想你啦，来看看你啊。"曼妮很努力地装作一切如常。

我笑了笑："你都不给我打声招呼啊？"

"我要给你说的，可是打你电话你关机，我也没办法，"曼妮想起什么，露出调皮的笑，"我还去你家了呢。"

"你去我家了？"我平静的心绪起了波澜。

"是啊，"曼妮眨眨眼睛，"我还看见你老婆了，我跟她说了。"

前几分钟面对曼妮时的那种平心静气原来全是自欺欺人，当我听见曼妮见过美丽了，我只感觉冷汗从脖颈后冒出来，心里有一块东西塌了下去。

"你跟她说什么了？"我问。

"我都说了啊。"曼妮微笑道。

我紧紧盯着曼妮的眼睛，呼吸急促，脑子里乱作一团。

"成功，我害怕你说不出口，所以就帮你说了，"曼妮探着上半身，伸出手过来握住我的手，"所以你什么都不用怕了，我们回石家庄就结婚！"

我眼前冒出金星，险些晕倒，一瞬间有无数个画面在脑海里跳跃。

"对不起。"我从曼妮手里抽回手，站起身，发软的双腿差点让我摔倒。

"成功，你怎么了？"曼妮也跟着我站起来。

"对不起。"我又一次道歉，转过身不再看她的眼睛，推开门跑出咖啡馆。

我沿着来时的路往前狂奔，穿过人海和寒风，掠过霓虹和街口。路上的行人惊奇地看着一个全身鸭毛的男人跑过去，还以为是鸵鸟成精了。

我顾不了别人的眼光，心脏在我的胸腔里疯狂跳动，滚热的血液涌上大脑。

回来了，失去的记忆全都回来了，每一处迷雾都烟消云散，我的脑子从未如此清晰。

掏出钥匙打开家门，我做的第一件事就是一个挨一个房间找美丽和果果。厨房的案板上摆着洗好的蔬菜，可是家里没人，连我妈都不见了。

知道真相的美丽还有什么理由留在我身边？我颓丧地坐在沙发边，撕扯着全是尘土的头发。

李成功,你终于成功地失去了一切。

玄关那边忽然传来钥匙转动的哗啦声,我猛地抬起头,全身从沙发上腾起来。

门开了,最先跑进屋的是果果,她一见到我就哭着尖叫:"妈妈,有坏人!"

美丽赶紧跑进屋抱起果果,回头看见我,肩膀一沉,轻拂着果果的小脑袋:"别怕,那是爸爸啊,是爸爸回家了。"

我在门边的试衣镜里看到一个头发乱成鸡窝,脸上涂满烟熏妆的男人,他穿着破了几个洞的外套和西裤,身上散落着几根鸭毛,眼镜歪架在鼻子上,右眼眶一片瘀青。

这副模样不吓着女儿才怪了。

"回来了?你还知道回来?都年初一了。"美丽抱着女儿走到我身前,果果还是不敢回头看我。"你干什么去了搞成这副鬼样子?这手机也关机,我跟妈多着急啊。"

"我碰到很多事儿,晚上我慢慢给你们讲……"我回道,走上前去想抱住妻子和女儿,心头有种劫后余生的感动。

"去去,"美丽躲开我,"先去洗个澡,我昨天才把家里打扫干净。"

LOST ON
JOURNEY

第二十五章
回家就好

洗完澡,我感觉自己终于能见人了,穿着浴袍,我来到厨房,美丽正在水池边清洗刚买回来的水果。

"咱妈去哪儿了?"我用闲聊的口吻问。

"上王姐家串门去了。"美丽的长发遮住她侧脸,让我看不清她的眼睛。

"那个,你还好吧?"

美丽抬起头来看我,笑了:"你怎么了成功? 没事儿吧? 哎,你这脸怎么了?"

我摆摆手:"没事儿,撞了……撞了一下。"

"怎么这么不小心?"

我咬咬牙,硬着头皮问道:"这两天家里有没有什么客人来过?"

美丽想了想,回道:"嗯,昨天王姐过来拜年,怎么了?"

"没,没事儿。"

"成功,这两天年关,咱们这儿的治安不太好,"美丽又低下头去洗水果,长发重新挡住她的眼睛,"昨天我带着果果出去买东西的时候,有个长得挺漂亮的年轻女孩一直跟着我,我装作没看见,她就跟了我一路。"

美丽撩开脸侧的头发,眼睛转向我淡淡地一笑:"你说她会不会是骗子什么的?"

我感觉全身如坠冰窟,无意识中只能顺着她的话说:"有可能,以后还是小心点。"

"我觉得也是,"美丽递过来一个苹果,"我给你发了很多果果的照片,打开手机看看吧。"

我回到房间,拿出早就没电的苹果手机,连上充电器,一分钟后屏幕亮起,要求输入密码的提示跳出来,我的手指在键盘上跳跃,输入美丽手机号的后六位。

屏锁解开了,收到彩信的提示一个接一个地跳出来,都是美丽给我发的照片,可爱的果果在照片里摆出各种姿势。

最后收到的是一封电子邮件,里面没有别的,只有一个音频文件。

下载完毕,打开,我举起手机放到耳边。

那是我最后一次听到曼妮的声音。

"成功,当你听到这些话的时候,我想,我们已经分手了,对不起,对不起,原谅我这么任性。记得我说过我等不及了,一分一秒我都等不下去,我做梦都想你早点离婚,早点娶我。但是看到她的第一眼我就开始动摇了,我曾经以为自己是这个世界上最优秀的女人,但看到她之后我才知道是我只是个幼稚的女孩……

"我曾经以为我能当一个好母亲,我多么希望我是真的怀孕了,多么希望对你开的那个玩笑是真的,可是看着她接果果放学回家的样子,我才明白我根本无力承担起一个母亲应尽的责任,更不懂母亲这两个字的含义……

"记得我答应过你,我会照顾好你的父母,去尽一个媳妇应尽的孝道,但看到她和你妈妈在一起的那种温馨,那种只有母女间才有的亲切,我想起我连自己的父母都照顾不好,又有什么资格去照顾你的父母?

"她很美,虽然我比她年轻,我比她更有活力,但是我不得不承认她很美。可是成功,我不甘心,我说出了一切,她居然那么平静,她告诉我她爱你,她也曾想到过会有这么一天,但是她却说爱不是枷锁,她尊重你的一切决定,那一刻我知道,我输了……输得很彻底……比起她对你的爱,我什么都不是。

"我不是不死心,是死不了心,因为真心离伤心太近。你不用担心我,我没有什么过不去,只是再也回不去。

"成功,谢谢你陪在我身边的这些日子,让我像活在童话中的公主。只是现在童话已经结束,遗忘或许才是一种幸福。你有一个好妻子,珍惜她才是你的幸福……放心,我不恨你……我只恨我自己……爱你的嘻羊羊。"

曼妮的声音消失在细细的电流声里,我摁下重放,又听了一遍,第二遍播放结束,我才按出菜单选项,手指停在"删除"两个字上。

那一刻,我不知道自己有没有平静地微笑着,应该有吧。

我咬了一口苹果,按下"删除"。

嗯,苹果很甜。

美丽不知道是什么时候走进房间的,她站在我身后,没有说话。我忽然想起什么,放下咬了一半的苹果拿起钱包,从里面拿出美丽的照片,还有那张小小的记录了验孕试纸的大头贴照片。

美丽看到试纸,失笑道:"我刚怀上果果时验的这张试纸,我记得当时一听我说试纸上的效果过几分钟就会消失,你急得跟猴儿似的跑去楼上李老师家借来相机,非得把试纸拍下来,还麻烦人家李老师给你洗出来,我当时觉得你就是个神经病,没想到这破照片儿在你钱包里放了快有八年了,你也不嫌害臊的。"

"嗯,"我的嗓子有点哽,"你不知道,就是这小玩意儿,让我做了这辈子最成功的一件事情。"

美丽把手放在我的肩上,我起身抱住她,泪水滚滚而落。

"对不起,我有好多话要对你说。"

美丽轻轻拍着我的肩膀,在我耳边轻声道:"不管怎么样,回家就好。"

八年前,我和美丽大学刚毕业不到一年,一清二白什么都没有,可就在那个时候我心爱的美丽怀孕了,我不顾全家人的反对,毅然和她结婚。

重新找回来的记忆似乎被谁擦拭过一样,更加清晰了,我竟然能想起八年前在看到美丽的验孕试纸的那天晚上,所有的心情全部压进了我的心脏,喜悦、惶恐、迷茫,而最清晰的,是坚定。当时我不顾李老师异样的眼神,执意留下验孕试纸的照片,是想提醒未来的自己:你是多么坚定地爱着这个茉莉花一样恬静的女人。

我给公司董事会发去电子邮件,以很郑重的语气向公司请了一个月的长假,快有八年了,这是我第一次主动提出休假,我猜看到请假书的董事一定会误以为收到了一封垃圾邮件。

不管了,我关闭电脑,心情无比舒爽。

李成功终于找回了他自己,包括曾经他从未拥有过的自己,包括他曾一度迷失的自己。

五天后,大年初六。洒在长沙街头的暖和阳光有了那么点春天的意思。

坐在家用轿车的后座,车还没开到追汉北路,我远远就看到一个头戴棉帽的身影等在路口。他肩上挂着蛇皮袋子,一双好奇的眼睛打量着在大型商场门口来来往往的人群,黄里透黑的脸上漾着笑容。

司机黄师傅在路边停好车,回头朝我投来询问的一瞥。

"去吧,就是那个身上背着袋子的小哥。"我拍拍黄师傅的肩,"就麻烦你装一回老陈了。"

黄师傅觉察到些许异样,目光里有些诧异,嘴上没说什么,走出车去。

他径直走向站在路口的牛耿,两人说了两句什么,隔得远,我听不清楚,只是在黄师傅将手上的一个牛皮纸包放在牛耿手上时,一阵欢喜的大叫声才传进我的耳朵:"嘿,我就知道这世上还是好人多,谢谢你,老陈大哥!"

黄师傅也拍了拍牛耿的肩,转身朝停车位走来。

"老板,钱都给他了。"黄师傅拉开车门,坐进驾驶座。

"我都看到了,"我回道,"谢谢你专门从石家庄过来。咱们回家吧,美丽准备好晚饭了。"

"老板,那个小哥是你什么人啊?"黄师傅发动轿车的同时问道,看得出这个疑问在他心里憋了很久。

"他是我的……"我顿了顿,轻轻一笑,"嗯,他是我的债主。"

轿车的引擎声响起来,同时响起的还有车载广播,长沙市新闻广播电台正在播放一则社会新闻——"春节后,石家庄警方联合河北省民政厅展开专项行动,关闭了一批民营医院,其中包括华北巅峰脑科医院等有一定知名度的专科医院,同时,警方控制了朱仕雄等一批通过贿赂、欺诈及其他非法手段取得医师证的'黑医生'。根据记者了解,朱仕雄等人通过伪造患者的诊断书,故意告知患者已罹患重病,据此欺骗患者采纳他们建议的诊疗方案,不知真相的患者在治疗过程中付出了高额的治疗费用。目前，朱仕雄等人涉嫌诈骗罪、非法行医罪，将被检察机关提起公诉。"

"现在这些人啊，为了骗钱什么都想得出来，"黄师傅跟我闲聊道，"我侄儿有段时间头疼得厉害，也是去这家巅峰脑科医院，也是遇到这个朱仕雄，照了几张片子就告诉我侄儿他脑子里有血块，不抓紧治疗有可能失忆，结果你猜咋的，我侄儿又去小区诊所看了看，开了两包治风寒的药一喝，头再也没疼过。"

"呵呵，是啊，"我想到一些往事，不经意地笑出声来，"这些骗子啊……"

LOST ON
JOURNEY

_____

尾　声

_____

尾　声

两年后。

看一场电影的时候，我最不喜欢遇到这样的画面：荧幕里所有场景渐次淡出，最后只剩一片沉默的黑暗，随后有"五年后"或"十年后"几个字从黑暗里缓慢地浮现出来，告诉观众，接下来要讲的故事距离之前已经很久了。

对这种时间流逝的表达方式与其说是不喜欢，不如说是恐惧，我害怕看到那些曾把我带入他们生命中的电影角色只在一片黑暗中就被偷走了几年的时光。时间不是一片黑暗这么简单，它带走的是年轻、激情，还有曾经以为有多么深刻的记忆。

那场意外的旅途已经过去了两年，这两年来我的生活有了诸多改变，在旁人眼里李成功仿佛变了一个人，他友善地对待下属，真挚地对待家人，对自己的健康格外重视，对了，还有一件颇令他骄傲的事——由他一手创办的"春阳基金会"正式投入运营，一年以来，在春阳基金会的帮助下，全国有近五万个残疾孤儿获得了基本生活保障和良好的教育。

这天是腊月廿七，再过几天就是除夕夜了，我坐在飞往长沙的班机上写下这个故事的结尾，两年前那一趟意外之旅，终于在我的笔下固定了形状。

合上记事本，盖好钢笔的笔盖，我看了眼手表，距离飞机起飞时间已经过了二十分钟。

"哎，小姐。"我对站在不远处检查行李架的空姐招招手。

"先生,有什么事吗?"她走过来问我道。

"怎么这么长时间还不飞啊?"

"还有一个人没有登机。"空姐歉意道。

"啊?"我用手指点了点表盘,"起飞时间都已经过了二十分钟了。"

"他的行李已经到了,可是人还没到。"空姐指了指我右手边的空座位。

我呵了一声:"什么乘客啊,这么不靠谱?"

"哎,现在什么人都有,"空姐说道,"我们上次遇到一个乘客,飞机飞到一半的时候让我们把窗子给打开。"

我的嘴角动了动,却笑不出来。"你说的这个乘客,我或许认识。"我在心底说。

"欢迎登机。"舱门口传来一个清脆的嗓音,我抬起头,就看到一个人走了进来。

他头发整齐,脸上戴着黑框眼镜,身穿裁剪得体的西装,手里拎着棕色的皮质手提包,跟我用了三年的爱马仕是同一款。

只是他乡音不改,见到我的第一眼就惊奇地叫起来:"嘿,老板!"

我想,有必要给刚刚写完的故事加一个结尾。

牛耿坐在我身旁,安静地读着厚厚的《食品物流管理入门》,阅读灯照亮了他专注的表情。刚才和他聊了聊春阳基金会给残疾孤儿供应营养早餐的问题,他给了我几个独到的建议。

这会儿看他读书读得认真,我没去打扰他,坐了一会儿觉得困,我放低座椅靠背,斜着脑袋进入梦乡。

我做了一个梦,梦里是初春,白杨树的枝头排满刚抽出的新芽,天很蓝,黄昏的阳光照耀着路边的残雪。

我牵着果果,在宽阔的柏油马路上走着,牛家村的村口就在前方不远,从这里看去能看到崭新的围墙和连成排的小洋楼。

"爸爸,我们要去哪里呀?"果果仰起小脸问,阳光把她的脸照得晶莹剔透。

"去看表演。"我对她神秘地一笑。

在村口旁边的空地上,老村主任指挥着一干年轻的小伙子干活,一个叼着烟的男人拎着两只桶走过来,几个穿着新衣裳的孩子唱着动听的儿歌从他身旁跑过,果果想去和他们一起玩,我拉住了她。

"一会儿你要错过好看的节目喽。"我蹲下身把她抱起来。

"那好吧。"果果搂住我的脖子。

空地上很快搭起一个舞台,太阳落山了,围绕着舞台的彩灯一一亮起,看表演的观众陆续从村里村外聚了过来。

那娜挽着大马的手臂,一蹦一跳地走到舞台前,对着舞台挥手欢呼,她的丈夫温柔地看着她。

辛晴右手牵着方洁,左手牵着羽毛,小宇跟在她身后,帮着老师招呼其他孩子。羽毛黑宝石般的大眼睛里满是雀跃的期待。

空地上的人越聚越多,我环视一圈,在人群里还找到了韩副队长和协警小刘,自称长得像范冰冰的女人和她多疑的老公,三个身患严重花痴病的女孩,聚义堂武术队的三巨头……

"快要开始了吧?"一个温柔的声音在我身边说。

我转过头,看到拿着两根糖葫芦的美丽。

"嗯,快了。"我回道。果果接过妈妈递来的糖葫芦,津津有味地吃起来。

"哎呀,还好赶上。"身后传来吁吁喘气声。

牛耿背着大蛇皮袋子匆匆而来,平底锅的黑色握柄竖在他的耳朵边。果果看到了牛耿,开心得直笑。

"就差你了。"我对他说,也没问他为什么看个表演还要背个平底锅,仿佛这是很正常的事情。

彩灯忽然熄了,同时,每个人手里的荧光棒都像星星一样亮了。

一束聚光灯打在舞台上,对准一个抱着吉他的帅气年轻人。人们发出尖叫声,叫得最欢的是那娜和牛耿,然后是那三个花痴女孩。

大伟脸上夹着羞涩和自信,淡淡一笑,手指在吉他弦上划过。吉他声响起时,我身前那个头发花白的中年男人低头抹了抹眼角。

大伟闭上眼,微仰起头对准身前的话筒,略带粗哑的嗓子在吉他的旋律里轻轻吟唱:

开往北京的火车,一路沉默

开往北京的火车,我还快乐

这样下去不是办法,这只是暂时的快活

但却是两个极端,从快活开进了失落

开往北京的火车,由南向北沉默地驶着

开往北京的火车,走走停停就要进站了

要装作很快乐,即使重蹈覆辙

开往北京的火车,今夜我就要无眠了

久违了我的住所,我的小床它开始想念我了

暂别的小巷里,路灯下的路也会寂寞

即使我还是个穷人,但这里还是有期待我的人

即使北京再拥挤,还是给我留了一个位置的

我已觉得很累了,有谁在等待我

开往北京的火车,今夜我就要回家了

············

唱到这里,大伟收住嗓子,全场屏息凝神,等待他为这首安静的民谣收尾。

大伟睁开眼,望着并排而站的我和牛耿,弯起嘴角笑了。牛耿的声音从他的嗓子里钻出来,唱完最后一句:

有钱没钱,回家过年。